岁月拾韵

Sui Yue
Shi Yun

刘国梁 ——著

中国文联出版社

图书在版编目（CIP）数据

岁月拾韵 / 刘国梁著 . -- 北京：中国文联出版社，
2025. 4. -- ISBN 978 - 7 - 5190 - 5865 - 4

Ⅰ . I227

中国国家版本馆 CIP 数据核字第 20258PH378 号

著　　者　刘国梁
责任编辑　李　民　周　欣
责任校对　秀　点
装帧设计　中联华文

出版发行　中国文联出版社
地　　址　北京市朝阳区农展馆南里 10 号　　　　邮编　100125
电　　话　010 - 85923025（发行部）　　　　85923091（总编室）
经　　销　全国新华书店等
印　　刷　三河市华东印刷有限公司

开　　本　710 毫米×1000 毫米　　1/16
印　　张　35. 5
字　　数　655 千字
版　　次　2025 年 4 月第 1 版第 1 次印刷
定　　价　95. 00 元

自 序

一

人生有许多未竟之事，亦有诸多需交代之事，未遂愿的，当身行力践去完成。这便是这本诗集出炉的因由之一。人生在世，历经风雨阴晴，一路有苦有甜，有故事有风景，有的人通过拍摄记录，有的人通过笔头记录，都为自己留下完美印记，我相信多数人和我一样希望生活多彩多姿，都希望创造出美好以达到不虚此行的愿望。

这本诗集是我创作的格律诗自选集，严格来说，在格律诗方面，有些作品也并不完美，对我所热爱的格律诗，我一直都在探索的路上。

对于格律诗创作，我并非学院派出身，我只是单纯地喜欢文学，尤对格律诗，刚开始只是不断摸索和刻苦地学习，甚至初次写作时，写出的作品往往被视为不是格律，或不入流，以至于我对诗写作有过很长一段时间的疏离，但我仍然无法与诗歌"分手"。

不计平仄，或自成平仄；不论韵律，或自成韵律，也不是说我要独创什么诗学门派，就是希望它能够任其自生，自然而成。我觉得诗兴若在，诗写得好与坏不重要，若能朴拙成趣，诗工与不工也在其次，如果坚持写下去，假以时日自会渐至佳境，日趋见好。虽然这种想法一直宽慰和激励我创作下去，但我仍希望完美，既然是格律诗就应该尊重它应有的规则和规范。通过长时间的阅读和试写，我创作出千余首诗自选成集，终于得以出版。

创作的过程是充满欢乐，也有悲伤和迷茫的一个过程。这本诗集的内容题材涉及生活中方方面面，每一首诗都是当时的情景和心境，所以，在这篇自序中，我想我有必要谈谈我在诗创作中的一些感想。孔子曾说："诗三百，一言以蔽之，曰：思无邪。"孔子一针见血。诗以言志，诗可以说是我们心灵里最自然、最真切的声音，恻怛恳诚，情思无邪。子曰："诗，可以兴、可以观、可以群、可以怨，迩之事父，远之事君。多识于鸟兽草木之名。"诗是源自作者内心的悸动，不触自发，也是源于自然的兴发。这种"兴发"由自春花秋月、民风

1

世象或人生沧桑。既有"兴"则不可不抒，抒而宣之，能达志畅情矣！

万事万物皆可成诗，于吟咏、比兴中，于绿水青山中，于鱼跃鸢飞处。读诗写诗，参悟心念之几许，体会天地造化之微妙，化作字里行间，落在纸上，供人咏赏；化成花鸟鱼虫，落入大自然中，人间烦恼、繁杂俗事瞬间消失殆尽矣！

我在诗歌的江河湖海、在诗歌的桃花源，我读诗写诗，诗在我中，我也在诗中。古典诗有五言七言、五律七律之分，绝句每首四句，律诗则每首八句。律诗讲究对仗排偶，都有其格式上的严格要求。律，即韵律，说的是平仄和押韵，这些都是诗学理论里的知识，写诗倚重的却是情感，对人和事物，对大自然的情感。生命常相映照，我能从生命中的点点滴滴中汲取到知识和经验，用它们来武装自己的精神思想，调整自我，并用它们来不断完善自己的生命形态的尺度和温度。这是一种从无到有的体验过程，每一字、每一句都来自我对生活中的每一个细节的聚焦和观察，我要保持于细微处尽其心的精神，发现关于事物的每一个特质，所以我的诗是用心写就的。

我安于我的生活，虽然生活平平淡淡，但生活得真实且有诸多的乐趣，这让我经常处于一种轻松的状态，轻松更能让我专注于诗，我用最细腻的文字表达最真挚的情感。岁月如梭，时过境迁，一切看似最华美喧嚣的东西到头来无非成空，唯有温暖可感的真情却以不同的形式持久地存在。我心中有一个坚定的方向、一种信任——总有一种东西永恒，这种东西就是情感，所以每一句诗都来自这种情感，它能够让我的生命的内涵净化、纯化乃至深化直至蜕变，情而之上乃是本质上的飞跃。

情是主干，觉为旁支，有情感还不够，还要有高度写作自觉，艺术修辞允许想象，而生活不容编造，所以把最真实的情景和内心的情感融入自己文字，才能使读者触碰并感受到那种共鸣，并带入丰富的生命里，同样也让读者感受我心中不灭的炽热与淳辉长相映照，继而绽放出全新的光芒，生命即是如此，要进步，更要升华。

每首诗写成之时，我都有一种莫名的感动，是高兴，也是一种慰藉，想想诗集出版，《岁月拾韵》在手，与亲朋好友欢聚一堂，击掌庆贺，人生之乐也莫过于此了。

二

文学路上也曾有迷茫，往者已消逝于历史云烟，而来者何谁又不得而知。也有读者问我，所谓的文学，尤其是诗词作品，究竟价值几何？我确实无法回答，历史上有很多诗人都在人世间留下自己的足迹，一同留下的还有他们的诗词作品。孔子因弟子们传播他的思想而受世人景仰；司马迁因《史记》而流芳百世，他让后人一睹历史过往的风雨人生、沧桑巨变。

也许文学的价值，可能就在其中，不论好评如潮，还是掩卷叹息。我不能优秀如先贤大哲，唯愿追随，向他们看齐。我写作缘起于热爱，我认为生命因有写作而更有意义，因为我们可以通过文学网罗多姿多彩的人生，把一切经历用文字保存下来，并通过不同读者的理解和诠释。写诗并非为赚取稿酬，而是与生俱来的使命感以及对文学莫大的热忱。

千余首诗不外乎都是记录生活中的片段，对生命和现实认知的反映，从生活到旅行、回忆，甚至还有对梦境的记叙等，这些不过都是呈现我的生活实境而已。

也许我该写一些关于文学创作方面的讨论，如格律诗写作技巧、格律诗文本结构等话题，但我想省略去这一部分，因为我不擅长评论家的工作，自己的诗歌作品就是与读者最好的对话，我将自己的欢乐和悲伤付诸笔端，这就足够了。

我想，能够敞开心扉去说的只有自己的作品。

在后记里我就创作的目标和兴趣、感想等，从儿时读书以来所经历过的，真诚而简要地介绍了一些，虽然没有多么详细，但都是坦率的表白，我不希望关于个人的事叙写过于冗长。如果读者中也有喜欢格律诗写作的，我希望他们也能够和我一样严肃而挚诚地对待写作。虽然我也曾立志写出人生于现实中的伟大或浅薄、高贵或平凡，但因各种缘由而未能如愿，我只能说我只是在写诗，通过这种方式来与我的读者交流，已接近暮年的我，并没有太高太大的理想，仅仅是展现自己的爱好。我很惭愧，这也是我为什么在古往今来很多伟大的诗人的作品前，常自反省，在他们如天空、如大海般广袤和浩瀚的才华和思想中发现自己的渺小。

我在我所有的文字中都展露了我的性情，对全部的琐细所表现出的好恶和判断，所有的诗都是自己的情感释放以及对事物真切的体悟，我谦虚地学习，耐心地分析，以求能够获得事理深邃而广远的含义，这样的思考正是激励我创作的基础，洞察事物，尖锐分析，冷静思考，并尝试站在一定的高度去同情、去包容，这正是我创作的态度。

我同意那种把写作视为其实是作者的一种文学形式的"自传"的观点，意思就是，作者笔下所急需的一切描述内容，其实都是作者在现实生活中的经验，当然也不排除作者间接通过阅读和听闻由而发生的想象。如今我年过半百，生活中的经历已有一定的累积，种种的悲伤或愉悦已离我远去，但所有的细节恍如昨日，历历在目。时空渐退渐远，关于生命的轮廓却越来越明晰，对于人生世态也越来越明白，一切好与坏的情绪也如潮汐平缓而退，所以在我的每一首诗中，所有一切都有一个理智而平静的描述。

有时我也会反思一些问题，更多是对自己进行一次全面的审视，以及深刻的反省。生活中经历了许多，有体悟，也有感悟，更有感慨和感叹，好在我通过写作进行了认真的记载，抒怀也好，记录也罢，总算没有背叛年轻时的理想，这也是我历经人生磨炼后为自己写的自传。对于写作，我的态度是虔诚和热忱的，我本于初衷，毫无一丝虚伪，就如我真挚的情感流露于文字，如果不这样，那么于写作本身而言，又有何意义呢？

三

为自己的诗集作序，亦是向读者禀明我在创作的过程中的感知与心境，是与我的读者交心，所以必须坦然而诚挚，但我也没有过分地谦卑，如此只怕成为造作。我的诗出自我手、我口、我心，每个字都是真情实意，它们都排列在最终纯净的地方，仔细阅读，毫无任何偏执、浮夸或过分的修饰。

也有人建议我请著名人士为我的书写序，目的是通过他们的智心剖析以获得诤言，也能更好地看清自己在创作中的短板，比如写作风格的走向以及存在的缺点和盲点等，亦能达到茅塞之顿开、醍醐之效果，可我没有采取这个建议，缘由是我认为没有谁比作者本身更了解自己的作品，由自己来作序，不但能够让读者深入我的思脉理路，更能起到引领阅读的作用，又何劳他人作嫁衣呢？自序能够将己之心、己之意更详尽地呈现给读者，他序则如身处迷境，难测前路，由是说来，为尊重读者起见，岂不自序可也。

　　万事有序，序如人生，序又如棋局，读者想领受和倾听作者如何写作，又如何谈论写作的，更希望作者之见识能够解己之惑。序如棋局，人生路上，那些熟悉的也许是陌生，岁月无情，只是因为充满了太多的一厢情愿，只有亲身亲历才能映照反思，大彻大悟。

　　意能载道，情可尚用。本集所选入的诗作，不论是五言五律还是七言七律，皆发自我内心深处的真情实感，皆为着力真心所写，有盛景繁华之间的幽涵，也有幻灭废墟之中的绚丽，昔往今来都成探索，其时心境，不论有偏执之笔，还是败笔之处，我皆省而省之，忏又忏之，反思自我，聆听他人，字字皆成凝成诗句。诗集中也难免存在平庸之作，唯望读友谅之，在文学路上，虽然我顽强坚持，但我更喜欢不断学习和善于倾听，这也正是这本诗集得以出版的缘由，听取读者的建议和意见，是我莫大的心愿与期许。

　　写诗的时候，自己强调先立意，当然写的时候还要尽意，我的"意"是相对自由的，可以取之于家长里短，也可以取之于老庄，取之于儒或佛，既是抒情也是写意，有时候随时变化，有时候一成不变。我觉得诗就是要表达自己的思想感情，如晚清黄遵宪所主张的："我手写吾口，古岂能拘牵？"

　　序如传记，在我看来也是对自己创作生涯的一次总结，不过这也是所有文本中最难叙写的，毕竟要和自我疏远，而做一个审视和剖析别人的冷静甚至无情的他者，难就难在进行自我否定和批判，要有反省的精神，我承认做不到圣人般的虚怀若谷，但我尚有起码的胸怀，有勇气讲真话，把内心中最真实的想法告诉我的读者。所以，我的序中所写的内容是真诚的，态度是理性而冷静的。人近暮年，历经沧海，多少会有一点淡泊的心境，看待人情世故也客观很多，虽说不上练达洞明，但至少能够做到遇事不慌不忙，宠辱不惊，一切都显得那么稳重和成熟。我认为对己也好，对人也罢，都应怀抱平常之心，一来要自知之明，二来要理智谦和，如此才能更认清自我，这也是一个人智慧而理性的态度。

　　序言内容本身就很杂，可以写感想，可以写所见所闻，也可以记录一些自己认为很重要且不吐不快的事件，记录一些值得关注的事物，以及有价值和有积极意义的思想，不论令人愉悦的或悲伤的情绪、美好的或丑陋的事物，都表达出自己的观点，也不排斥谈论世俗中的幸福和快乐，毫不掩饰自己获得成就后所拥有的荣誉感。和读者真诚地对话和交流，能够让我更有力量、更有理性，让内心充满温暖和光明。

　　说真话于创作而言是有重大意义的，不论写什么，这种真必须发自内心，虽然文学创作在叙述的时候需要艺术修辞，就难免会有虚构的部分，但却仍然

5

不影响作者说真话、露真情，艺术修辞是一种写作手法，它是形式上的"真"，而作者需要虔诚地对待自己的读者，要用真情实意作为底子来创作，这才是读者真正想要的，也是能从阅读体验中感触到的实质上的"真"。写诗也同理，我希望为读者写出一个怎样的作品，读者读了之后会有怎样的感知感受，这取决于我写的诗是否真诚，是否能够引起读者共鸣，能够打动读者的心灵。

我想对文学创作是负责任的，是忠诚的，在华而不实的流行文学以颓废而粗俗的姿态大行其道时，我必须坚守自己的原则、信念和立场，尤其作为传统文化的构成部分，格律诗词更是一股清流，更要与一切令人反感的低级趣味决绝，在我的文字中，一切值得尊敬的人和事物都获得了起码的尊敬，不但要理解和同情，甚至还要去赞美，而不是无情地伤害。

人近暮年，总希望敞开心扉来谈一些事，希望别人了解自己的经历、自己的欢乐与痛苦，希望人生路上得知己一二，所以更希望自己能够真诚地写作，用心与自己的读者对话，从不敢有丝毫的傲慢，在写作中更不敢随意凭想象而天马行空。通过写作来纪念一件事，或一个人，或记录一个时代，这些都是非常神圣而庄严的事情，因为每一笔记录，都是有意义感的行为，不是闲话也不是流言，而是发现人或事物中存在的价值于人之在精神生活层面的贡献，进而帮助人们更好地进步，更好地生活。我认为决定一个作家是否成功的恰恰是他是否有情感上的真挚和处世态度上的尊敬，如果没有这些便创作不出真正好的作品。

热爱文学就尊敬文学，把文学当成自己的信仰，要守住自己的信仰就必须一往情深，这也是一位从事文学的人最重要的精神特征。何谓文学的力量？这种力量决定于作家的情感态度。何谓文学的价值？这种价值决定于作家的情感力度。

四

是的，在经历岁月中风霜雪雨后，更加懂得情感的珍贵，人不能无爱地生存，一个人，尤其一个作家，如若不能怀着真实的善念去爱别人，去爱值得爱的一切美好的事物，我想那将沦落成为一个自私自恋的人，甚至自身的情感也会变得畸形、病态，这样的作家写出来的东西几乎就是一种灾难，当精神变成废墟，当爱变成冷酷，文学复兴也将遥遥无期。

感谢我心中的爱依然炽烈，感谢文学的殿堂，没有什么是比这里更美好、更惬意之所在了，在这座殿堂里，作家可以自由自在地创作，诗人能够随心所欲地歌唱，用心而就的文学作品出自温柔而纯净的心灵，出自不屈而高尚的灵魂，因为我们生活在一个有情的世界中，有情即有诗，唯有真性情、真感情的人才能创作出至真、至诚、至情的作品。

序文将成，本想停笔，又欲罢不能，最后我希望能够补充一些零乱的想法。

诗人是孤独的，也许作家都是孤独的，从事文学创作的人无法避免孤独，孤独让我们有了思路和灵感，有了宁静之后的自由意志，所以说，《岁月拾韵》这本诗集也来自孤独。它穿过静夜、穿过黑暗，现在终于要出版了，说孤独多少带着一点点宠爱自己的成分，不知道我要感谢它，还是要远离它。

多年来我关注的人和事，以及我所在的环境中的人和事物相互依存的过程、关系，都表现在了我的诗中。感情是内在的，文字只是表面，读者也会感受到内在的爱，或被爱，甚至对他人和一切不幸的事物的怜悯和同情，这便是诗质之核心，它一直深深地影响着我。

写诗对我来说是深入生活的探索与发现，没有争执和辩解，也不必去寻求论证，一切都那么自然而然，一气呵成，这是一种平和而宁静的力量，它将在读者心中产生微妙的影响，亦能感知到我生命中的一切关怀，所有情感，以及我个人的观点和关于对诗的思考。

感谢在写作中遇到很多有益于我的朋友，我们的情谊如此珍贵，我希望我的诗集中所记录的一切事物都是温暖而美好的，我的确是感受到了幸福，也希望读者朋友也感到幸福。

是为序。

刘国梁

2023 年 3 月 20 日

·····： 目 录

一　素履以往

二 活水深情激流远

三 田园乐居

四 时代华章

五 一庭花影

六　岁月不居　游心无垠

七　遗俗种书香　天道自清魂

岁月拾韵

一　素履以往

诗书游世界，酒歌满生涯。

人生，是诗歌的永久命题，浮生无百岁，笔路有四方。

李白说："白日何短短，百年苦易满。"

白居易说："劳将诗书投赠我，如此小惠何足论？"

山野居人遣兴

十载黄金买愿船①，红尘一梦化秋烟②。

樽沉日月饱风雨，情照③明朝惜有年。

景里乾坤④多养寿，水边星步⑤作游仙⑥。

今儿福地种清赏，来世收生⑦不了缘。

注：

①愿船：佛教语。谓菩萨的誓愿，欲尽度众生于彼岸，故以船喻。

②秋烟：比喻易于消失的事物。

③情照：悟解；察知。　④乾坤：称天地。

⑤星步：凭星而行。　⑥游仙：漫游仙界。

⑦收生：接生。

水村月夜

雾满园庐①听哑蝉，云窗②香冽好清眠③。

无多光景守流岁，有酒消愁不问天④。

啼叫海鸥劳野事⑤，近情⑥花草惹人怜。

病身昨日遇灵药，康乐今时看月圆。

注：

①园庐：田园与庐舍。

②云窗：云雾缭绕的窗户。借指深山中僧道或隐者的居室。

③清眠：谓躺卧在床上休息而未入睡。

④问天：谓心有委屈而诉问于天。

⑤野事：野外风情。

⑥近情：亲近人之间的感情；密切的感情。

乐天①寄兴

西山时雨转新晴②，吟鸟③啼枝惊夜鸣。
扇起凉风随世态，月移花影动人情。
江湖道义守初志，俗眼残灯笑老生。
放意秋毫愁易赋，星辰劳问④乐天声⑤。

注：
①乐天：引申为安于处境而无忧虑。
②新晴：天刚放晴；刚放晴的天气。
③吟鸟：善鸣的鸟。
④劳问：慰问。
⑤天声：天上的声响，如雷声、风声等。

游舟山群岛对酒偶吟

方寸①飘零隐薜萝②，明珠③倾泪漏银河。
齿衰岁暮擅④清福，慷慨童心笙啸歌。
玉烛⑤八通连瑞气，金樽满盏醉颜酡⑥。
有情世路省修⑦少，无懒顽仙游迹⑧多。

注：
①方寸：心绪；心思；心得。
②薜萝：借指隐者或高士的住所。
③明珠：道教谓眼睛。　④擅：占有，据有。
⑤玉烛：谓四时之气和畅。形容太平盛世。
⑥颜酡：醉后脸泛红晕。语出《楚辞·招魂》："美人既醉，朱颜酡些。"
⑦省修：反省修身。　⑧游迹：犹浪迹、漫游。

逐梦

风翻柳带新，日暖草如茵。
昏眼多余想，山翁学练真①。
红尘游百戏，绿野得精神。
别浦②追光景，阴阳往返频。
烟霞煎岁暮，日月宴来宾。
白首明常境③，低眉尊事伦④。
八方迎紫气，四季踏平津⑤。
好运东西走，天边逢故人。
心宽通佛海，身藏五湖春。
千里飞鸿信，兰交⑥若比邻。
咏题今古事，初念洗凡尘。
琼思⑦游青冥⑧，瑶台好问津。
梦回迷识道，偏向酒家寻。
香蚁⑨抒心志，垂云⑩扶醉身。

注：
①练真：古代方士谓通过修炼而返璞归真。
②别浦：银河。
③常境：佛教语。谓常智所照，离一切生灭相之境。
④事伦：事物之理。
⑤平津：坦途；大道。
⑥兰交：《易系辞上》："二人同心，其利断金；同心之言，其臭如兰。"后因称知心朋友为"兰交"。
⑦琼思：纯真的情思。
⑧青冥：形容青苍幽远。指仙境；天庭。
⑨香蚁：酒的别名。酒味芳香，浮糟如蚁，故称。
⑩垂云：低垂的云彩。亦指云彩低垂。

长江咏怀

大野泄云川①，狂涛飞翠烟。
浪融今古事，流景②逐春年③。
气度④风千里，魂惊五岳颠⑤。
移丘平地貌，倒海润桑田。

注：

①云川：银河。

②流景：如流的光阴。

③春年：青春，华年。

④气度：气魄风度。

⑤颠：颠簸；震荡。

林庐① 自宽

林庐小老惜春残，发鬓惊秋②人自宽。
卧对凤鸣争学语，坐寻真赏③向毫端。
黄昏入酒品情味④，红日笙歌忆旧欢。
陋室不求风水地，金书⑤饱读作朝餐。

注：

①林庐：林中茅屋。多指隐居之所。

②惊秋：喻迅速凋零衰败。

③真赏：值得欣赏的景物。

④情味：犹情趣。

⑤金书：道教或佛教之经典。

咏瀑布

九霄^①曳练^②动云涯^③，万道寒光气啸咤^④。
漱口仙人翻雪浪，佩珠玉女散琼葩。
涛鸣天末^⑤犹雷震，惊破星河追渥洼^⑥。
千丈冰晶寻石屋，撕开峭壁一流霞^⑦。

注：
①九霄：道家谓仙人居处。
②曳练：铺开的白绢。常用以比喻白色的云气或江水。
③云涯：与云相接之处；高远之处。
④啸咤：大声呼吼。形容令人敬畏的声威。
⑤天末：天的尽头。指极远的地方。
⑥渥洼：指代神马。
⑦流霞：1. 传说中天上神仙的饮料。2. 美酒。

腊八日遥怀故宅窗前梅

玉蝶^①狂飞遮碧天，梨花竞放破昏烟。
琼瑶^②无肉敬心佛，赖得金光^③照有年^④。
白雪舞春交景运^⑤，红梅与我是前缘。
故人望月会今夜，了去乡愁日日煎。

注：
①玉蝶：喻雪花。
②琼瑶：喻雪。
③金光：神佛之光，喻神道佛法的力量。
④有年：享有高寿。
⑤景运：好时运。

田家

低地初开荞麦花，高枝红果媚鸣鸦①。
日头②夕月背山上，摘得星辰灌稻麻③。
蜂语时禽④无影去，蝶魂⑤独守野人⑥家。
秋英⑦黄叶败桃李，醉饮春光看晚霞。

注：
①鸣鸦：乌鸦。因其鸣啼噪聒不止，故称。
②日头：太阳。
③稻麻：稻和麻。
④时禽：随节候而出现的鸟。
⑤蝶魂：犹蝶魄。比喻梦中超脱飘逸的心境。
⑥野人：泛指村野之人；农夫。
⑦秋英：秋花。

水岸晨兴

雨息龙吟①过石桥，低飞海燕弄狂潮。
雾岑②绿色失光彩，红树③门前自妖娆。
浊酒一杯尘外④醉，半生清福我逍遥。
昨来群岛看风景，水岸黄金千万条。

注：
①龙吟：形容声音深沉或细碎。
②雾岑（cén）：云雾缭绕的山头。
③红树：盛开红花之树。
④尘外：犹言世外。

客舟寄词

讽咏①上孤舟，浮云懒不收。

寸眸②追碧浪，两岸绘春秋。

韶景忽飞逝，年耆③多客愁。

偻身移鹤影，腹空念珍馐。

虚度赊年华，关情④总相投。

怠安⑤生百疾，功业两无求。

意气⑥长归路，何时方可休。

眼昏天寄老，心海⑦得熏修⑧。

故友常悬念，萧萧落木啾。

日煎千里酒⑨，半月写银钩⑩。

笑看纷纭事，欢虞⑪悟禅流⑫。

渊明⑬贻福水⑭，邀我武陵⑮游。

注：

①讽咏：讽诵吟咏。

②寸眸：眼睛的代称。

③年耆（qí）：年老。古代年六十曰耆。

④关情：动心，牵动情怀。

⑤怠安：懈怠；苟安。

⑥意气：志向与气概。

⑦心海：心。以思绪翻滚如海之扬波，故称。

⑧熏修：佛教语。谓净心修行。

⑨千里酒：酒名。

⑩银钩：比喻遒媚刚劲的书法。

⑪欢虞：同"欢娱"。

⑫禅流：禅河。禅河亦称熙连禅河、希尼河、阿恃多伐底河。古印度之河名。佛教对此河名颇多异说。或译有金河，或译无胜河，无定称。佛经中传说佛在涅槃前曾入此河沐浴。后因以谓修习禅定的境界。

⑬渊明：陶渊明，别名陶潜、靖节先生，字元亮，号五柳先生。东晋→南北朝诗人。

⑭福水：酒的别名。

⑮武陵：武陵源。晋陶潜《桃花源记》载：晋太元中，武陵渔人误入桃花源，见其屋舍俨然，有良田美池，阡陌交通，鸡犬相闻，男女老少怡然自乐。村人自称先世避秦时乱，率妻子邑人来此，遂与外界隔绝。后渔人复寻其处，"迷不复得"。后以"武陵源"借指避世隐居的地方。

峻岭远望

风扫乾坤步履轻，日含沧海吐琼英。
我依危峻①洞玄妙②，梅目③虚惊笑往生④。
默默星辰⑤抛宇宙，悠悠嚣俗⑥谢浮名。
清词卷里留西景⑦，诗彩⑧烟霞⑨煮美羹。

注：
①危峻：高而险。
②玄妙：《老子》："玄之又玄，众妙之门。"谓道家所称的"道"深奥难识，万物皆出于此。后因以"玄妙"指"道"。
③梅目：含有醋意的目光。
④往生：佛教净土宗认为：具足信、愿、行，一心念佛，与阿弥陀佛的愿力感应，死后能往西方净土，化生于莲花中。见《无量寿经》卷下。一说，大

10

彻大悟者，可以随意往生十方净土。

⑤星辰：道教语。指头发。

⑥嚚俗：谓为世人所喧嚷、叱骂。

⑦西景：夕阳。亦喻暮年。

⑧诗彩：诗的文采。

⑨烟霞：泛指山水、山林。

舟山夏日游兴

寄老①年光感慨深，新流②意曲③远鸣琴。

野畦赏景饮仙露，白叟餐霞④陶⑤佛心。

蝉噪声声催晓鼓，暮烟袅袅绕东林。

山河常恋五湖客，日月幽明⑥照古今。

注：

①寄老：寄托晚年。　②新流：新的水流。

③意曲：犹心曲。谓内心深处。

④餐霞：餐食日霞。指修仙学道。语出《汉书·司马相如传下》："呼吸沆
瀣兮餐朝霞。"

⑤陶：陶冶，化育。

⑥幽明：昼夜；阴阳。

元旦咏怀

万家灯彩乐年丰，百里花街舞火龙①。

竹爆琼英②成蝶梦，日飞黄道③累人踪。

酒催急觅桃符④句，迟有梅词⑤谢下春⑥。

开岁⑦短章唯刮目⑧，却无笔力扫平庸。

注：

①火龙：形容绵延不绝或连成一串的灯火。

②琼英：喻美丽的花。

③黄道：地球一年绕太阳转一周，我们从地球上看成太阳一年在天空中移动一圈，太阳这样移动的路线叫作黄道。

④桃符：五代时在桃木板上书写联语，其后书写于纸上，称为春联。

⑤梅词：吟咏梅花的词。　　⑥下舂：日落之时。

⑦开岁：新的一年开始。　　⑧刮目：拭目。谓改变旧看法。

舟山拜佛

舟山拜佛跨蛟鲸①，换骨仙风②游水城。
琼岛③应时花烂熳④，彩云足下马蹄轻。
千帆摇醉江南景，百亿生身⑤渡客程。
抱疾得来无价药，观音住世有人情。

注：

①蛟鲸：蛟龙与鲸鱼。亦泛指巨大的水中动物。

②仙风：神仙的风致。形容人的潇洒。

③琼岛：传说中的仙岛，仙人的居所。

④烂熳："烂漫"，亦作"烂缦"。形容光彩四射。

⑤生身：肉体；肉身。《列子·杨朱》："虽全生身，不可有其身；虽不去物，不可有其物。"

闲日暮情①

曙日晴窗半照门，山光物态朗乾坤。
满篱宾雀②呼愚老③，杜宇声声招别魂④。
毫末伤怀寻旧志⑤，如烟往事了无痕。
狂歌借酒入高意，春色休闲忆王孙。

注：

①暮情：晚年的情怀。

②宾雀：亦作"宾爵"。老雀。泛指家雀。

③愚老：老人自谦之词。

④别魂：离别的情思。

⑤旧志：从前的抱负。

飞雪迎春归

鹅毛①片片下天除②，尺雪封门难驾车。

万户笙歌同喜乐，酒香处处入闲居。

穷囊尽买今儿好，富寿无求财有余。

春令③归还新岁月，梅风翻过旧年书。

注：

①鹅毛：鹅的羽毛。比喻雪。

②天除：天帝殿前的阶级。

③春令：春季的节令。

红梅

倩影闲宵①穿竹墙，姿迷玉蝶倦飞忙。

半开佛面洗梨雪②，春色枝枝招凤凰。

明灭月痕初度③看，骚人舞墨咏诗狂。

逍遥风雨游仙去，一地胭脂空断肠。

注：

①闲宵：寂寞无聊的夜晚。

②梨雪：梨花。梨花色白、片小，犹如雪花，故称。

③初度：始生之年时。

衰翁有乐

涤心清目学餐霞①，墟落无虞②春有涯。
老去光阴追幻梦，我怀希望种农家。
幽林鸟啭绕山舍，日近衰翁煮早茶。
田月③不锄篱陌④草，客来争赏一园花。

注：
①餐霞：餐食日霞。指修仙学道。语出《汉书·司马相如传下》："呼吸沆
瀣兮餐朝霞。"
②无虞：没有忧患，太平无事。
③田月：农忙季节。
④篱陌：篱边和田头。

院竹

萧骚①风叶雨声刚②，谁剪青云赐玉妆。
真态③虚心修雅舍，东君④迷影下宫墙⑤。
翡帏⑥蓬阙⑦收明月，森筜流莺学凤凰。
吾抱竹光⑧摇旅梦，绿阴四季坐瑶堂⑨。

注：
①萧骚：形容风吹树木的声音。　②刚：肃杀。
③真态：本色；天然风致。　④东君：太阳神名。亦指太阳。
⑤宫墙：住宅的围墙。　⑥翡帏：饰以翡翠羽毛的帷帐。
⑦蓬阙：蓬莱宫。神仙居住的地方。
⑧竹光：竹林中的光影。
⑨瑶堂：用美石建筑或装饰的殿堂。泛指华丽的厅堂。

晨游普陀山

普陀山上卧松林，雾海云床坐观音。

霞映红峰连彩路，日浮空冥①水流金。

超然妙意游方外②，佳景真来③不用寻。

豪杰难开天地眼，菩提④造化圣人心。

注：

①空冥：天空。

②方外：世外。指仙境或僧道的生活环境。

③真来：实在；确实。

④菩提：佛教名词。梵文Bodhi的音译。意译"觉""智""道"等。佛教用以指豁然彻悟的境界，又指觉悟的智慧和觉悟的途径。

山野邻家

田园小计养劳勤①，三亩邻家交乐欣②。

车马红尘游俗世，春秋六十逐星云。

野心素积静如水，孤咏归来酒气醺。

半景③隔栏杯共醉，一篱浓艳两幽芬④。

注：

①劳勤：勤劳之人。

②乐欣：安乐欢欣。

③半景：微光，余光。

④幽芬：清香。

避暑清凉山

茅舍琴书自养闲^①，胸无尘事^②谢人寰。
秾芳潇洒逸神味^③，赏酌^④流霞^⑤回壮颜。
鸡唱日升游世界，斜阳梦影入家山^⑥。
野情^⑦千里得心^⑧去，百感迷留两鬓斑。

注：
①养闲：在闲静中养生。
②尘事：尘俗之事。
③神味：神韵趣味。
④赏酌：品酒。
⑤流霞：泛指美酒。
⑥家山：故乡。
⑦野情：不受世事人情拘束的闲散心情。
⑧得心：犹遂心。

山居吟怀

千载英雄怀世情，古今凡圣几留名。
贤愚无赖向青冢，谁可天年再寄声^①。
桃李不言梅蕊笑，水流物态出途轻。
鱼虫六梦^②冬如死，犹待春雷第一惊。

注：
①寄声：托人传话。
②六梦：古代把梦分为六类，根据日月星辰以占其吉凶。

山居夕吟

鸣泉击石抚牙琴①，鸟语幽情争好音②。

蜂蝶轻飞香泥③路，人踪踏尽到如今。

十年自种菩提树，半世光阴洗寸心。

晚醉桃源④回首望，月痕⑤含水待诗吟。

注：

①牙琴：传说春秋时伯牙善弹琴。后因以"牙琴"泛指高手奏琴。

②好音：悦耳的声音。

③香泥：芳香的泥土。

④桃源："桃花源"的省称。

⑤月痕：月影；月光。

赏雪

天工点缀日争新，扶翊①琼瑶②奔绝尘③。

片片欣然无意绪，却怀万物有精神。

笑生明灭消痕印，淡我凡情④寄素身。

顽雪儿童成记忆，功名梦尽白头春。

注：

①扶翊：辅佐；护持。

②琼瑶：喻雪。

③绝尘：脚不沾尘土。形容奔驰神速。

④凡情：凡人的情感欲望。

寒雾漫山城

雾吞沧海往来船，云梦街声①在日边②。

咫尺蓬莱凉气重，半浮楼阁驾轻烟。

琉璃世界忘归路，酒困春山闻杜鹃。

寒客③守时如约至，又望梅影入窗前。

注：

①街声：街市上的喧嚣声。

②日边：太阳的旁边。犹言天边。指极远的地方。

③寒客：蜡梅的异名。

小寒节感怀

节时应律①小寒天，始见梅花红欲燃。

莺啭柳溪寻逸曲②，云迷山水绕通川③。

五湖风景乐残岁，九地冰融开瑞年。

日长酒杯沉好句，游神④百虑放春烟。

注：

①应律：应合历象。

②逸曲：超逸的歌曲。

③通川：流通的河川。

④游神：犹游心。

乞巧①节清咏

填海冤禽②抱苦憔，久留河汉涌狂潮。

一双伉俪云川③隔，几许离愁望鹊桥。

织女牵牛成美梦，古今遗恨续琼瑶④。

两情心事连明夜⑤，半月开帘挂碧霄。

注：

①乞巧：旧时风俗，农历七月七日夜（或七月六日夜）妇女在庭院向织女星乞求智巧，称为"乞巧"。

②冤禽：精卫鸟的别名。

③云川：银河。

④琼瑶：喻美好的诗文。

⑤明夜：白天和黑夜。

落日远望

赏梅得意盼春归，节物①萧条看雁飞。

眼底②游心寒色满，孤村浓雾见人稀。

山含半日空愁老，一树斜阳笑落晖。

望尽千川松岭翠，才知城郭远天机。

注：

①节物：各个季节的风物景色。

②眼底：眼中；眼睛跟前。

故第红梅艳

梅花争艳矮墙东，玉蝶①迷姿斜影匆。

腊候②粉图③羞月白，醉人梦里吐春红。

横枝攀凤④戏狂客，情泄吟笺苦老翁。

芳信⑤如期来故第，流莺一唤傲熏风。

注：

①玉蝶：喻雪花。

②腊候：犹言寒冬时节。

③粉图：画图。

④攀凤：比喻结交比自己高一等的人。

⑤芳信：花开的讯息。春日百花盛开，因亦以指春的消息。

山居媚景① 四时春

雪消晴雨落檐头，冰解冬暄②云影秋③。

扑面寒香④知世味，鸟吟⑤风月⑥召人游。

一天光景迷回眼，酒半⑦诗仙梦客舟。

傍屋梅溪流冷韵⑧，春晖物态⑨总迟留。

注：

①媚景：美好的景物。

②冬暄：冬季阳光温暖。

③秋：飞翔貌。

④寒香：清冽的香气。亦借指梅花。

⑤鸟吟：鸟儿鸣唱。

⑥风月：清风明月。泛指美好的景色。

⑦酒半：犹酒次。指宴饮间酒至数巡的时刻。

⑧冷韵：清幽的韵味或情趣。

⑨物态：犹世态。

元旦闲吟

平安年到五神通^①，白发逍遥两鬓蓬。

元日雪消春影^②冷，梅花半笑醉家翁^③。

冻毫快意写余景^④，暖老^⑤高吟盼柳风^⑥。

满目竹林摇节岁^⑦，归心收取向飞鸿。

注：

①五神通：佛教语。即天眼通、天耳通、他心通、宿命通、如意通。此为佛法与外道共有的神通力。佛教认为尚须修漏尽通方臻完善。见《俱舍论》卷下。

②春影：春日景物的影子。

③家翁：一家之主；家长。

④余景：余日；残生。

⑤暖老：语本《礼记·王制》："八十非人不煖。"后因以"煖老"谓给老人以温暖。

⑥柳风：春风。

⑦节岁：四季节令和年节。

21

瑞雪迎新年

白云撕碎下凝烟①，倾泻银河垂昊天。
玉蝶②漏窗③狂自舞，岁除④景瑞⑤入新年。
琼花千里飞春色，酒肉家家闻雅弦。
老去童心惊竹爆，今来暮气⑥满霜颠⑦。

注：
①凝烟：浓密的雾气。
②玉蝶：玉蝶梅。
③漏窗：具有各种镂空图案的窗孔。
④岁除：一年的最后一天。
⑤景瑞：吉祥的征兆。
⑥暮气：比喻不振作的精神状态和疲沓不求进取的作风。
⑦霜颠：白头。

甲辰元旦

乡心千里绝望①频，日月今添六十春。
迷雪征鸿归影晚，无端酒思会东邻。
万生②增寿迎新岁，一夜星移年更巡③。
腊破南熏④梅蕊老，鸟吟⑤欢呼白头人。

注：
①绝望：极目远望。
②万生：犹众生；人类。
③更巡：交替运行。
④南熏：借指从南面刮来的风。
⑤鸟吟：鸟儿鸣唱。

山寨看梅逢时雨

鸟啭寒山景亦新，枝头蕾裂欲惊春。

霜侵白草笑生死，悟寂①黄尘乐贱贫。

溪濑②牵吟③伤感事，时霖④催泪送离人。

普天甘泽⑤洗愁海，滴滴无声缕缕珍。

注：

①悟寂：佛教语。了悟寂灭。谓超脱一切境界，入于不生不灭之门。

②溪濑：溪水。

③牵吟：引动诗兴。

④时霖：时雨。

⑤甘泽：甘雨，适时好雨。

故地

穷忙朝日踏晨烟，向舍寒英①争岁年②。

鸟信③来回留风语，碧云深处卧游仙。

好花风月酬无赖，今把童真寄白颠。

故地常怀方外④趣，酒乡⑤醉目数梅钱⑥。

注：

①寒英：寒天的花。指梅花。

②岁年：年月；时光。

③鸟信：江淮船户称农历三月的东北风为鸟信。

④方外：世外。指仙境或僧道的生活环境。

⑤酒乡：犹醉乡。

⑥梅钱：梅花瓣。

至日①飞雪

梅朵含霜溢炫红②，低头雪竹蘸青葱。

六花③敲韵助幽兴，双眼愁吟费思功④。

三鸟⑤快心啼唱近，一壶老酒忆驼翁。

阳生⑥佳节走红运，风裹银沙路路通。

注：

①至日：冬至。

②炫红：犹鲜红。

③六花：雪花。雪花结晶六瓣，故名。

④思功：苦思之功，创作中的苦心经营。

⑤三鸟：古代神话中西王母身边的三只青鸟。亦为使者的泛称。

⑥阳生：冬至。

秋日书怀

风吟蝉唱入诗谣，天朗飞轮①钓碧霄。

稻尾②绿翻千叠翠，岭头禾熟五云飘。

蛩声③梦里罢罗扇④，客舍欢歌对寂寥。

紫竹门前今放醉，金英⑤满盏会明朝。

注：

①飞轮：太阳。

②稻尾：黍的一种。

③蛩声：蟋蟀的鸣声。

④罗扇：黄罗扇，扇的一种。以黄罗纱制成。

⑤金英：菊花酒。

冬至踏雪行

至日①云舒气象新，初来寒影探梅②春。
客心踏雪出尘路，闲向瑶林③寻苦身④。
暖盏游文⑤三界⑥富，酒囊润笔半生贫。
万端愁绪亲人远，一夜回家梦里真。

注：
①至日：冬至。
②探梅：寻访梅花。
③瑶林：披雪的林木。
④苦身：劳苦其躯体。
⑤游文：潜心文字。
⑥三界：佛教指众生轮回的欲界、色界和无色界。见《俱舍论世分别品》。

雪飘一庭梅

天寒地白玉沙①飘，花发琼林缀凤条②。
庭树梅英红似火，欲燃雪意③影飘萧④。
香魂明灭⑤得真趣，乐我晨昏远市朝⑥。
月夕⑦隔帘风动处，诗心入画上扶摇⑧。

注：

①玉沙：比喻雪花。

②凤条：梧桐枝。传说凤非梧不栖，因称。

③雪意：高洁的情致。

④飘萧：摇曳而疏落。

⑤明灭：忽明忽暗。

⑥市朝：争名逐利之所。

⑦月夕：月夜。

⑧扶摇：盘旋而上；腾飞。

冬月闲吟

半含梅朵吐幽香，竹叶①销魂润寸肠。
日照花羞争佛面，鸣鸡又叫苦人忙。
孤吟雪月怕回首，春念②愁生催远航。
极目天涯穷物意③，逍遥宇宙纳晨光。

注：

①竹叶：酒名，即竹叶青。亦泛指美酒。

②春念：春日的怀念。

③物意：景物的情态。

听雪

诗伴梅花听雪声，朝昏[①]赏景自无争。
一杯美酒隔尘事，四海知心隐姓名。
雁影不飞朋友远，忽来玉蝶[②]倍多情。
千山月黑[③]离人[④]念，愁遣西风绕万城。

注：
①朝昏：借指日子、生活。
②玉蝶：喻雪花。
③月黑：黑夜无月光。
④离人：离别的人；离开家园、亲人的人。

山居瑞雪飘

六出①狂飞惊白鸦②，随心飘落缀③云沙④。
俄倾千里满春色，四境匆开天上花。
魂入窗帘迷故友，琼瑶⑤赠我乐贫家。
浓情惘惘⑥诉凡事，醉语纷纷⑦游太霞⑧。

注：
①六出：花分瓣叫出，雪花六角，因以为雪的别名。
②白鸦：鸟名。
③缀：系结；连接。
④云沙：犹云泥。指相距遥远。
⑤琼瑶：喻美好的诗文。
⑥惘惘：遑遽而无所适从。
⑦纷纷：众多貌。
⑧太霞：高空的云霞。

冬日偶书

物候①惊魂白发新，年光②壶里醉留春。
心颜③愧怯同流俗④，世味常怀天地珍⑤。
惹眼红梅烧雪树，锁窗明月紧随人。
多情赠我琼瑶笔，满蘸烟霞点业尘。

注：
①物候：动植物随季节气候变化而变化的周期现象。泛指时令。
②年光：年华；岁月。
③心颜：心情和面色。
④流俗：世间平庸的人。
⑤珍：喻善道、美德。

霞酌[①] 吟怀

不见飞鸿野色寒，窗前梅影破忧端[②]。

鸟啼曙斗[③]迎新日，绕舍冰溪忆旧欢[④]。

白发龙钟[⑤]辞昨苦，尘根[⑥]洗净得今安。

对花霞酌穷春景，心有黄金富岁阑[⑦]。

注：

①霞酌：晋葛洪《抱朴子祛惑》："入山学仙……仙人但以流霞一杯，与我饮之，辄不饥渴。"后以"霞酌"指仙酒。

②忧端：愁绪。

③曙斗：犹晨星。

④旧欢：昔日的欢乐。

⑤龙钟：身体衰老、行动不灵便者。

⑥尘根：佛教以色、声、香、味、触、法为六尘，眼、耳、鼻、舌、身、意为六根。根尘相接，便产生六识，导致种种烦恼。

⑦岁阑：岁暮，一年将尽的时候。

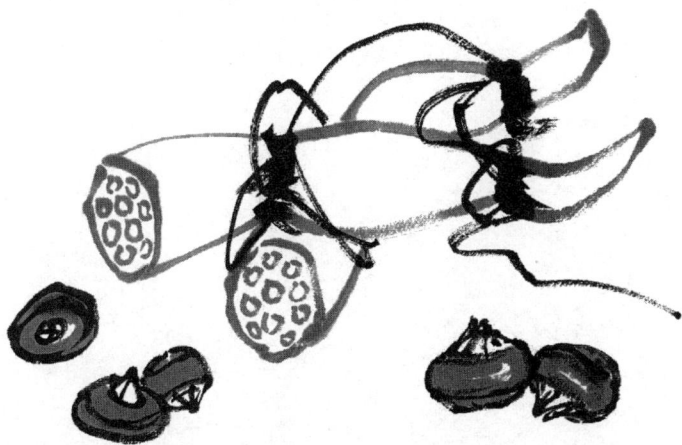

雪天

片片琼瑶①花落轻，枝枝发彩②雁无声。
梅溪③茅舍别天地，吟赏仙游④坐玉京⑤。
杯酒暖身闲日月，尺书不语写诗名。
悠悠归径去何慢，匆匆凡缘⑥赶路程。

注：
①琼瑶：喻雪。
②发彩：开花。
③梅溪：（参见梅谿）旁植梅树的溪水。
④仙游：指信奉道教的人远出求仙访道。
⑤玉京：道家称天帝所居之处。
⑥凡缘：旧指佛家、道家、神仙等与世俗的缘分。

寒夜有怀

秋发①飞霜不记年，明朝余景②结生缘。
乡情早动盼归路，何日东风上客船。
漂泊空尘怀旧处，曙霞分彩总流连。
苦愁若可消寒夜，定向扶桑③索酒钱。

注：
①秋发：白发。
②余景：残留的光辉。
③扶桑：传说日出于扶桑之下，拂其树杪而升，因谓为日出处。亦代指太阳。

南岭寄辞①

绝崖踏壁②寄辞辛，石镜争光似写真③。

冬暖雪迟梅影亮，阳坡④早显草头春。

日穷流岁⑤醉颓景⑥，升斗⑦销魂快乐人。

我寄诗心随旅雁，天南地北自由身。

注：

①寄辞：寄托言词，运用言词。借指写作。

②踏壁：缘壁而上。

③写真：如实描绘事物。

④阳坡：向阳的山坡。

⑤流岁：流逝的时光。

⑥颓景：夕阳。

⑦升斗：借指酒。

游山

岭头霞烂染丛林，松雪无声吹气森①。

闲踏山阶游世界，谢公②过处屐痕深。

冥鸿③飞断寒天路，霜彩梅花待客吟。

悟物④日边⑤寻鸟迹，濡毫⑥福水⑦濯凡心⑧。

注：

①森：寒，凉。　②谢公：南朝宋谢灵运。

③冥鸿：高飞的鸿雁。

④悟物：了悟物理。

⑤日边：太阳的旁边。犹言天边，指极远的地方。

⑥濡毫：濡笔。谓蘸笔书写或绘画。

⑦福水：酒的别名。

⑧凡心：世俗的情思。

夏日竹园幽趣

半生劳作付艰辛，百感情怀入俗尘①。

凉月景光清病眼，随缘风雨寄贫身②。

山鸡起舞知音唱，日镜③开窗照幸人④。

白发等闲抛宿愿，星辰⑤犹恋夕阳春。

注：

①俗尘：世俗人的踪迹。

②贫身：贫穷之身。多用以谦称自身。

③日镜：指太阳。

④幸人：幸运的人。

⑤星辰：道教语。指头发。

雾漫大雪天

鸦啼枝上啄流烟[1]，泄漏银河白絮棉。
不作神工超幻影，帝乡[2]山水画遥天[3]。
琼楼空外[4]三千丈，雾泊霞舟[5]十万船。
玉蝶[6]狂飞花世界，蓬莱[7]咫尺住人仙[8]。

注：

①流烟：飘动的雾气。

②帝乡：天宫；仙乡。

③遥天：犹长空。

④空外：野外；天外。

⑤霞舟：装饰华美的船。

⑥玉蝶：喻雪花。

⑦蓬莱：蓬莱山。古代传说中的神山名。亦常泛指仙境。

⑧人仙：道教里说"形体坚固、长寿住世"的人即人仙。

山舍

山舍栖身卧暖阳，庐围蔬圃播春光。
东南风远白头影，西北鸿飞愁庾郎[1]。
酥酒高吟天上月，且休世事有何妨。
蓬门[2]不扫千金贵，阎王[3]迟来穷命长。

注：

①庾郎：借指多愁善感之诗人。

②蓬门：以蓬草为门。指贫寒之家。

③阎王：同"阎罗"。唐崔泰之《哭李峤》诗："魂随司命鬼，魄逐见阎王。"

丘林冬游

龙王^①休眠雪不飞，丘林寻景踏霜威^②。

仙禽^③徒^④空留真印^⑤，费我穷高怨日晖。

泥酒^⑥润肠迷野径，忧瞧田稼旱苗稀。

适均^⑦自有清官为，免受寒冬眼下饥。

注：

①龙王：传说中统领水族之神。

②霜威：寒霜肃杀的威力。

③仙禽：鹤。相传仙人多骑鹤，故称。语本《艺文类聚》卷九十引《相鹤经》："鹤，阳鸟也，而游于阴，盖羽族之宗长，仙人之骐骥也。"

④徒（tú）：步行。

⑤真印：禅宗谓直指人心、教外别传的心印。

⑥泥酒：犹嗜酒。

⑦适均：犹均等。

心景有著[1]

一窗春艳亮寒条，满院幽香暖碧霄。

花落星辰头点雪，胸怀日月解心骄[2]。

穷瞧天下夕阳[3]景，富读仙书[4]厌奉邀[5]。

莺去流泉[6]歌野舍，客来风物[7]醉今朝。

注：

①著：通"贮"。储存。

②骄：马不受控制，不驯服。

③夕阳：比喻晚年。

④仙书：道教论神仙之书。

⑤奉邀：敬词。邀请。

⑥流泉：流动的泉水。

⑦风物：风光景物。

兴怀故里

莺啼远树带寒声[1]，近水鸣泉空切情[2]。

雁叫泥鸿[3]乡下路，故园梦会两家兄。

十年离客别天地，白首穷忙分三城。

闲处林丘[4]多忆念，又瞧梅朵与春争。

注：

①寒声：凄凉的声音。

②切情：切合内心感情。

③泥鸿："雪泥鸿爪"的略语。比喻往事遗留的痕迹。

④林丘：亦作"林邱"。树木与土丘。泛指山林。

35

红尘漫兴①

心波②浪息入余年③，人海无虞④上愿船⑤。

千里归程斜景⑥速，蓬莱咫尺隔遥天。

曙光嬉弄吟魂酒，月下秋眉⑦思续篇。

善举常怀图佚老⑧，业身⑨何幸⑩落霞边。

注：

①漫兴：率意为诗，并不刻意求工。

②心波：佛教语。喻意念相续不绝，如水波之兴。

③余年：一生中剩余的年月。指晚年、暮年。

④无虞：没有忧患，太平无事。

⑤愿船：佛教语。谓菩萨的誓愿，欲尽度众生于彼岸，故以船喻。

⑥斜景：西斜的太阳；西斜的阳光。

⑦秋眉：白色的眉毛。

⑧佚老：使老年或老人安乐。

⑨业身：业身躯，佛教语。罪孽之身。

⑩何幸：用反问的语气表示很幸运。

蓬门^①有乐

曙色^②初辉鸟语盈，微躯烦远乐康平。
蓬门归隐入仙境，红日开窗神火明。
闲捧吟笺^③斟绿蚁，兴瞻梅蕊吐丹英。
山林风月^④莫知老，夕景怀人了世情。

注：
①蓬门：以蓬草为门。指贫寒之家。
②曙色：曙光。
③吟笺：写诗用的纸。
④风月：清风明月。泛指美好的景色。

窗前一树梅

窗前秾艳^①影疏斜，春染寒梢亮我家。
淡月玉枝妆野舍，融晴^②日景^③吐赪霞^④。
芳馨万古流莺驻，半醉梅心^⑤迷赤鸦^⑥。
烂漫恐愁回看晚，雨声香落一园花。

注：
①秾艳：花木茂盛而鲜艳。亦指秾艳的花木。
②融晴：温和晴朗。
③日景：太阳光。
④赪霞：红色的云霞。
⑤梅心：梅花的苞蕾。
⑥赤鸦：太阳。

初冬游山

丘林叶落诉离声①，泉雨②萦回听凤鸣。
雉兔③食天④栖福地，空荒⑤村井⑥废田耕。
屋边云气连蓬阙⑦，帘外凉烟远市城。
满袖春风⑧沉复醉，杖头日月背山轻。

注：

①离声：别离的声音。

②泉雨：喷洒如雨的泉水。

③雉兔：野鸡和兔子。

④食天：比喻人赖以生存的最为重要的事物。语本《史记·郦生陆贾列传》："王者以民人为天，而民人以食为天。"

⑤空荒：荒凉。

⑥村井：犹村庄。相传古制八家同井，聚居一处，故称。

⑦蓬阙：蓬莱宫。神仙居住的地方。

⑧春风：形容喜悦的表情。

大散关冬游归来

无边光景逐时新，咫尺寒声①落遗尘②。

千古英雄今尚在，孔明③万世早通神。

庭园怀旧梦萧史④，枕畔吟魂⑤乐寿民⑥。

报晓金鸡鸣雪唱⑦，凤邻山舍自寻真⑧。

注：

①寒声：寒冬的声响，如风声、雨声、鸟鸣声等。

②遗尘：前人行动所留的痕迹。

③孔明：诸葛亮的字。

④萧史：古代传说中善吹箫的人。

⑤吟魂：诗人的灵魂。

⑥寿民：造福于民。

⑦雪唱：语本战国楚宋玉《对楚王问》："客有歌于郢中者……其为《阳春》《白雪》，国中属而和者不过数十人而已。"后用"雪唱"指高雅的歌声。

⑧寻真：寻求仙道。

冬日偶题

一冬少雪末迎霜①，晴暖三元②篱菊黄。

雁赶岁时③途寂寞，天光老我向斜阳。

日边④客念心千里，漏点⑤灯前穿寸肠。

愁怕春来迟复语，诗怀无酒就梅香。

注：

①迎霜：犹遇霜。谓天寒。

②三元：道教称天、地、水为"三元"。

③岁时：每年一定的季节或时间。

④日边：太阳的旁边。犹言天边。指极远的地方。

⑤漏点：漏壶滴下的水点声。

小雪①

小雪新晴篱菊娇，风轻香冽洒窗飘。

岁阴②写意③看花歇，客寄天边雁影遥。

玉蝶④不飞吟鸟⑤啭，满堂禅月别魂销。

望祈梅朵解离苦，老酒深情复日朝⑥。

注：

①小雪：二十四节气之一，相当于阳历 11 月 22 日或 23 日。

②岁阴：岁暮，年底。

③写意：披露心意，抒写心意。

④玉蝶：喻雪花。

⑤吟鸟：善鸣的鸟。

⑥日朝：方言。每天。

冬温闲吟

镜雪①频侵看寿眉②，穷年③几许有谁知。
夕阳多感愁离苦，犹忆贫交④欢少时。
老去日痕⑤澄笔力，壶公⑥天地咏诗奇。
冬温今岁春来早，莫恐明朝观赏迟。

注：
①镜雪：比喻白发。
②寿眉：特别长的眉毛。旧说眉长者寿长，故称。
③穷年：终其天年；毕生。
④贫交：贫贱时交往的朋友。
⑤日痕：日光。
⑥壶公：传说中的仙人。所指各异。

山居清吟

雾里林荫翻翠涛，日栖屋极①瓦松高。
菩提树下心如镜，砚上风云任逸遨②。
晓籁息声吟锦字③，斜曛试茗④解辛劳。
百年自得红尘醉，双眼羞瞻鬓白毛。

注：
①屋极：屋顶。
②逸遨：放纵遨游。
③锦字：喻华美的文辞。
④试茗：品茶；饮茶。

客居东极岛^①

好景迷情去苦劳，可人^②物态入风骚^③。

鲸舟乘日飞烟水^④，寓客^⑤蓬莱宴寿桃。

红树石床怀夕照，月钩闲把钓灵鳌^⑥。

艳颜^⑦醉趣游东极，南海无虞^⑧听碧涛。

注：

①东极岛：（英文名称：Dongji Island），正式地理名称为中街山列岛，别称渔夫列岛，是中国浙江省舟山市东极镇所辖岛屿的总称。

②可人：称人心意。

③风骚：借指诗文。

④烟水：雾霭迷蒙的水面。

⑤寓客：寄居他乡的人；外来暂住的旅客。

⑥灵鳌：神话传说中的巨龟。语出《楚辞·天问》："鳌戴山抃，何以安之?"王逸注引《列仙传》："有巨灵之鳌，背负蓬莱之山而抃舞。"

⑦艳颜：因羞愧或酒醉而脸红。

⑧无虞：没有忧患，太平无事。

初冬游鸡峰山

草色冬荣[①]春亦然，疏林苔径踏青钱[②]。

雾吞秀岭失连嶂[③]，石影[④]移峰载客船。

白日驾云闲处坐，娱神[⑤]无极[⑥]越江天。

暮情[⑦]零落写风雨，心著梅花正斗妍。

注：

①冬荣：草木冬季茂盛或开花。

②青钱：喻色绿而形圆之物。如榆叶、萍叶、苔点等。

③连嶂：连绵的山峰。

④石影：石之阴影。

⑤娱神：使心神欢乐。

⑥无极：无穷尽；无边际。

⑦暮情：晚年的情怀。

山游

雾岭飞霞千里红，霜轻麦野万畴葱。

松涛①淋沥②流泉响，我爱山游醉斗风③。

穷景乐心知大命④，光阴愁失不由衷。

白头咏物听天语⑤，晚岁无聊争化工⑥。

注：

①松涛：风撼松林，声如波涛，因称松涛。

②淋沥：滴落貌。

③斗风：犹乘风。形容速度快。

④大命：天命。

⑤天语：上天之告语。

⑥化工：自然的造化者。语本汉贾谊《鵩鸟赋》："且夫天地为炉兮，造化为工。"

闲情观瑞雪

漠漠^①寒烟^②绝碧埃，飘飘白絮下瑶台^③。

乾坤一色隔尘世，咫尺蓬瀛^④醉引杯^⑤。

琼树亮堂多雅趣，低吟诗笔少文才。

天怜老朽^⑥迟春赏^⑦，早放梅花几朵开。

注：

①漠漠：迷蒙貌。

②寒烟：寒冷的烟雾。

③瑶台：传说中的神仙居处。

④蓬瀛：蓬莱和瀛洲。神山名，相传为仙人所居之处。亦泛指仙境。

⑤引杯：举杯。指喝酒。

⑥老朽：老人自谦之词。

⑦春赏：游赏春色。

北疆美景如画

翠鹊①红鸾②鸣玉箫，银花芳树泛春潮。
几枝青杏沉微语③，半笑稚桃似火烧。
西施④荡舟波浪软，麻姑⑤霞酌卧东桥。
祥光普照云来去，我走天涯漫步遥。

注：
①翠鹊：喜鹊。
②红鸾：神话传说中的红色仙鸟。
③微语：犹微词。
④西施：春秋越美女。或称先施，别名夷光，亦称西子。姓施，春秋末年越国苎罗（今浙江诸暨南）人。
⑤麻姑：神话中仙女名。传说东汉桓帝时曾应仙人王远（字方平）召，降于蔡经家，为一美丽女子，年方十八九岁，手纤长似鸟爪。

病愈

风寄乡魂断曙烟①，人谋②忘命③去愁煎④。
夏阳如火烧心事，明月温情入寸田⑤。
至药⑥今来轻病气⑦，白翁造化得延年。
妙方赐我长生乐，佛力无能度学仙⑧。

注：
①曙烟：拂晓时的烟霭。
②人谋：人为的努力。
③忘命：不怕死；竭尽全力。
④愁煎：愁苦煎迫。
⑤寸田：心田，心。
⑥至药：犹妙药。旧时多指方士所炼的丹药。
⑦病气：病人的气息。
⑧学仙：亦作"学僊"。学习道家的所谓长生不老之术。

游鸟①

借栖檐下喜今生，卧咏春风学凤鸣。

天地穷游皆得意，桃源②饱食少贪争③。

曙鸡一唱农人苦，千亩黄云④乐早莺。

狂爱四秋⑤闲世事，田忙⑥百啭尚多情。

注：

①游鸟：飞鸟。

②桃源："桃花源"的省称。

③贪争：贪求争夺。

④黄云：比喻成熟的稻麦。

⑤四秋：春、夏、秋、冬四季的收成。

⑥田忙：农忙。

端午感兴

雨频仲夏洒清凉，老去孤魂游异乡。

岁岁汨罗①悲屈子，朝朝②流客③惜年芳④。

多情笑我早头白，昏眼停杯迟⑤痛肠。

病叟未尝痊复计，开樽今日祝平康。

注：

①汨罗：江名。湘江支流。在湖南省东北部。战国时楚诗人屈原忧愤国事，投此江而死。

②朝朝：天天；每天。

③流客：旅居他乡的人。

④年芳：美好的春色。

⑤迟：久。

伏暑

鱼浮烟浪吹云箫^①，汲水车人锁石桥。
绿树炎光^②风难净，朱楼池榭酒歌谣。
田畴龟裂叶愁卷，引灌农夫心已焦。
龙王^③几时甘露洒，一天雷雨润枯苗。

注：
①云箫：古管乐器。排箫的一种。
②炎光：暑气。
③龙王：传说中统领水族之神。

送应考学子

义气书生试甲科①，有几得意踏轻歌？
莫愁一日名能就，江海②三千见巍峨③。
万里星辰收宇宙，十年辛楚著雕磨④。
禅徒苦尽逢人笑，跳出龙门⑤喜若何？

注：
①甲科：登甲科的人。
②江海：泛指四方各地。
③巍峨：高大雄伟。
④雕磨：雕琢砥砺。
⑤龙门：借指科举会试。会试中第为登龙门。

宿雨①寄兴

宽勉才休自不忙，闲听天漏②数年光③。
斜晖叹惜日头短，百世春秋一梦长。
宿雨沥情④生迭韵⑤，懒无神兴咏辞章。
檐声通晓⑥添摇水⑦，未酌三杯觉病康。

注：
①宿雨：久雨；多日连续下雨。
②天漏：雨量过多。
③年光：年华；岁月。
④沥情：点滴不漏地告知实情。
⑤迭韵：赋诗重用前韵。
⑥通晓：整夜；通宵。　⑦摇水：瑶浆。

痴雨叹麦候①

云雾低垂兴雨②多，望乡畴野少金波。
陌头泥燕哭时食③，城里谁曾忆黍禾④。
千亩麦黄飘黛色，一年岁熟⑤种蹉跎。
山鸡肥鼠欢林上，不事农桑有酒歌。

注：
①麦候：麦熟季节。指农历四五月间。
②兴雨：降雨。
③时食：四季应时的食品。
④黍禾：黍和禾。泛指粮食作物。
⑤岁熟：亦作"岁孰"。年成丰熟。

雨收田家①

伏雨②倾波③生夏凉，干畦浇透变池塘。
莺啼枝杪啄红杏，裂穗霉芽黑盖黄。
泥入铁牛深一尺，野无肥鼠窃三仓④。
鸟群求食噪檐下，苦尽农夫泪眼汪。

注：
①田家：农家。
②伏雨：连绵不断的雨。
③倾波：倾泻的水流。
④三仓：储粮之太仓、石头仓、常平仓。

扁舟意

昔日①悲怀昨夜收，今来欢意载歌舟。
心随波凑②淘余趣，眼入云山③忆旧游。
醉向花前寻赋韵，忘机④吟卧⑤远孤愁。
浮鸥⑥击水惜年迈，鸦噪斜阳叹白头。

注：
①昔日：已过去的岁月。
②波凑：犹言滚滚波涛。
③云山：远离尘世的地方。隐者或出家人的居处。
④忘机：消除机巧之心。常用以指甘于淡泊，与世无争。
⑤吟卧：朗吟高卧。形容闲适。
⑥浮鸥：鸥鸟。常比喻飘忽不定。

客耕①感悟

野田新熟鸟啼饥②，穗上飞蝗③睡梦怡。

繁叶凉风闲鼓扇，残年曝背④了休时。

客耕几日得蒙化，劳碌今生终展眉。

百戏红尘争话计，输于心竞⑤下场诗⑥。

注：

①客耕：租种别人的田地。

②啼饥：因饥饿而号哭。

③飞蝗：蝗虫。身体灰褐色、黄褐色或绿色。常成群飞翔，吃禾本科农作物。大面积出现飞蝗，会造成严重的灾害。

④曝背：借指耕作。

⑤心竞：暗自争胜。

⑥下场诗：剧中人物下场时所念的诗，明传奇一般用五、七言绝句。内容多概括剧情大要，给人以启发或引人思考。如《琵琶记蔡宅祝寿》的下场诗为："逢时对酒合高歌，须信人生能几何？万两黄金未为宝，一家安乐值钱多。"

邂逅①偶作

邂逅飘然醉煦风，衰龄顿悟似孤鸿。

小余②一觉游尘世，六十春秋过景③匆。

鹊噪屋檐多重调，人生悲喜古今同。

浮云匝眼踏归路，夕照④犹怜白首翁。

注：

①邂逅：欢悦貌。

②小余：泛指一日余下的短暂时光。

③过景：犹过隙。

④夕照：夕阳。

终南断想

人生迟暮①思仙苑②，辞业祛疑③慕普贤④。

纵使纤尘随踵⑤至，谁能消去达摩禅⑥。

注：

①迟暮：犹徐缓。

②仙苑：仙宫；仙境。

③祛疑：消除他人的疑惑。

④普贤：佛教菩萨名。梵名为 Samantabhadr。

⑤随踵：犹紧跟。常形容来者之多或来者之快。

⑥达摩禅：祖师禅。

初冬即景

风掠云枝①倦鸟过，空留碧月对嵯峨②。
凌霜不敌秋光老，怅叹残红竟若何！

注：
①云枝：高耸入云的树枝。
②嵯峨：高耸的山。

朝花暮想

一夜落花不忍看，无情岁月挫华年。
半生浮梦如烟露，风雨难催我淡然。

清平乐为

回首残春遁空尘，粉墙篱下尽芳茵。
不愁年华多流逝，一屋书香赠后人。

感时怀兴

垄麦返青归雁鸣，丘林花发竞初荣①。

仙乡踏赏迷幽径，客地吟歌逐野情。

腊雪方消农事好，山家活计②劝③春耕。

早朝老叟种风雨，岁岁桑麻④赶暮程⑤。

注：

①初荣：指初开之花。

②活计：生计；谋生的工作或私业。

③劝：勤勉，努力。

④桑麻：泛指农作物或农事。

⑤暮程：日暮的旅程。

心景难觅

烟霞落漠①近曛黄②，还揽婵娟对碧香③。

手把云樽清婉④唱，月明窗口醉春光。

注：

①落漠：张设；笼罩。

②曛黄：黄昏。

③碧香：美酒名。

④清婉：清亮婉转。

陋室杂感

风过草庐更劲吹，朝花最怕一斜晖。

青丝尽染人怀旧，思绪横飞似忘归。

归

谷田一片蛙声起，明月清风十里溪。
凄雨浇醒南华梦^①，昔时意望^②不堪提。

注：
①南华梦：庄周的蝴蝶梦。
②意望：愿望，希望。

暮秋

秋云横卧碧山中，闻听鸡鸣日正红。
又见凄寒^①摧落后，一枝轻翠^②沐熏风^③。

注：
①凄寒：寒冷。
②轻翠：嫩绿。
③熏风：东南风；和风。

冬日

街清巷静犬声狂，霜叶愁伤万重芳。
此刻当吟长短句①，围炉夜话捧瑶浆。

注：
①长短句：词曲的别称。词曲的句子，长短不一，因调而异，故称。

野陌清风

几载浮萍①似半悬，十年岁月已推迁②。
孤居不闻风和雨，伏案翻书会圣贤。

注：
①浮萍：比喻漂泊无定的身世或变化无常的人世间。
②推迁：推移变迁。

菊舍

篱下葱茏①最至贞②，青茎横翠自冰清③。
霜英④瓣瓣竞相放，香草依依伴老生。

注：
①葱茏：引申为繁密貌。
②至贞：最纯正的心。
③冰清：比喻德行高洁。
④霜英：经霜的花朵。指菊花。

初冬怀远

乡野云光^①共竞奇，碧山屹立傍斜曦^②。
一轮曜日^③常辉照，今岁忻欢^④正此时。

注：
①云光：云层罅缝中漏出的日光。
②斜曦：傍晚的阳光。亦指西斜的太阳。
③曜（yào）日：灿烂的阳光。
④忻（xīn）欢：欢乐。

游子

叶黄风落任高低，征雁惊鸣向日西。
断雾岂知鸿鹭^①意，何时归复作双栖^②。

注：
①鸿鹭：泛指鹄、雁、鹅、鸥等大型水鸟。
②双栖（shuāngxī）：飞禽雌雄共同栖止。

夏夜

碧峻湖心倒插天，火云①夕出射流烟②；
夏风兴咏吹时雨，暮色愁离来往船。
松壑清溪描绝画，新莺奋翅舞联翩③；
故乡千里思遥夜④，唯见苍穹一月圆。

注：

①火云：红云。多指炎夏。
②流烟：飘动的雾气。
③联翩：鸟飞貌。
④遥夜：长夜。

初晴

山林收雨晚初晴，芳树含烟笼月明。
远起莺歌开①闷酒，近瞻花落出烦城②。
昨儿不复累无死，今夜欢杯款有生。
世路③百年迟马速，逍遥一笑莫愁争。

注：

①开：消除；解除。
②烦城：烦恼的境地。
③世路：人世间的道路。指人们一生处世行事的历程。

望归人

抬头望月对轩台，睁眼垂云扫不开。

霁雨[1]初晴遮远岫[2]，日余[3]孤影几徘徊。

叶黄蝉噪去离苦[4]，暮角[5]催杯酒乐来。

愁断天涯无出路，思君凄泪挂冰腮。

注：

①霁雨：雨止。

②远岫（xiù）：远处的峰峦。

③日余：夕阳。

④离苦：佛教语。脱离苦难。

⑤暮角：日暮的号角声。

春雪

晴窗风过吹惊霰[1]，山中青烟横一川。

几阵烟花喧响后，春曦[2]遍照碧罗天[3]。

注：

①惊霰：飞舞的霰珠。

②春曦：春日太阳升起。亦指春天的太阳。

③碧罗天：碧绿明净的天空。

沧桑如梦

龙润①方晴翠岭孤，花含香露挂诗图②。

半生风雨吹烟去，明月倾杯醉老夫。

枝上青蚨③多走客，囊穷羞涩少锱铢④。

长忧日复守虚舍，一夜离魂伤白须⑤。

注：

①龙润：雨的别称。

②诗图：富有诗意的优美图画。

③青蚨：传说中的虫名，别称蚨蝉、蠦蜗、蒲虻、鱼父、鱼伯等，原型可能是田鳖、桂花蝉。传说青蚨生子，母与子分离后必会聚回一处。人用青蚨母子血各涂在钱上，涂母血的钱或涂子血的钱用出后必会飞回，所以有"青蚨还钱"之说，"青蚨"也成了钱的代称。

④锱铢：比喻微利、极少的钱。

⑤白须：白色的胡须。形容年老。

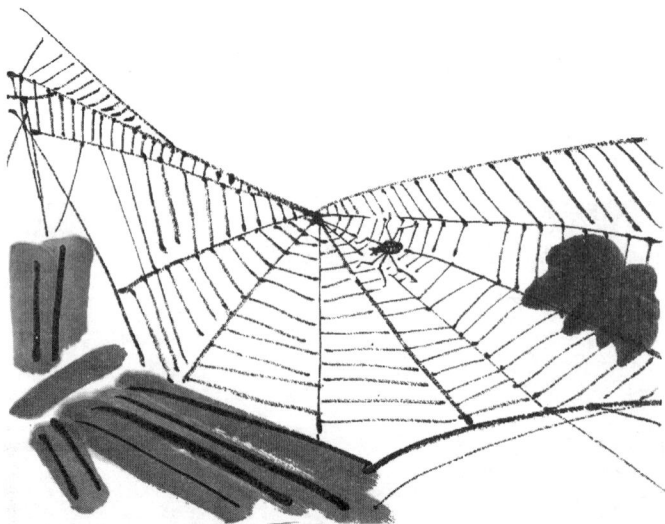

62

冬日感怀

水云渺渺一连^①天，堤岸风轻断暮烟。
平日空怀流客梦，年时^②碌乱^③少成眠。
愁来浇酒杯常尽，诗就沉吟^④意未诠。
七尺男儿悲自叹，欲寻长路马不前。

注：
①一连：接连，继续不断。
②年时：岁月；年代。
③碌乱：忙乱。
④沉吟：低声吟味；低声自语。

自安然

历史由来^①时代传，扰攘^②兴盛两相然^③；
岂能曲意求同理，在我心城^④自有天。

注：
①由来：自始以来；历来。
②扰攘：混乱；骚乱。
③相然：相宜；互以为是。
④心城：佛教语。比喻外缘不入的清净禅定之心。

南岭望雪

吹云①百丈舞朦胧，迷雾千帆载颢穹②。
剪水③凌虚④飞玉蝶，琼林满眼坠芳丛。
落花篱上埋寒鸟，银粟开仓寓大同⑤。
春海四围含瑞气，无边曙色暖瑶宫⑥。

注：
①吹云：吹起云气。
②颢穹：苍天。天博大而形穹隆，故称。
③剪水：雪花。
④凌虚：升于空际。
⑤大同：战国末至汉初的儒家学派提出的一种理想社会，与"小康"相对。
⑥瑶宫：传说中的仙宫，用美玉砌成。

枕水① 遐思

尘缘向日西，谁解半生迷？
绿浦②连天远，遐踪③踏水低。
帆风常际会，江叟走丹溪④。
明月无愁恨，樽前倦鸟啼。

注：
①枕水：靠近水边；偃伏水上。
②绿浦：绿色的水滨。
③遐踪：踪影远离尘世。谓隐遁或修道。
④丹溪：仙人居住的地方。

刘伶酒①

独斟一碗刘伶酒，暮色溟蒙②伴客愁。
莫教月华空寂寞，引杯大笑醉千秋。

注：

①刘伶酒：《晋书·刘伶传》："刘伶字伯伦，沛国人也……常乘鹿车，携一壶酒，使人荷锸而随之，谓曰：'死便埋我。'"后以"刘伶酒""刘伶锸"为纵酒放达的典实。

②溟蒙：昏暗；模糊不清。

初冬即景

初冬霞靉①洗云瓦②，满目琳琅似染纱。
一地残红③飞断岸，寒风自顾落梅花。

注：

①霞靉（xì）：如霞的赤红。
②云瓦：盖在屋脊两边的瓦。
③残红：凋残的花；落花。

寒夜杂兴

吟魂①无力叠②垂年③，乐境④清怀⑤一世缘。

虚日⑥借书离苦趣⑦，夕阳迷客寄云笺。

空阶点滴⑧消昏夜，同宿冰壶⑨醉酒船⑩。

往事赏心常莹目⑪，灯花零落笑风前。

注：

①吟魂：诗人的灵魂。

②叠：重复。

③垂年：生命将尽之年，晚年。

④乐境：乐土。

⑤清怀：清高的胸怀。

⑥虚日：空闲的日子；间断的日子。

⑦苦趣：佛教指地狱、饿鬼、畜生这三种"恶道"。均为轮回中的受苦之处。趣，同"趋"。

⑧点滴：雨点滴注或雨点滴注声。

⑨冰壶：借指月亮或月光。

⑩酒船：酒杯。

⑪莹目：使眼睛明亮。

心向菩提①

天堂地狱两无门，善恶之微分意根②。

泾渭辩明方寸见，海心波凑③朗乾坤。

道经④千载立真语，世代凡人开眼昏。

践履⑤斜阳追晚路⑥，菩提树下出烟村⑦。

注：

①菩提：佛教名词。梵文 Bodhi 的音译。意译"觉""智""道"等。佛教用以指豁然彻悟的境界，又指觉悟的智慧和觉悟的途径。

②意根：佛教语。为六根中的第六根。谓对于法境而生意识，故名。

③波凑：犹言滚滚波涛。

④道经：道家或道教的经典。

⑤践履：行走。

⑥晚路：晚年。

⑦烟村：烟雾缭绕的村落。

梦觉

梦觉^①灯青^②月下山，魂飘旧道入乡关。
星星寥落笑童首^③，黄鸟齐齐列鹤班。
行水不停收触绪^④，菱花^⑤影里失姝颜。
萧条夕景与时去，六十春秋无往还。

注：
①梦觉：犹梦醒。
②灯青：灯焰显出低暗的青蓝色。
③童首：秃头。
④触绪：触动心绪。
⑤菱花：菱花镜。亦泛指镜。

雾落黄昏

苍岑琪树^①隐烟村，三径蓬蒿鸦噪门。
牧啸吹翻千里雾，萤光万点送黄昏。
朦胧夜路腾寥汉^②，障眼迷云浮醉魂。
瑶岛今宵闲日月^③，我鞭天马走乾坤^④。

注：
①琪树：仙境中的玉树。
②寥汉：辽阔的天空。
③日月：时令；时光。
④乾坤：称天地。

闲余咏题

半世忙人命运艰，从容今早闭幽关①。
听窗鹤语②唤颓老，小酌流霞③回壮颜④。
入户朝光随喜意，云林⑤暮景待春还。
星辰⑥追我无虚日，吟鸟⑦常来共渡闲。

注：

①幽关：犹玄关。指入道之门。

②鹤语：晋陶潜《搜神后记》卷一："丁令威，本辽东人，学道于灵虚山，后化鹤归辽，集城门华表柱。时有少年，举弓欲射之。鹤乃飞，徘徊空中而言曰：'有鸟有鸟丁令威，去家千年今始归。城郭如故人民非，何不学仙冢垒垒。'遂高上冲天。"后因以"鹤语"指劝人学仙。

③流霞：泛指美酒。

④壮颜：少壮时的容颜；壮美的容颜。

⑤云林：隐居之所。

⑥星辰：岁月。

⑦吟鸟：善鸣的鸟。

夜景感怀

空山日落水云①沉，蝉唱高枝韵满林。

鹤径②草虫争世语，人寰古事见如今。

带风时雨驱烦暑③，别泪生添④洗寸心。

槐蕊坠丛秋意冷，白头春笑作花吟。

注：

①水云：将要下雨的云。

②鹤径：亦作"鹤迳"。隐者来往的小路。

③烦暑：闷热；暑热。

④生添：增添。

秋日杂兴

野林黄落①起秋烟，云屋松窗隐大千。

鸿鹄影匆来复去，街芜②寂寞草虫喧。

夜香③飘薄④入疏户⑤，愁上高楼傍酒船⑥。

一阵西风撩客梦，空村又见月初圆。

注：

①黄落：枯草落叶。

②街芜：道上的杂草。

③夜香：夜晚的花香。

④飘薄：随风消散。

⑤疏户：窗户。

⑥酒船：酒杯。

暮秋

风凉落叶频，蝉息草虫嗔①。
天末雁程渺，斜阳送故人。
云涛翻泪眼，题咏涤心神。
杯底移秋律②，狂吟六十春。

注：
①嗔：发怒；生气。
②秋律：古人以四季与十二律相配，因称秋季为秋律。

南岭咏题

黄叶飘零入寸眸①，晚香②恋客半含羞。
销魂鸣雁带悲去，惹发幽情苦别留。
凉景③恨无春意暖，丹萤④喜夜向寒秋。
故山⑤遥忆饮霞⑥醉，月下西风收积忧⑦。

注：
①寸眸：眼睛的代称。
②晚香：菊花。
③凉景：秋天的景色。
④丹萤：萤火虫的美称。
⑤故山：旧山。喻家乡。
⑥饮霞：喻饮酒。
⑦积忧：深重的忧虑。

虚日闲情

虚日①无忧不记年，叶黄愁苦落霜前。

月令②择木移芳树，鸟啄山经③修圣贤。

凉意惬人怀逸兴，婕妤④咏思动宫扇。

折枝遥忆九春景，更喜三迳菊夭妍。

注：

①虚日：空闲的日子；间断的日子。

②月令：《礼记》篇名。礼家抄合《吕氏春秋》十二月纪之首章而成。所记为农历十二个月的时令、行政及相关事物。后用以特指农历某个月的气候和物候。

③山经：《山海经》的简称。

④婕妤：汉班婕妤以扇为喻，写诗自伤故事。

落木有怀

落木萧骚①心事多，归程恍惚②苦吟哦③。
星辰④忙碌笑秋鬓，日月闲天梦里过。
尘虑⑤已随霜雁远，低眉就世⑥醉金波⑦。
夕英花眼伤铅粉⑧，余态⑨超离⑩生死歌。

注：
①萧骚：形容风吹树木的声音。
②恍惚：迷茫；心神不宁。
③吟哦：有节奏地诵读。
④星辰：犹言流年。
⑤尘虑：犹俗念。
⑥就世：顺从世俗。
⑦金波：酒名。亦泛指酒。
⑧铅粉：借指美丽容貌、青春年华。
⑨余态：残留的姿色。
⑩超离：超脱；脱出。

山居雅兴

人海静元心，山庐戏五禽①。
竹篱扶菊艳，枫锦②动春岑③。
华发开词卷，猿声伴苦吟。
酒乡④赊雪月，梦里有黄金。

注：

①戏五禽：相传汉末名医华佗模仿虎、鹿、熊、猿、鸟五禽的动作和姿态，编成一套体操，进行肢体活动以健身。后因称以此法锻炼身体为"戏五禽"。

②枫锦：形容经霜枫叶。因其色红艳如锦，故称。

③春岑（cén）：春山。

④酒乡：犹醉乡。

夕阳踏归途

凉霏①萧寂蛩声②休，蝉露漓淋满眼秋。
晚艳③不飞游蝶梦，雪香④尽带夕阳愁。
风光偏爱嘻颓老，撩惹诗魔⑤意难酬。
心路山高红树⑥冷，白云⑦醉卧暖寒流。

注：

①凉霏：秋雾。

②蛩声：蟋蟀的鸣声。

③晚艳：晚发之艳色。亦指晚开的花。

④雪香：白花。

⑤诗魔：酷爱作诗好像着了魔一般的人。

⑥红树：经霜叶红之树，如枫树等。

⑦白云：喻归隐。

闲情吟白露

白露凝情苔锦①凉，叶黄不语忆沧桑。
蛩鸣砌畔秋声②渺，鸦噪枯枝立晚阳。
心寄天河③闲物外④，困人思睡了穷忙。
一壶春色病身暖，半世云烟⑤过野堂⑥。

注：
①苔锦：形容苔藓丛生，如锦绣铺地。
②秋声：秋天里自然界的声音，如风声、落叶声、虫鸟声等。
③天河：银河。
④物外：世外。谓超脱于尘世之外。
⑤云烟：比喻容易消失的事物。
⑥野堂：村居之堂屋。

雨天遣怀①

雨师②潇洒濯凡尘③，节候④追时唤日新，
岁月如流千万里，余怀⑤入骨十年频。
遣愁无力睁诗眼⑥，点墨⑦挥毫难写神⑧。
一盏忘忧游四海，百龄踏遍五湖春。

注：
①遣怀：遣兴，抒发情怀，解闷散心。
②雨师：古代传说中司雨的神。
③凡尘：人世间。
④节候：时令气候。
⑤余怀：无穷的怀念。
⑥诗眼：诗人的赏鉴能力、观察力。
⑦点墨：比喻极少的文化。
⑧写神：抒发思想感情。

二　活水深情
激流远

贤传伦经空养虚，青山对酒又何如。
目光难尽万千景。心静优游太古初。

文化基因寄情怀，笔头风景无边际。
陶渊明写道："问君何能尔，心远地自偏。"
千载风云流散，
今天我们依然有着这样的淡泊宁静。
如作者所写："心在云天外，人间不慕名。"

尘路

尘路^①千回去复来，闲花^②落地逐年^③开。
韶春有梦能几许，秋韵情深万籁猜。
天命^④平均无意向^⑤，吾愚昏眼虑何哉？
余光^⑥暖衣动心树^⑦，忍看风生金菊台。

注：
①尘路：布满尘土的道路。亦以喻尘俗。
②闲花：野花。
③逐年：一年一年地。
④天命：自然的规律、法则。
⑤意向：心之所向，意图。
⑥余光：落日的光芒。
⑦心树：佛教语。指如树木生长的意念活动。

乐鸟

常歌闹市厌人情，车马尘喧似不惊。
身跃云端何自得，目穷天地有谁争。
心游丰熟醉花月，乐走危崖饱食粳。
世事茫茫通鸟道，峨眉①休挡我登程。

注：

①峨眉：也写作峨嵋。山名。在四川峨眉县西南，因山势逶迤，有山峰相对如蛾眉，故名。佛教称为光明山，道教称为"虚灵洞天""灵陵太妙天"。其脉自岷山绵延而来，突起为大峨、中峨、小峨三峰。

雾失江天

浓雾集晴川①，余光心境悬。
樱花飞雪树，唤我惜春年。
社客②鸣村市，犹寻旧日天。
半山云海路，何处有归船？

注：
①晴川：晴天下的江面。
②社客：燕的别名。燕子为候鸟，江南一带每年以春社来、秋社去，故有此名。

世路感怀

世路悠悠鸣雁哀，菊篱朵朵乘风开。
镜心秋鬓惊霜老，毫末功夫夕景①催。
幽思②百年千绪乱，丹萤③万点念成灰。
飘然往事积流韵④，诗酒今儿沉玉杯。

注：
①夕景：夕阳。
②幽思：郁结于心的思想感情。
③丹萤：萤火虫的美称。
④流韵：诗文等表现出的风格韵味。

禅心亮墨

静闲心念裁三经①，笔彩千年留遗馨②。
胸有丁香含馥蕾，墨花吹落满天星。

注：
①三经：《诗》六义中的赋、比、兴。
②遗馨：犹流芳。

柴荆闲趣

蝶舞芳丛亮柴荆^①，蓬壶^②方丈^③乐平生。
红花绿叶扶余醉，五彩缤纷恋世情。

注：
①柴荆：借指村舍。
②蓬壶：蓬莱。古代传说中的海中仙山。
③方丈：一丈见方。

林泉栖身

林泉春老意迟迟，懒听黄莺无不宜。
常把禅心留彼岸，锦囊香在笑归期^①。

注：
①归期：晚年。

野游

野游佛寺照青莲^①，净洗心光^②秉恪虔^③。
摆脱轮回轻信步，愚夫弥日^④似真仙。

注：
①青莲：佛教以为莲花清净无染。故常用以指称和佛教有关的事物。1. 指佛寺。2. 指佛经。3. 犹净土，佛家所谓极乐世界。
②心光：佛教谓佛心所照之光。
③恪虔：恭敬虔诚。
④弥日：终日。

矮舍感怀

月斜龙①渴自游嬉，残岁催征跛脚移。
皓首探春瑶草②亮，锦囊香空待妍辞③。
我追孔父诚三思④，难学姜公笑四离⑤。
古圣前贤何处在？只留陵柏老无时。

注：
①龙：高大的马；骏马。
②瑶草：被雪覆盖的草。
③妍辞：优美的词句。
④三思：少思长，老思死，有思穷。
⑤四离：冬至、夏至、春分、秋分的前一天的合称。详"四离四绝"。

相思

愁海悲歌寄远遐，子规啼叫泪沾花。
隔墙两朵玲珑①树，但愿常情共一家。

注：
①玲珑：诗词中用以指梅花或雪。

舟歌

丽日风清著酒歌，郊原足雨润青禾。
遥瞻秋月谷盈实，装满心舟荡碧波。

夕照山野

洗月红云落暮天，寂寥夜色竟悠然。
深林野莽烟波起，蓬岛仙人早已眠。

水畔人家

风起鹭飞斜，湖堤啼乱鸦。
微波抛钓客，远笛醉丹霞。
倦鸟归巢急，蟾光①影浪花。
蛙鸣催夜幕，星汉②照船家。

注：
①蟾光：月色；月光。
②星汉：天河；银河。

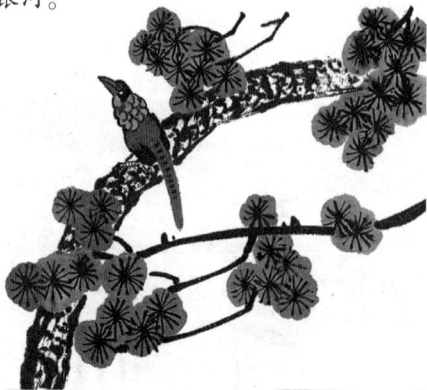

随缘

走马红尘顺自然，白头换骨[①]识诗仙。
一声鸿语朝新运，万水千山结善缘。

注：
①换骨：喻作诗文活用古人之意，推陈出新。

归心千里

孤城水绕树苍苍，雾起归途野杳茫。
风雨世尘怀酒乐，烟波万里踏斜阳。

言志炫彩

意田[①]弘道一琼葩，言志含情四照花[②]。
太白今时挥墨秀，当朝杜甫塑雕霞[③]。

注：
①意田：犹心田。谓产生意念的所在。
②四照花：传说中的花名。因花开光华四照，故名。语本《山海经·南山经》："《南山经》之首曰鹊山，其首曰招摇之山……有木焉，其状如榖而黑理，其华四照，其名曰迷榖，佩之不迷。"
③雕霞：变幻多彩的云霞。

人生感怀

幻梦荣枯步孽尘①，欲痴点破禅魔身。
菩提②树下听天语③，彼岸轻舟渡世人。

注：
①孽尘：佛家多以指人世间。
②菩提：佛教名词。梵文 Bodhi 的音译。意译"觉""智""道"等。佛教用以指豁然彻悟的境界，又指觉悟的智慧和觉悟的途径。
③天语：上天之告语。

春望

春望千山动彩霞，蓬莱①咫尺入云涯。
枕书听鹊②圆征梦，参省③常怀慕释迦④。
岁月煮茶三碗酒，丹青⑤自润四时⑥花。
心磨八极⑦半宵短，万里归程今到家。

注：
①蓬莱：蓬莱山。古代传说中的神山名。亦常泛指仙境。
②听鹊：听喜鹊的叫声以为吉兆。
③参省：参验省察。
④释迦：佛教创始人 Sakyamuni 的梵语音译。
⑤丹青：丹青色艳而不易泯灭，故以比喻始终不渝。
⑥四时：四季。
⑦八极：八方极远之地。

剃度①

千劫②尘缘顶上颓，一刀一剪露花腮③。
山环水绕浮生路，黄卷青灯④梦里回。

注：
①剃度：佛教语。谓落发出家而得超度。
②千劫：佛教语。指旷远的时间与无数的生灭成坏。劫，梵语 kalpa 的音译。
③花腮：莲花腮，指白嫩红润的面颊。
④黄卷青灯：光线青荧的油灯和纸张泛黄的书卷。借指清苦的攻读生活。

福地

花径故园深，春人①香满襟。
南山收野趣，欢乐白头吟。
百舌②歌朝夕，风光伴古琴。
眼昏迷俗物，泉响洗愚心。

注：
①春人：游春的人。
②百舌：鸟名。善鸣，其声多变化。

福地四季春

红林①映舍落霞光，满院香风笼月堂②。
三径梅花开佛眼，四时③春景纳祯祥④。

注：
①红林：盛开红花的树林。
②月堂：唐李林甫堂名。因形如偃月，故名。
③四时：四季。　④祯祥：吉祥的征兆。

春光匆匆

杏雨①沾襟桃蕊红，海棠丹粉滴芳丛。
吟情雪月俗尘醉，争赏年光②过影匆。

注：
①杏雨：杏花雨。　②年光：春光。

绕屋凌霄花

高树枯藤爬绿墙，夏风巧剪入春光。
龙姿凌空欲采月，飘落丹霞映华堂。
金蕊照人栖福地，意迷家雀好情①常。
翠微②掩屋生豪侈③，鸟语花宫④品妙香。

注：
①好情：待人情意深厚。
②翠微：形容山光水色青翠缥缈。
③豪侈：犹言豪华奢侈。
④花宫：犹仙界。

瘟君闭户春有信

瘟君休阻此生缘，山水亨通世事圆。
封路封城封户舍，春风已上木兰船①。

注：
①木兰船：木兰舟。

福地春暖

溪路^①千回柳树摇，花香四溢漏丹霄。

雾岚^②过岭湿云瓦^③，烟雨^④如丝洗嫩苗。

暖屋红炉春气旺，憨孙周岁凤雏娇。

瑶台^⑤独坐岂天意？我欲怀恩拜舜尧^⑥。

注：

①溪路：溪谷边的路；溪水之路。

②雾岚：雾气。

③云瓦：盖在屋脊两边的瓦。

④烟雨：蒙蒙细雨。

⑤瑶台：传说中的神仙居处。

⑥舜尧：舜（shùn，约前2128—约前2025），姚姓，有虞氏，名重华，字都君，谥曰"舜"；尧（约前2257—前2139），姓伊祁，号放勋，古唐国人（今河北省保定市唐县）。中国上古时期方国联盟首领、"五帝"之二。

山居春雪感怀

连天①尺雪积丰余，一夜梅香满庭除。
玉絮铺张蓬岛②路，花枝芳菲入灵墟③。
暖身绿酒品仙韵④，好趁春光解佛书⑤。
羞愧空怀酬绝唱⑥，神游霄汉得琼琚⑦。

注：

①连天：连日。

②蓬岛：蓬莱山。

③灵墟：洞天福地。

④仙韵：仙人的风韵。

⑤佛书：佛典。

⑥绝唱：诗文创作上的最高造诣。

⑦琼琚：比喻美好的诗文。

深秋

荷花落尽睡瑶塘①，薜荔②初开试艳妆。
鸿入寒云窥外境，人寰秋色似天堂。
金风呼啸收春态，丹叶飘飞争晓光。
山半日晖栖福地，枝枝陶菊送东皇③。

注：

①瑶塘：池塘的美称。

②薜荔：植物名。又称木莲。常绿藤本，蔓生，叶椭圆形，花极小，隐于花托内。果实富胶汁，可制凉粉，有解暑作用。

③东皇：司春之神。

华年不再

尺雪①凝寒埋艳丛②，春秋几度又飞鸿。

折枝更有别离意，花落花开岁岁同。

注：

①尺雪：一尺厚的雪。指大雪。语本《左传·隐公九年》："平地尺为大雪。"

②艳丛：芳美的花丛树林。

福地感怀

四野层楼①遮曙光，一帘霏雾入藜床。

坐驰②天井③寻归路，栖托④云涯⑤斗玉浆。

燕语⑥如邀询闷苦，不期福喜化沧桑。

如来⑦周顾⑧生春地，草秀庐园惊凤翔。

注：

①层楼：高楼。

②坐驰：虽无举动而杂念不息。

③天井：院子；宅院中房子和房子或房子和围墙所围成的露天空地。

④栖托：寄托，安身。

⑤云涯：与云相接之处；高远之处。

⑥燕语：燕子鸣声。

⑦如来：佛的别名。梵语的意译。"如"，谓如实。"如来"即从如实之道而来，开示真理的人。又为释迦牟尼的十种法号之一。

⑧周顾：周济照顾。

静思

垂暮偷来一小闲，吟魂[①]高卧[②]醉游山。

净心潇洒洗尘昧，偶酌呆词[③]开酒颜。

朝傍曙霞寻世韵[④]，夕阳得趣满乡关。

野情[⑤]骑鹿三千里，客路何容天意悭[⑥]。

注：

①吟魂：诗人的梦魂。

②高卧：安卧；悠闲地躺着。

③呆词：不近情理的话。

④世韵：俗韵，世俗的气质。

⑤野情：不受世事人情拘束的闲散心情。

⑥悭（qiān）：阻碍。

深秋

秋到丰年厚众生，雨滋万物默无声。
任凭猎猎①西风劲，总有骄阳照远城。

注：
①猎猎：形容物体随风飘拂的样子。

山居深秋

天工涂色景斑斓，霜叶如春染碧山。
石径横斜欢雀舞，农夫忙碌雅人①闲。

注：
①雅人：风雅之士。多指文人。

紫薇花

酷夏留芳春不眠，月钩蝶梦落霞边。
晨风暮雨催瑶蕊，紫气弥新竞大千。

山菊

寒霜冷露散琼葩，风利①千山乱落霞。
明日残红今惬意，别枝②飞向野人③家。

注：
①风利：风势迅疾。
②别枝：花、叶离枝而落。
③野人：士人自谦之称。

落叶飘飘

百忧落尽去离情，两两三三吟妙声①。
入眼松窗寻旧迹，倩姿阶上舞花英②。
空林不见碧光影，鸟噪斜阳黄叶惊。
满庭扫门③常参差④，醉人弦月看风争。

注：
①妙声：神奇美妙的声音。
②花英：花朵。
③扫门：洒扫门庭。表示迎宾诚意。
④参差：不齐貌。

红运当头

一夜雨风摧，流英破绿苔。
花香凝紫气，红运当头来。

冬日赏春

西风猎猎①草茅哀，枝上寒英②次第开。
休道初冬花事少，菊梅同艳影徘徊。

注：
①猎猎：象声词。形容物体随风飘拂的样子。
②寒英：寒天的花。1. 指梅花。2. 指菊花。

乐心

割愁①释念酒宽肠，暮去朝来争曙光。
才罢苦辛闲作客，孙囡乐使一家忙。

注：
①割愁：唐柳宗元《与浩初上人同看山寄京华亲故》诗："海畔尖山似剑铓，秋来处处割愁肠。"谓处处触发愁绪。后以"割愁"谓消愁、排遣愁绪。

至日飞雪

梅英朵朵烂如霞，玉蝶纷纷舞六花。
岁月悠悠风水转，天天好运自朝家。

春雪

夜雪飞来天乍寒，百花梦里忽凋残。
蝶蜂纠结东风路，钩月忧愁挂树端。

春光

和风拂柳绿迷川①，蝶舞桃花驾紫烟。

斜雁飞归妆翠色，春光情照②满霜颠③。

注：

①迷川：犹迷津。

②情照：悟解；察知。

③霜颠：白头。

南岭感怀

千里江山万里身，烟云舒卷几多真。

一杯绿醑陶光景，余醉①花前谢暮春。

注：

①余醉：未尽消失的醉意。

村舍孤吟

苦淡①轩眉②心气平，香醅③浅酌就藜羹④。

珠玑满纸穷诗味，五岳风雷笔下生。

天解⑤时光催我老，地温桃李映衰荣。

炎凉⑥始悟看凡事，不识菩提⑦忘世情。

注：

①苦淡：情性淡泊。

②轩眉：犹扬眉。形容得意。

③香醅：美酒。

④藜羹：用藜菜做的羹。泛指粗劣的食物。

⑤天解：悟解天意。

⑥炎凉：喻富贵与贫寒。

⑦菩提：佛教名词。梵文 Bodhi 的音译。意译"觉""智""道"等。佛教用以指豁然彻悟的境界，又指觉悟的智慧和觉悟的途径。

静心

岁追六十谢余年①，四季轮回小有天②。

绿酒劝杯人得意，倒瞻柳叶似飘然。

韶光与景争元日③，坐上春风买便船，

老我黄昏时律晚，早归佛座缔仙缘。

注：

①余年：一生中剩余的年月。指晚年、暮年。

②小有天：泛喻名胜地方。

③元日：吉日。

暮乐

乘兴把酒在田庐，传盏高歌复叹嘘。
桂树摇风风欲盛，香芬醉雨雨萧疏①。
心如明镜常栖志②，夜半愁长应似初。
惭愧薄缘难悟道，白头自省念生余。

注：
①萧疏：犹寥落，凄凉。
②栖志：寄托情志。明何景明《六子诗康修撰海》："群游慕豪放，栖志固有期。赤骥鸣烟霄，不受黄金羁。"

田家

雨息春温绿满川，地回淑气际平烟。
鸟歌乡野乐游世①，曝背山翁自种田。

注：
①游世：优游于世。

养性

无为路多歧，忙身①省事宜。
南山栖老命，自在坐轩墀②。
野艳③亮明眼，秋光展笑眉。
尘情④浮绿醑⑤，感慨有新诗。

注：
①忙身：事务繁忙的人。常用以称自己。
②轩墀：厅堂。
③野艳：山野间的花卉。
④尘情：犹言凡心俗情。
⑤绿醑：绿色美酒。

南岭僧踪

曙日初辉透佛光，心尘涤荡有清芳。
野风缕缕穿堂去，一袭袈裟正气扬。

淡泊人生

读史养精神，修心出世尘。
林泉倚枕梦，何惧守清贫。

野寺听禅

神游野寺绝尘缘，黄卷青灯别纪年。
洗耳聆听菩萨语，妙音阵阵入心田。

闲时抒怀

日照愚心知我艰，红尘风雨洗愁颜。

穷忙一世疏名利，今得清暇①半月闲。

野性②消沧多乐趣，荒苔遍踏卧云山③。

悟明佛谛④拈花笑⑤，尽目灵光⑥看赤寰⑦。

注：

①清暇：清高脱俗。

②野性：难以驯服的生性。

③云山：远离尘世的地方。隐者或出家人的居处。

④佛谛：佛法的真谛。

⑤拈花笑：拈花微笑，原为佛家语，比喻彻悟禅理。后比喻彼此心意一致。出处：《大梵天王问佛决疑经》："尔时大梵天王即引若干眷属来奉献世尊于金婆罗华，各各顶礼佛足，退坐一面。尔时世尊即拈奉献金色婆罗华，瞬目扬眉，示诸大众，默然毋措。有迦叶破颜微笑。"

⑥灵光：佛道指人的良善的本性。谓在万念俱寂的时候，良善的本性会发出光耀。

⑦赤寰：普天之下。

淡泊人生

昨日难还回，孤人独往来。
今生平淡过，诗酒入深杯①。

注：
①深杯：满杯。指饮酒。

枫韵

丹林春色四时同，常点枫香①烧艳丛②。
俗念禅心千佛意，枝枝不老夕阳红。

注：
①枫香：枫香树。
②艳丛：芳美的花丛树林。

咏竹

雪里繁枝映碧林，冲天拔节木无心。
严冬酷暑满春色，虚籁①常鸣吐凤吟②。

注：
①虚籁：风。
②凤吟：比喻清悠纤细的声音。

赠友人

笺花①红紫②笔飞狂，诗意催开九陌霜。
半老茫途交逸友③，春秋正道有朝阳。

注：
①笺花：比喻美妙的词章。
②红紫：红花与紫花。
③逸友：方外之友，志趣高雅的友。

三　田园乐居

　　"归去来兮，田园将芜胡不归?"中国文人大多有一个田园梦。陶渊明说："晨兴理荒秽，带月荷锄归。"苏东坡说："惟江上之清风，与山间之明月，耳得之而为声，目遇之而成色。"随着历史的迅疾发展，我们已告别了炊烟袅袅、鸡犬相闻、充满诗情画意的"乡土中国"。当我们行走于钢筋、水泥构成的"都市丛林"，却愈加怀念青山绿水的田园牧歌。如本书中写道：

　　苍岑琪树隐烟村，三径蓬蒿鸦噪门。

　　牧啸吹翻千里雾，萤光万点送黄昏。

立秋

百尺愁丝①上月弦，一窗凉叶起忧煎。
昏灯五夜听时雨，六腑②神心合自然。
醉卧浮云栖玉露③，苦筹膏泽④润霜颠。
老怀易感春飞逝，有喜⑤诗花⑥开鹤⑦田。

注：
①愁丝：白发。
②六腑：胃、胆、三焦、膀胱、大肠、小肠。
③玉露：喻美酒。
④膏泽：比喻物的精华。
⑤有喜：可喜的事情。谓病愈。
⑥诗花：喻指作诗的激情。
⑦鹤：鹤居林野，性孤高，常喻隐士。

水乡立秋日

山水闲寻踏钓舟，忙人争日作仙游①。
雁鸣柳意②怯无力，弹指芳花夕景收。
竹影半窗渔火③冷，蝉声梦里一春秋。
凉风树树绿荫老，叶叶愁黄落白头。

注：
①仙游：信奉道教的人远出求仙访道。
②柳意：柳丝飘拂的情韵。
③渔火：渔船上的灯火。

乡野冬①吟

逍遥风雨老微尘②，麦垄菁葱③看日新。
百里苍山寻适意④，天宽五尺⑤好安身。
清诗无处得神韵，潦倒吟愁自在人。
过眼光阴春脚⑥慢，长生花下数年轮。

注：
①冬：冬天。
②微尘：喻指卑微不足道者。常用作谦辞。
③菁葱：青葱，葱绿色。
④适意：宽心，舒适。
⑤五尺：床。
⑥春脚：春天的时光。

腊月遣怀

日景①翻天过目波②，空留碧月钓鸿鹅③。
雪收病眼看浮世，晴暖冰融开冻河。
黄鹄④哢喉鸣旧枝，红梅含笑入烟萝⑤。
春醅明岁共谁饮，了去今年故事多。

注：
①日景：太阳光。
②目波：水波似的目光。
③鸿鹅：传说中的鸟名。
④黄鹄：鸟名。
⑤烟萝：借指幽居或修真之处。

太白山游困雪天

绮树①花枝着冷烟，吹云滕六②朗③千川。
野无飞鸟绝通路，银裹乾坤入昊天。
桑海④悯农飘麦粉，民家⑤食飨⑥有鱼煎。
山游客贾莫迟待，雨顺春风结荣年⑦。

注：
①绮树：美丽茂盛的树木。
②滕六：用以指雪。
③朗：明亮。
④桑海："桑田沧海"的略语。
⑤民家：寻常百姓家。
⑥食飨：以酒食宴请宾客或祭祀宗庙。
⑦荣年：百花争艳的季节。

农人忙季月①

田禾返绿着熙阳②，鸟啄寒梅饱空肠。

陶叟③陌头闲好景，山家戴月④疾耕忙。

懒龙迟吐沧渊⑤水，勤力愁苗⑥种岁荒⑦。

人倦牛疲同苦味⑧，朱门厌食不知香。

注：

①季月：每季的最后一月，即农历三、六、九、十二月。

②熙阳：和煦的阳光。

③陶叟：晋陶潜。

④戴月：形容破晓前启行或夜行。

⑤沧渊：犹沧海。

⑥愁苗：比喻白发。谓因愁而生，故称。

⑦岁荒：岁凶，年成坏。

⑧苦味：苦的味道。比喻经受的苦痛。

赏梅感怀

晚艳初荣照眼明，鬓霜吹雪扫愁城①。
山河依旧归鸿急，日月新来感慨生。
快活路遥身未老，心宽美景有谁争。
一枝梅放泄天意，百啭黄鹂歌太平。

注：
①愁城：喻愁苦难消的心境。

雾漫乐土

乐土吟窗①结胜游②，景光寄趣上兰舟。
绵延秦岭绕山水，迷目烟波看信鸥③。
断续落霞争厚地④，清心隔海钓银钩⑤。
画图⑥世界出樊笼⑦，春⑧醉梅花咏百秋。

注：
①吟窗：诗人居室的窗户。
②胜游：快意的游览。
③信鸥：一种随潮水涨落而来去的海鸥。因其有定时，故称信鸥。
④厚地：大地。
⑤银钩：比喻弯月。
⑥画图：比喻美丽的自然景色。
⑦樊笼：关鸟兽的笼子。比喻受束缚不自由的境地。
⑧春：唐人呼酒为春，后沿用之。

农家

农事冬休又行商，山家活计①总穷忙。
雪飞月里怕禾冻，腊近蔬畦防酽霜。
花艳沃田成富户，果园食税②恐饥荒。
无人村落闲门锁，野草能生牛和羊？

注：
①活计：生计；谋生的工作或职业。
②食税：享受税赋；靠赋税而生活。

农家遣兴

瓦解冰消开垦荒，农人乘墒又耕忙。
犁牛入雾种心态，鸭步渔歌①欢柳塘。
野灶炊烟生事②了，太平村落黍糕香。
丰年命运来田亩，痛饮春风感上苍。

注：
①渔歌：渔人唱的民歌小调。
②生事：犹生计。

瑞雪纷飞

六出①狂飞牵客情，琼枝花满落无声。

银河朗玉三千丈，尺雪深埋十万城。

宇宙逍遥祥景照，乾坤一夜放光明。

樽前风月看天老，莫向人寰问返程。

注：

①六出：花分瓣叫出，雪花六角，因以为雪的别名。

农家艰辛

鞭抽牛王苦耕桑①，锄食②人家累日忙。

二月雪花寒百果，雨丰麦候③地成塘④。

腊醅⑤初熟分欢喜，房贷时催愁酒肠。

农管自矜⑥田业⑦富，今年何术鼓钱囊。

注：

①耕桑：种田与养蚕。亦泛指从事农业。

②锄食：靠耕种为食。

③麦候：麦熟季节。指农历四五月间。

④塘：水池。

⑤腊醅：腊月酿制的酒。

⑥自矜：自负；自夸。

⑦田业：农业。

了事无忧

昨休诸事得闲安，今日无忧天地宽。
挂月蛾眉①游夕景，五湖秀色入毫端。
三千白发钓星汉，一世诗情了尽欢。
梅朵岁终知客意，春风邀我共朝餐。

注：
①蛾眉：喻指远山。

祈雨惠农

冬麦枯苗少怨訾①，雨工②可速惠农期③。
公家水利成虚设，敢问谁能解燎眉④。
月挂天心高处亮，鸟歌⑤饮啄⑥野人⑦知。
致祥和气春来早，岁末荒村烟火迟。

注：
①怨訾：怨恨嗟叹。
②雨工：雨师。行雨之神。
③农期：农时。
④燎眉：犹言火烧眉毛。比喻情况急迫。
⑤鸟歌：鸟鸣。
⑥饮啄：饮水啄食。语本《庄子·养生主》："泽雉十步一啄，百步一饮，不蕲畜乎樊中。"
⑦野人：泛指村野之人；农夫。

暖日迎年

腊残雪化又迎年①，日暖冰融动玉川②。

车马③迷童欢陌上，渭城灯彩下瑶天④。

新醅⑤一夜分余乐⑥，千里乡愁寄尺笺⑦。

白发苦吟谁解意，春风无语度凡仙。

注：

①迎年：迎新年。语本南朝梁宗懔《荆楚岁时记》："岁暮，家家具肴蔌，诣宿岁之位，以迎新年。"

②玉川：清澈的河水。

③车马：驰骋游乐。

④瑶天：天上的仙境。

⑤新醅：新酿的酒。

⑥余乐：不尽之乐。

⑦尺笺：书信。

腊八日

感怀咏思出囚山[①]，听鹊吟窗解酒颜。
供佛粥鱼[②]开腊味，默求今运谢维艰。
再生白发换新日，了却江湖心自闲。
归兴朝昏劳客梦，梅花约我过春关[③]。

注：

①囚山："宗元谪南海久，厌山不可得而出，怀朝市不可得而复，丘壑草木之可爱者，皆陷阱也，故赋《囚山》。"后多以赋"囚山"指抒发对投闲置散生活的感慨。

②粥鱼：木鱼。刳木为鱼形，其中凿空，扣之作声，悬于廊下。僧寺于粥饭或集聚僧众时用之。

③春关：唐宋时举进士，登记入选，谓之春关。发给的凭证，亦称春关。

腊八游酒村

吟风[①]十里入乡情，柳信[②]初芽催碧荣。
腊八酒村寻野趣，一年愁去笑歌声。
半山游步听莺语，几树春花鸟雀争。
诗兴和梅餐玉露[③]，又来农舍享珍烹。

注：
①吟风：在风中有节奏地作响。
②柳信：柳树发芽带来春的信息。
③玉露：喻美酒。

雪飞腊八夜

腊酎①初开御岁寒，醉游蓬岛驾翔鸾。
俄惊青帝②撒瑶蕊，净濯人心地宇宽。
四野春花飞玉树，千门今夜共狂欢。
我生茅屋疏尘事，有酒庸民谁慕官。

注：

①腊酎（zhòu）：腊月所酿之醇酒。

②青帝：我国古代神话中的五天帝之一，是位于东方的司春之神，又称苍帝、木帝。

山野小院

翠枝绕舍纳贞祥①，红日迎门暖客堂。
雁影来回飞小院，满篱山雀学鸣凰。
酒星②共举分天乐，世味③吟怀热冷肠。
春信今生新岁运，一园梅放景风香。

注：

①贞祥：吉祥。

②酒星：借指善饮酒的人。

③世味：人世滋味；社会人情。

暴雪迎瑞年

玉沙①千里扫清尘，瑶蕊纷飞万物新。
爆竹声收歌舞兴，屠苏影中品酸辛。
蹉跎岁月空寥寞②，却在今儿似得神③。
帘入六花冰语④醉，桃符欲说一年春。

注：
①玉沙：比喻雪花。
②寥寞：犹沉寂。
③得神：犹得意。
④冰语：媒人的话。

大寒节梅岭寄词

氤氲①三气②贯乾坤，一岭红梅秀竹村。
雁阵高飞云失影，大寒日暖雪无痕。
清香入韵通神语，妙意沉杯捧酒温。
寄幸③穷冬今夜去，春光早泄漏蓬门④。

注：
①氤氲：古代指阴阳二气交会和合之状。
②三气：道教语。指太阴、太阳、中和之气。
③寄幸：寄托侥幸。
④蓬门：以蓬草为门。指贫寒之家。

病愈感怀

寒声^①带雁过明堂^②，病借吟魂疗感伤。

酒为知音多破戒，禅机^③尽写好文章。

出门看雪洗冷艳^④，莺啄春枝^⑤吹暖香^⑥。

换骨万金^⑦真有术，倾囊休得长生方。

注：

①寒声：寒冬的声响，如风声、雨声、鸟鸣声等。

②明堂：方言。院子。

③禅机：用以称能发人深省富有意味的妙语。

④冷艳：形容素雅美好。

⑤春枝：花枝。

⑥暖香：带有温暖气息的香味。

⑦万金：极多的钱财。

耘耕乐

客劳途陌①向云栖②，路远山高忘惰倪③。
闲日穷思穿碧汉④，搜肠忙月续新题。
深丘陋舍连苍岭，闹市琼楼入彩霓。
故苑今人非昔比，携来凤羽作耕犁。

注：

①途陌：途路，道路。

②云栖：隐居。

③惰倪：犹疲乏。

④碧汉：银河。亦指青天。

宽心

茫茫世务①出红尘，琴酒悠悠似隐沦②。
三省修身穷圣典③，五更涵泳④好怡神。
等闲吟卧⑤远都市，万卷诗书会列真⑥。
胸府广罗千古事，畅游四海九州春。

注：

①世务：佛道、隐士谓尘世间的事务。

②隐沦：神人等级之一。泛指神仙。

③圣典：圣人的经典法则。

④涵泳：深入领会。

⑤吟卧：朗吟高卧。形容闲适。

⑥列真：犹言众仙人。道教称得道之人为真人。

盼春回

一度秋冬又一轮，寒消物态长精神。
西风劲吹雨难至，冻草愁黄叶不新。
碧峻应知春尚早，群峰是故^①锁烟尘。
溪前多少折枝手，空步云山顾叹^②频。

注：
①是故：因此；所以。
②顾叹：回首叹息。

爱民有天

怎奈浓霜败翠茵^①，轻寒悍劲^②落青尘^③。
穹天有意犹垂悯^④，应是人心未适均^⑤。

注：
①翠茵：茂密的绿草。
②悍劲：凶猛强劲。
③青尘：青烟、灰尘。
④垂悯：赐予怜悯。
⑤适均：犹均等。

窗前梅

秀萼^①又迎年^②，梅心共乐天。

将春枝雅俏，愁客醉无眠。

向晚揽明月，朝来凝紫烟。

东风能解意，入我碧窗^③前。

注：

①秀萼：秀美的花萼。

②迎年：迎新年。语本南朝梁宗懔《荆楚岁时记》："岁暮，家家具肴蔌，诣宿岁之位，以迎新年。"

③碧窗：绿色的纱窗。"碧纱窗"的省称。

观花

喟叹^①未乘顺风车，赏景城池不自如。

忽见窗前生翠绿，此花开后更清舒^②。

注：

①喟（kuì）叹：因感慨而叹息。

②清舒：清爽舒服。

思乡

陇上东风吹暮烟①，雨条②沥沥洗秦川。
或因愁断春红③色，对月鸣琴调雅弦。

注：
①暮烟：傍晚的烟霭。
②雨条：连成条状的雨点。形容雨下得急、下得大。
③春红：落花。

野舍闲情

几载浮萍①似半悬，十年岁月与时迁，
佛经②涵泳③出愁海，伏案翻书会圣贤。

注：
①浮萍：比喻漂泊无定的身世或变化无常的人世间。
②佛经：佛教的经典。
③涵泳：深入领会。

春醉桃花源

含秀①琼英泄露光②，逸姿③霞朵试新妆。

傍花倩女争娇态④，却步骚人吟咏狂。

蝶恋蜂欣迷往路，武陵源⑤口暖鸳鸯。

桃都⑥春早孕千子，秋宴⑦仙凡醉洌香。

注：

①含秀：蕴含灵秀之气。

②露光：露水珠反射出来的光耀。

③逸姿：美好的姿态。

④娇态：妩媚的姿态。

⑤武陵源：晋陶潜《桃花源记》载：晋太元中，武陵渔人误入桃花源，见其屋舍俨然，有良田美池，阡陌交通，鸡犬相闻，男女老少怡然自乐。村人自称先世避秦时乱，率妻子邑人来此，遂与外界隔绝。后渔人复寻其处，"迷不复得"。后以"武陵源"借指避世隐居的地方。

⑥桃都：传说中的树名。《太平御览》卷九一八引《玄中记》："东南有桃都山，上有大树，名曰桃都。枝相去三千里。上有一天鸡，日初出，光照此木，天鸡则鸣，群鸡皆随之鸣。"

⑦秋宴：秋日的宴饮。

屋旁玉兰花

琼枝傍屋放瑶花，风举幽馨熏别家。
魂引王孙^①寻老路，飘飘逸韵^②惹丹霞。
影迷日月常辉照，香室琴诗伴釅茶。
岁岁春来妆野舍，年年与我乐生涯。

注：
①王孙：旧时对人的尊称。
②逸韵：高逸的风韵。

驱疫^①

渭河汹涌浪滔滔，秦岭风寒似利刀。
疠疫^②无情降病痛，人间大爱比天高。
白衣天使传神药，妙手^③还魂倍苦劳。
暖吹^④微微春信起，更吟诗句叹《离骚》^⑤。

注：
①驱疫：驱除瘟疫厉鬼。
②疠疫：瘟疫。
③妙手：技艺高超的人。
④暖吹：犹暖风。
⑤《离骚》：遭遇忧患。离别的愁思。语本《楚辞·离骚》汉王逸注："离，别也；骚，愁也；经，径也。言己放逐离别，中心愁思，犹陈直径，以风谏君也。"文体之一种。牢骚。曲名。泛指词赋、诗文。

游兴

寻香踏水去闲游，今到黄河古渡头。

处处留存欢乐影，朝朝^①诗酒住霞楼。

关中毓秀^②隆丰^③地，花苑骊山月一钩。

许是逸情^④还未倦，乘风又往觅林幽^⑤。

注：

①朝朝：天天；每天。

②毓秀：孕育着优秀的人，指山川秀美、人才辈出。

③隆丰：贵显，富贵。

④逸兴：超逸豪放的意兴。

⑤林幽：山林僻静之处。

安居

含羞月季亮窗前，篱蔓凌霄吹紫烟。

酒债日增能了事，铜壶逐漏滴诗篇。

柴扉紧闭须勤学，云帐清尘问^①乐贤^②。

我谢世人常赐教，逍遥自在得椿年^③。

注：

①问：介词。向。

②乐贤：《诗·小雅·南有嘉鱼序》："《南有嘉鱼》，乐与贤也。"郑玄笺："乐得贤者，与共立于朝，相燕乐也。"后因以"乐贤"谓乐于求贤。

③椿年：大椿的年龄。

栖神^① 尘客^②

栖神静气卧藜床^③，笔下春风试墨香。
醉饮仙楼邀澹月^④，梦游东海探阴阳^⑤。
掌中八卦移星斗，袖里乾坤转皓苍^⑥。
秋鬓发花追暮齿^⑦，爱和孙女竞迷藏。

注：
①栖神：凝神专一。为道家保其根本，养其元神之术。
南朝梁陶弘景《真诰·运象二》："为道者常渊澹以独处，每栖神以游闲。"
②尘客：凡俗之人。
③藜床：藜茎编的床榻。泛指简陋的坐榻。
④澹月：清淡的月光。亦指月亮。
⑤阴阳：古代指有关日、月等天体运转规律的学问。
⑥皓苍：昊天；天空。
⑦暮齿：晚年。

127

闲日

香风净土漫云郊①，烟柳回汀②滴露梢。
堤岸欢歌收细浪，轻船逆水试龙蛟。
采莲湖上觅归路，长短亭宽会故交③。
看破俗尘因自处，如今浮华④等闲抛。

注：
①云郊：云外，天外。比喻极远的地方。
②回汀：曲折的洲渚。
③故交：旧交；旧友。
④浮华：虚浮不实的荣华富贵。

春影

莺啼唤梦醒，雨露打浮萍。
花艳如喷火，春深尽懿馨①。
柳烟②吹锦缎，尘雾缀畦町③。
一院梅香味，年年入华庭。

注：
①懿（yì）馨（xīn）：香气喷溢。
②柳烟：柳树枝叶茂密似笼烟雾，因以为称。
③畦（qí）町（tīng）：泛指田园。

咏思

煌熠①晞阳②照雾岑③，南山峭峻泛流金，
平生未了青云④愿，历岁⑤唯诗可曼吟⑥，
遍地春花多烂蔚⑦，河头斜日映深林，
窗前曾也邀明月，杯酒孤斟泪满襟。

注：
①煌熠：辉耀。
②晞阳：朝阳，晨晖。
③雾岑（cén）：云雾缭绕的山头。
④青云：喻远大的抱负和志向。
⑤历岁：经过一年；超过一年。
⑥曼吟：长吟。
⑦烂蔚：绚丽多彩，绚丽。

春日

迷岸[①]孤帆破紫烟[②]，连江翠浪载歌船。
黄莺私语鸣云树，归雁乘风渡海天。
花下推杯言故事，枕前敲句赋诗篇。
一帘清梦[③]皆浮世[④]，漆水河[⑤]边思醴泉[⑥]。

注：

①迷岸：迷茫的河岸。

②紫烟：山谷中的紫色烟雾。

③清梦：犹美梦。

④浮世：人间，人世。

⑤漆水河：又名漆水，古称姬水、杜水、武亭水、中亭水，渭河支流，在陕西省中部偏西北。

⑥醴泉：1. 唐太宗在九成宫（今陕西麟游）避暑时掘地成井，命名"醴泉"，后魏徵为文，欧阳询书写成《九成宫醴泉铭》。2.《尔雅·释天》言：甘雨时降，万物以嘉，谓之醴泉。故也指甘雨、及时雨。

春日感怀

玉庭梅放吐诗葩^①，燕剪春书^②舞柳纱。

彼岸野凫河上漂，此生偏咏太平花^③。

多情分得山林兴，初稿垂成痛饮霞^④。

千曲渭流连漫溯^⑤，一江绿水自幽遐^⑥。

注：

①诗葩：唐韩愈《进学解》："《诗》正而葩。"后因以"诗葩"指诗歌。

②春书：春帖子。

③太平花：又名丰瑞花、太平瑞圣花。

④饮霞：出自汉王充《论衡·道虚》，喻饮酒。

⑤漫溯：随心地向着水中某个目标前进。

⑥幽遐：僻远、深幽。

平常心

冥鸿逃世入群峦，翠雾潮侵生嫩寒。

飞雀蹁跹^①追馥菲，红花怒放斗梅兰。

一双粉蝶舞春影，两只泥燕争荷盘。

常卧澄明^②天上境，清宁^③半辈自心宽。

注：

①蹁跹：旋转的舞姿。

②澄明：清澈；明净。

③清宁：清明宁静。语本《老子》："昔之得一者，天得一以清，地得一以宁。"

丰雨

清露枝头洗绿葩，信风①拂柳剪新芽。

漫山湿雾连郊野，骤雨滂沱注水洼。

谁把丹青常绘写，我时持酒话桑麻②。

锦心绣口咏春影③，一院红花醉饮霞④。

注：

①信风：随时令变化、定期定向而至的风。

②桑麻：泛指农作物或农事。

③春影：春日景物的影子。

④饮霞：汉王充《论衡·道虚》："曼都好道学仙，委家亡去，三年而返。家问其状，曼都曰：'去时不能自知，忽见若卧形，有仙人数人，将我上天……口饥欲食，仙人辄饮我以流霞一杯。每饭一杯，数月不饥。'"后以"饮霞"喻饮酒。

山野春光

草嫩风轻吹柳黄①，斑鸠迎客候山岗。
麦坪万顷泛新绿，莺啭千枝尽洌香。
岚气②朦朦连碧峻，琼楼倒影入瑶塘。
春辉一刻值多少？应比三秋更窎长③。

注：
①柳黄：春柳嫩条。因柳芽初生为嫩黄色，故称。
②岚气：山中雾气。
③窎长（diào cháng）：深长。

闲日即事

一树玫瑰映客堂，盈门瑞气漫幽香。
榻前对镜叹颓态①，庭后耕耘各自忙。
但遇闲时还劝乐②，且逢故友尽杯觞③。
应为发小④如兄弟，宿酒⑤余醒⑥话更长。

注：
①颓态：消沉、低落的样子。
②劝乐：欢乐。
③杯觞：行酒、饮酒。
④发小：父辈互相认识，从小一起伴随长大的玩伴，长大后又经常在一起的朋友。
⑤宿酒：犹宿醉。
⑥余醒：《楚辞·渔父》："举世皆浊我独清，众人皆醉我独醒。"后因以"余醒"指酒余犹醒，以比喻不随浊世浮沉。

春日有约

渭汭^①斜阳水一涯，瑶山^②黛壑^③着青纱。

风鸣莺啭破清梦，朝雨^④涔涔^⑤沐露芽。

万里无垠消业障，丹田^⑥自种长生花^⑦。

今儿有约踏浪去，潮落沙滩看翠霞^⑧。

注：

①渭汭：1. 指渭水入黄河处。约在今陕西潼关北。2. 即泾水入渭之口。

②瑶山：传说中的仙山。明汤显祖《紫箫记·托媒》："青楼那到瑶山静，花酲柳梦浑难醒。"

③黛壑：深谷。

④朝雨：晨雨。

⑤涔涔（céncén）：雨不止貌。

⑥丹田：人体部位名。道教称人体有三丹田：在两眉间者为上丹田，在心下者为中丹田，在脐下者为下丹田。见晋葛洪《抱朴子·地真》。一般指下丹田。

⑦长生花：药草名。

⑧翠霞：青色的烟霞。

故园

故第花开不见人，扫街鸟雀作欢邻。
燕栖莺宿还归守，牛巷邱墟①草木春。

注：
①邱墟：废墟，荒地。

雅园抒意

好株红蕊映篱门，新种琪花几叶孙①。
风榭酒仙飘竹径，清词练句醉诗魂。

注：
①孙：植物再生或孳生的。

春归

日暖青吹①又向晨②，西山夜雨草茵新。
一天乱絮半空舞，百卉争妍满眼春。
莺啼牵情迷客路，烟霞③难动我寻真④。
熏风犹解人初愿⑤，拂去愁烦好养神。

注：
①青吹：风吹林木声。借指清风。
②向晨：黎明；凌晨。
③烟霞：红尘俗世。
④寻真：探求事物的本原或真理。
⑤初愿：初志；宿愿。

晚景

百嶂衔苍翠岭娇，九回渭水韵歌谣。

白云①望断乡思远，醉乘春风上碧霄。

游世②出尘③惊眼④眺，别开蓬岛绛英飘。

故园咫尺疫灾阻，杜宇声声晚景焦。

注：

①白云：喻思亲。宋赵彦卫《云麓漫钞》卷十："梁瑄不归，璟每见东南白云即立望，惨然久之。"

②游世：优游于世。《北史常景传》："以知命为遐龄，以乐天为大惠。以戢智而从时，以怀愚而游世。"

③出尘：超出世俗。前蜀韦庄《题安定张使君》："器度风标合出尘，桂宫何负一枝新。"

④惊眼：惊目。

幽居①

香吹②轻拂气氲氤③，竹舍幽居慢养神。

满目秋光无媚色，好多乡梦愈来频。

自惭不解长生④法，能分灾情利庶民。

愿借东风三万里，扫除疫病喜迎春。

注：

①幽居：僻静的居处。

②香吹：香风。

③氲氤（yūn yīn）：弥漫貌。

④长生：道家求长生的法术。

烟村野舍

烟村隐隐捧扶桑①，瑟瑟青吹②过野堂。

胜景饱含③延岁运，白头勤苦买阴阳④。

银河清澈沉明月，花笑星辰⑤夺酒香。

今夜春风⑥开玉面⑦，遥情⑧散尽入诗囊。

注：

①扶桑：传说日出于扶桑之下，拂其树杪而升，因谓为日出处。亦代指太阳。

②青吹：风吹林木声。借指清风。

③饱含：充满。

④阴阳：昼夜。

⑤星辰：道教语。指头发。

⑥春风：形容喜悦的表情。

⑦玉面：美好的容貌。

⑧遥情：高远的情思。

南岭闲居咏题

素怀①邀月伴孤斟②，一酌无忧操玉琴。
斜日云山迎暮夕，余晖万里动归心。
翰林③寂寞逢知己，唱和骚坛友谊深。
地广天高辞倦苦，乐游水岸好狂吟。

注：
①素怀：平素的怀抱。
②孤斟：独自饮酒。
③翰林：文翰荟萃之所，犹词坛文苑。

春暄① 雅兴

野色撩人尽碧荣②，连山春树滑③流莺。
骑云④飘马看瑶界⑤，鸟和诗痕⑥说世情。
万里游心圆夙愿，一天风景乐平生。
吟怀物象⑦叹奇观，遍地烟霞入客程。

注：
①春暄：春暖。亦指春暖之时。
②碧荣：繁茂的绿叶。
③滑：流利；婉转。
④骑云：乘云；驾云。
⑤瑶界：犹玉界，仙境。
⑥诗痕：带有诗意的景象。
⑦物象：景物，风景。

春日闲情

暖风一夜去清凉，百卉流霞①溢彩光。

雾入幽径连碧野，枝头语鸟②啄花香。

日收逸景③消昏暮④，月系云天情久常。

物理穷通人易老，谁能与我共迟阳⑤。

注：
①流霞：浮动的彩云。
②语鸟：鸟鸣。
③逸景：消逝的光阴；逾迈的日影。
④昏暮：黄昏；傍晚。
⑤迟阳：夕阳。

暑日逢雨感兴

七月炎蒸暑气侵，满天雷雨啸龙吟①。
凉生微觉解霜鬓，花叶怀人不动心。
山雀檐头争杂语②，温书③白叟写情深。
春秋六十如翻掌，童忆三千难一寻④。

注：
①龙吟：形容声音深沉或细碎。
②杂语：主指各异之语，各种学说。
③温书：复习功课。
④一寻：寻访或寻觅一次。

游居普陀山

东极①游仙踏静尘②，霞光满目赏花新。
毫端风景淡名利，墨戏③诗书乐饮贫④。
少去童心留懒意，垂年⑤多病养精神。
闲来佛地种灵药，济渡⑥羸骸⑦惠四邻。

注：
①东极：东海。亦泛指东方大海。
②静尘：尘土不扬。喻国家平安无事。
③墨戏：随兴而成的写意画。
④饮贫：过贫困生活。
⑤垂年：生命将尽之年；晚年。
⑥济渡：引申为救助、拯救。
⑦羸（léi）骸：病弱的身躯。

暮春

风高尘起走黄沙，柳絮翻飞逐日斜。
莺啭枝头随蝶舞，残红^①一地吐烟霞^②。
春光尽惹伤离恨，笑我多情满鬓花。
望断愁云挥雨泪，几时安泰可还家？

注：
①残红：凋残的花；落花。
②烟霞：烟雾；云霞。

家乡魂

桐花含蕊满孤村，细雨如烟浮厚坤。
梦里曾经多少事，泪沾笔砚写离魂^①。

注：
①离魂：1. 远游他乡的旅人。2. 游子的思绪。

安宅有怀

晚艳①暄②庭一院春，日余③万象景更新。
休居僻壤远尘事，脱去凡缘似悟真。
朝向曙霞元气④聚，无虞⑤夕照⑥好修身。
经年风雨得安夜，白发常思少故人⑦。

注：
①晚艳：晚发之艳色。亦指晚开的花。
②暄（xuān）：温暖。
③日余：夕阳。
④元气：人的精神、精气。
⑤无虞：没有忧患，太平无事。
⑥夕照：比喻晚年。
⑦故人：旧交；老友。

他乡倦客

沾襟忆泪自伤情，慈训①晨昏伴耳鸣。
好嗜酒香辞别念，亦因琐事罢书声。
时时追想先贤志，每每寻师②后世名。
朝夕梦回家母笑，素茶淡水快平生③。

注：
①慈训：母或父的教诲。
②寻师：求师。
③平生：一生；此生；有生以来。

春日咏怀

花艳含情列侈荣^①，老秋无意识鸿声。

孤斟自慰春风笑，神爽闲安病眼明。

梦里真心圆凤愿，轻舟乘日^②已登程。

感怀万象时芳^③早，夕秀^④何由向晚生？

注：

①侈荣：夸示荣耀。

②乘日：乘坐日车。语出《庄子·徐无鬼》："有长者教予曰：'若乘日之车而游于襄城之野。'"宋王安石《乘日》诗："乘日塞垣入，御风塘路归。"

③时芳：应季节而开放的花卉。

④夕秀：花在傍晚开放。

初春月^①夜醉桃园

雾笼树苍苍，瑶枝栖凤凰。
花梢^②芳菲月，烟暖半楼霜。
情雪入斑鬓，春阴^③惹庾郎^④。
人忧千岁短，心悦日偏长。

注：
①春月：春天的月亮。
②花梢：花木的枝梢。
③春阴：春日的时光。
④庾郎：借指多愁善感之诗人。

春日偶题

梅影魂飞宵雨^①前，香风弥道^②草如烟。
晓光浮动绕云树，春色争奇画碧川。
绿醑余杯沉逝景^③，红尘踏尽复何年。
弄花^④白首捧流彩，穷凑诗心耕意田^⑤。

注：
①宵雨：夜雨。
②弥道：远道。
③逝景：逝去的光阴。
④弄花：赏花。
⑤意田：犹心田。谓产生意念的所在。

144

春霖①

春霖闭日系云程②，鸟困堂檐生别情。
绿柳凝烟承露屑③，红芳含泪哭流莺。
坐床笔倦愁无语，天漏潇潇④听有声。
回首眼花昏昼夜，闷怀樽酌乐清平。

注：

①春霖：连绵的春雨。

②云程：云中之路。

③露屑（xiè）：露水和玉屑。语本《史记·孝武本纪》"承露仙人掌"司马贞索隐引《三辅故事》："建章宫承露盘高三十丈，大七围，以铜为之。上有仙人掌承露，和玉屑饮之。"

④潇潇：风急雨骤貌。

春光易逝

更替阴阳①续永年，红轮日出换新天。

醉心春色酒能许，赊买②秋烟③无善缘。

不解复生唯我老，物形造化自通玄④。

四花⑤一笑知攸乐⑥，没负韶光上白颠⑦。

注：

①阴阳：日月。

②赊买：不需付出代价而占有。

③秋烟：比喻易于消失的事物。

④通玄：通晓玄妙之理。

⑤四花：佛教语。法华六瑞中，雨华瑞之四花，即曼陀罗华、摩诃曼陀罗华、曼殊沙华、摩诃曼殊沙华。一说四花为分陀利（白莲华）、优钵罗（青莲华）、钵特摩（红莲华）、拘物投（黄莲华）。见《翻译名义集》卷三。

⑥攸乐：闲适安乐。

⑦白颠：白发满头。

初春山居偶作

听风夜雨满林塘，初放桃花洗艳妆。
霁日①会心偏照暖，莺歌有意绕云梁。
登高野色②迷人径，枕水飞泉梦石床。
老叟③山居寻雅静，暮归倦鸟世尘④忙。

注：
①霁日：晴日。
②野色：原野或郊野的景色。
③老叟：老人自称。
④世尘：尘世；人间。

野舍抒怀

燕语频来喧竹堂①，春归疫去爱瑶浆②。
梅开倩影半含笑，一梦人生莫自伤。
卧枕白云惊鹄鬓③，淡怀秋月惜年芳。
等闲酒里寻真趣④，明日还回⑤对夕阳。

注：
①竹堂：用竹建造的厅堂。亦指竹林中的厅堂。
②瑶浆：玉液，指美酒。
③鹄鬓：白发。
④真趣：真正的意趣、旨趣。
⑤还回：循环往复。

惊蛰

雷惊万木春，花艳一时新。
苗稼①听风雨，河流续辍津②。
品题③寻物色④，日月写天真。
故友同斟酌，迟阳⑤对酒频。

注：
①苗稼：田禾；庄稼。
②辍（chuò）津：断渡。谓河水干涸。
③品题：观赏；玩赏。
④物色：景色；景象。
⑤迟阳：夕阳。

田陌春光

柳岸烟深遮暖阳，繁英不语散馨香。
客闲花下寻诗梦，为口农夫苦奔忙。
雨过禾畦青麦嫩，心灯①扶老②醉春光。
天真③梅蕊含人意，载酒东风唤庚郎④。

注：
①心灯：佛教语。犹心灵。谓神思明亮如灯，故称。
②扶老：手杖可供老人凭借扶持。后因用以为手杖的别名。
③天真：事物的天然性质或本来面目。
④庚郎：借指多愁善感之诗人。

晓望

烟径^①吐苔茵^②，飞花欲驻春^③。
连峰迟曙色，楼阁暗星辰。
东君^④吞云海，西皇^⑤乘马神。
吟风^⑥生笔采^⑦，开酒论题^⑧新。

注：
①烟径：烟雾蒙蒙的小路。
②苔茵：青苔满布如茵席。
③驻春：留住春天。
④东君：太阳神名。亦指太阳。
⑤西皇：传说中西方的尊神。指古帝少皞金天氏。
⑥吟风：咏风。以风为题材作诗。
⑦笔采：文笔辞采。
⑧论题：诗文的题目；议论的题目。

霁雪游园偶作

才收凝雨起萧凉，初放春花含露妆。
绿茗^①时煎闲步履，红尘日照燕劳忙。
兴思^②昨化漫天雪，山叟^③今朝读雅章。
暮齿^④惊蓬^⑤心未老，乐存^⑥风物^⑦恋夕阳。

注：
①绿茗：绿茶。
②兴思：犹言构思。
③山叟：住在山中的老翁。
④暮齿：晚年。
⑤惊蓬：形容散乱蓬松的头发。
⑥乐存：犹乐生。
⑦风物：风光景物。

游渭水初春偶题

野岸①轻烟②澄碧沙，梅风③常入秃翁④家。
琴书遨步⑤长生路，尘海⑥茫茫寻钓槎⑦。
凤枕光阴诸⑧逝水，乾坤⑨含袖种云霞⑩。
莫谈孔圣争人杰，甘作凡僧扫落花。

注：

①野岸：野外水流的涯岸。

②轻烟：梅花品名之一。

③梅风：早春的风。

④秃翁：贬指年老而无官势的人。亦用以自嘲。

⑤遨步：犹游步。

⑥尘海：茫茫尘世。

⑦钓槎：钓舟，渔舟。

⑧诸：语助词。表感叹。

⑨乾坤：称日月。

⑩云霞：比喻百花。

枕上①

梦入乡庄怕梦还，魂牵父老泪长潸。
黄杨棵棵已童首②，青鬓丝丝尽白斑。
诗眼时时含愧感，笔头字字有忧患。
萧条晚景俱消去，六十春秋一瞬间。

注：

①枕上：梦中。

②童首：秃头。

飞红① 寄词②

半世尘劳③化夕烟，百龄自省忆身前④。
落花风雨夜来早，尽着香波染绿川⑤。
几悟修真能得道？愚公⑥不死即成仙。
瑶阶⑦拾蕊入心境⑧，日月轮回春有年。

注：

①飞红：落花。

②寄词：犹寄语。

③尘劳：佛教徒谓世俗事务的烦恼。

④身前：犹生前。

⑤绿川：犹绿水。

⑥愚公：泛指隐者。

⑦瑶阶：玉砌的台阶。亦用为石阶的美称。

⑧心境：佛教语。指意识与外物。

春愁

琼峰浮翠鸟联翩①，不尽风光在此边。
二月空幽窥玉剪②，一江春水绿田川。
暮霞喷雾横方外③，细柳抽丝野岸前。
万丈云岩凝碧处，山林依旧锁愁烟。

注：

①联翩：鸟飞貌。

②玉剪：燕子。因其尾似剪，故称。

③方外：世外。指仙境或僧道的生活环境。

游世咏题

尘海①遐游②路百寻③，心舟守舍④寄词林⑤。
笔端峰叠起幽兴⑥，杯中春光留万金。
满目繁花开佛面，几声鸟叫拜观音。
转身斜照⑦半醺酒，风候⑧回樯⑨听雅琴。

注：
①尘海：茫茫尘世。
②遐游：远游。
③百寻：形容极高或极长。寻，八尺。
④守舍：看守门户；看家。
⑤词林：词坛。
⑥幽兴：幽雅的兴味。
⑦斜照：斜阳。
⑧风候：时节；时令。
⑨回樯：驾船返回。

153

山居自娱

家傍梧桐栖凤雏，庭环绿水晒龙图①。
祥光四照纳新气，孙女携吾游五湖。
山色景明沉酒困，卷帘吟月了诗逋②。
人依草舍多寥寞③，天乐④开心足自娱。

注：
①龙图：河图。　②诗逋：诗债。
③寥寞：冷清；孤单。
④天乐：自然界和谐的音响；天籁。

云居①偶题

露妆②映舍柴门③新，心镜④犹开余语⑤陈。
日和景明香满院，虚檐⑥安乐感周邻。
风含竹影听天韵，鸟唱云枝⑦出世尘⑧。
星斗追吾窗口过，瑶台⑨遗落候凡人。

注：
①云居：犹隐居。
②露妆：比喻带着露水的花枝。
③柴门：代指贫寒之家；陋室。
④心镜：佛教语。指清净之心。谓心净如明镜，能照万象，故称。
⑤余语：未尽之语。⑥虚檐：凌空的房檐。
⑦云枝：高耸入云的树枝。
⑧世尘：尘世；人间。
⑨瑶台：传说中的神仙居处。

春雪

云峰入画起寒烟，林泽^①怀冰^②收响泉。

竹揖^③白头无限意，凝情欲断九层天。

六花^④三月开春梦，千叶飞红^⑤咒逝川^⑥。

杨柳玉枝风朗笛，草芽琼蕊^⑦覆瑶田^⑧。

注：

①林泽：林木与水泽。

②怀冰：形容寒冷。

③揖（yī）："挹"的被通假字。拱手行礼。

④六花：雪花。雪花结晶六瓣，故名。

⑤飞红：落花。

⑥逝川：比喻流逝的光阴。

⑦琼蕊：美称白色的花。

⑧瑶田：形容白雪覆盖的田野。

陋室杂感

风绕吾庐①倦鸟窥，皓然一日促晨炊。
青丝渐染常怀旧，洗尽铅华又折眉②。

注：
①吾庐：我的屋舍。
②折眉：通常指的是双眉紧蹙，这是一个表示忧虑或不悦神态的表情动作。

归

谷田露冷水云①低，满眼秋禾②连百畦。
雁去菊盏③沉蛩响④，黍香难劝鸟归栖。

注：
①水云：将要下雨的云。
②秋禾：秋熟的谷物。
③菊盏：犹菊酒。
④蛩响：犹蛩声。

春分咏题

东君^①分节物^②，日月往来新。

萼绿^③收梅影，残红^④雨落频。

桃都^⑤飞蝶梦，犹似武陵人^⑥。

把酒留韶岁^⑦，徒赊一万春。

注：

①东君：太阳神名。亦指太阳。

②节物：各个季节的风物景色。

③绿萼：绿萼梅的省称。

④残红：凋残的花；落花。

⑤桃都：传说中的树名。

⑥武陵人：晋陶潜《桃花源记》载：晋太元中，武陵渔人误入桃花源，见其屋舍俨然，有良田美池，阡陌交通，鸡犬相闻，男女老少怡然自乐。村人自称先世避秦时乱，率妻子邑人来此，遂与外界隔绝。后渔人复寻其处，"迷不复得"。后以"武陵源"借指避世隐居的地方。

⑦韶岁：美好的岁月。

梦回故乡

梦里回乡不见家，故园荒草乱如麻。

昔年风物春依旧，柳絮狂颠飞白花。

斜日映塘阴一半，空村人少集群鸦。

流莺百啭催吾醒，起向东邻索早茶。

春分①

阴阳今适均，寒暑②岁移③频。
霜雪收余影，桃腮④暖水滨。
落花心不语，犹惹白头人。
十万榆钱散，休赊一日春。

注：
①春分：二十四节气之一。每年在公历 3 月 20 日或 21 日。此日，太阳直射赤道，南北半球昼夜长短平分，故称。
②寒暑：冷和热；寒气和暑气。
③岁移：节变岁移，谓节令变换，年岁转换。
④桃腮：未经嫁接的桃树所开的花。

夏日山居野兴

凉影①岚霏②连画丘③，远情媚景惹人眸。
日浮雾海出仙境，风动莲池香水流。
花草应时含笑语，引来凤鹤④学鸣鸠。
蓦然久病开昏眼，心驾云车⑤方外⑥游。

注：
①凉影：树木枝叶在日光或月光下形成的阴影。
②岚霏：山间云雾。
③画丘：被道路环绕的山丘。
④凤鹤：凤与鹤。泛指仙鸟。
⑤云车：传说中仙人的车乘。仙人以云为车。故称。
⑥方外：世外。指仙境或僧道的生活环境。

清明感怀

凄雨^①催花香泥尘，愁连漏水^②苦悲呻^③。
烟飞阡陌^④鬼吹^⑤墓，坟垄蓬高佛草^⑥新。
泪眼横波^⑦肠欲断，杜鹃枝上哭残春。
西天不闻儿孙语，尽让魂销^⑧白发人。

注：
①凄雨：寒雨。
②漏水：漏壶所漏下的水。
③悲呻：哀叹。
④阡陌：田野，垄亩。
⑤鬼吹：迷信者称地面所发出的阴湿之气。
⑥佛草：麦草，麦秆。
⑦横波：横流的水波。
⑧魂销：谓灵魂离体而消失。形容极度悲伤或极度欢乐激动。

山野人家

曙光影里种瑶田①，云洞②痴人③试素烟。
门外百花春不尽，朝朝美景就烹煎。

注：

①瑶田：传说中仙人的园圃。

②云洞：隐逸者或仙人的居处。

③痴人：天真而与世无争的人。

清明咏怀

天地雷惊百卉荣，杜鹃啼血万愁生。
浅斟梦断①思陈事，慢诉乡魂②泣泪倾。
不尽春晖③常复谢④，无边墓次⑤恸哀声。
九泉⑥昨夜东风⑦破，一样悲欢见世情。

注：

①梦断：犹梦醒。

②乡魂：思乡的心。

③春晖：喻慈母之恩。语出唐孟郊《游子吟》："谁言寸草心，报得三春晖？"明朱鼎《玉镜台记·寄家书》："念我曹，还待要报答春晖，克全子道。"

④复谢：回拜，答谢。

⑤墓次：葬址，茔地。

⑥九泉：犹黄泉。指人死后的葬处。

⑦东风：春风。

农舍闲趣

兴居①农舍逐清安②，饱食无忧心自宽。

卧听凤鸣寻俪语③，坐怀真赏④落毫端。

绿尘点点染暝色⑤，红叶萧萧入妙翰⑥。

陋室尽为风水⑦地。时光变幻有余欢⑧。

注：

①兴居：日常生活。犹言起居。

②清安：清平安宁。

③俪语：对偶的词句。

④真赏：值得欣赏的景物。

⑤暝色：暮色；夜色。

⑥妙翰：佳妙的书法作品。

⑦风水：宅基地或坟地周围的风向、水流、山脉等形势。

⑧余欢：充分的欢欣。

村居自乐

老向村居静养身，日边①对酒作闲人。
暝钟②入耳敲佳句，枕上③山河坐月轮。
梦绕庭前三树彩，笔头争斗十年春。
桃源④游意随心至，天马吟风赋韵新。

注：

①日边：太阳的旁边。犹言天边。指极远的地方。

②暝钟：傍晚的钟声。

③枕上：梦中。

④桃源："桃花源"的省称。

回家

日升重岭看山低，远去征鸿飞影迷。
村井①朝烟炊早饭，篱头菊艳雀欢啼。
无边冬麦②生新绿，闲月③农夫罢老犁。
如愿回家寻妙句，酒香不问路东西。

注：

①村井：犹村庄。相传古制八家同井，聚居一处，故称。

②冬麦：冬小麦，亦称"冬麦"。指秋天播种到第二年夏天收割的小麦。

③闲月：农事清闲的月份。

山居咏题

春山溢彩景清明，淡泊^①幽居乐太平。

天籁^②如期开世韵^③，芳醪^④犹惹故人情。

月痕^⑤鸡唱^⑥梦乡远，云步^⑦风帆付旅程^⑧。

昏目不堪踌躇路，鬓花^⑨吹雪落秋声。

注：

①淡泊：恬淡，不追名逐利。

②天籁：自然界的声响，如风声、鸟声、流水声等。

③世韵：俗韵，世俗的气质。

④芳醪：美酒。

⑤月痕：月影；月光。

⑥鸡唱：犹言鸡鸣、鸡啼。

⑦云步：腾云而行的步履。喻指轻盈的脚步。

⑧旅程：喻人生历程。

⑨鬓花：花白的鬓发。

立夏赋咏

葱岭垂荫谢艳芳，蛙吹^①伎荷^②传风香。

燕辞春脚^③低余语，龄梦^④来朝笑客狂。

日月多情偏晚照，星辰^⑤易别少年郎。

乾坤^⑥转瞬分时令，一碗新茶两季尝。

注：

①蛙吹：南朝齐孔稚珪门庭之内，草莱不剪，中有蛙鸣，珪对人称此为可当"两部鼓吹"。见《南齐书·孔稚珪传》。后因以"蛙吹"称蛙鸣。

②伎荷：出水面的荷花。伎，通"企"。

③春脚：春天的时光。

④龄梦：语本《礼记·文王世子》："文王谓武王曰：'女何梦矣？'武王对曰：'梦帝与我九龄。'"后用"龄梦"指寿命。

⑤星辰：犹言流年。

⑥乾坤：称天地。

夏日偶题

密荫藤萝遮夏阳，庭生寂寞坐疏凉①。
闲怀往事笑谈过，余倦②何由苦奔忙。
星满白头多逸兴③，日消韶华落秋霜。
乐心千载裁诗梦④，百岁逍遥走四方。

注：
①疏凉：微凉。
②余倦：明显的倦色。
③逸兴：超逸豪放的意兴。
④诗梦：如诗一般的梦境，美梦。

闲日偶题

白发诗心钓月钩①，山河枕上②度春秋。
傍庐泉响嬉情水，韵律鸣铙③忙佚休④。
物外⑤烟霞迷日逐，争回凤鸟引归舟。
光阴易逝屐声歇，难得今生写往由⑥。

注：
①月钩：旧历月头或月尾时的蛾眉月。其状似钩，故称。
②枕上：梦中。
③鸣铙（náo）：敲击铜铙。
④佚休：安乐舒服。
⑤物外：世外。谓超脱于尘世之外。
⑥往由：犹来由。

昏夕乐饮

莺声招蝶向花朝，山舍幽居远俗嚣。
红艳绕溪沉福水①，雾舒碧嶂客逍遥。
香帷②有意遮天镜③，长夜无言烛泪④消。
芳酾⑤不浇愁闷事，微风翻叶醉春娇⑥。

注：

①福水：酒的别名。

②香帷：芳香艳丽的帷帐。

③天镜：月影。

④烛泪：蜡烛燃烧时淌下的液态蜡。

⑤芳酾：美酒。

⑥春娇：妖娆的春色。

养乐

白云飘逸恋林庐①，苦茗清芬静养虚②。
一树梅风皆丽曲，三春幽契③也狂疏。
心含明镜常栖志④，因得欢情悟太初⑤。
消尽尘怀⑥吟醉暇，轩窗晓日伴琴书。

注：

①林庐：林中茅屋。多指隐居之所。

②养虚：培养空虚之性。

③幽契：冥合，默契。

④栖志：寄托情志。

⑤太初：道家指道的本源。

⑥尘怀：世俗的意念。

初夏

风轻花月闲，再访玉门关。

绿水红蕖①动，香街流客还。

江南辞旧貌，塞北换新颜。

桥虹落云岭，银龙②穿景山。

画船回首处，渔唱绕溪湾。

骆队无踪影，商家坐航班。

九州多好运，西域少贫艰。

世事随人道③，良机自可攀④。

注：

①红蕖：红荷花。蕖，芙蕖。

②银龙：此处指高铁。

③人道：为人之道。指一定社会中要求人们遵循的道德规范。

④攀：pān 亦作"扳"。牵挽；抓住。

雨水① 时节②

云外③栖身学务农，村居快活伴龙钟④。
听窗檐滴就残酌⑤，心劲飘然自放慵⑥。
日冷梅花春意晚，劝耕早雨喜稠浓。
九原⑦禾绿东风暖，万里归鸿影从容。

注：

①雨水：二十四节气之一。在公历 2 月 19 日前后。

②时节：四时的节日。

③云外：高山之上。亦指世外。

④龙钟：衰老貌；年迈。

⑤残酌：犹残酒。

⑥放慵：疏懒。

⑦九原：九州大地。

村居归思

遥望家门入野烟，穷途末路过江天。
白鸥击水总轻意①，绿浦②离情别逝川③。
鸟噪黄昏檐上宿，月光照老向清眠。
四时走马逐朝日④，几得春风欢永年。

注：
①轻意：轻慢，简慢。
②绿浦：绿色的水滨。
③逝川：一去不返的江河之水。语本《论语·子罕》："子在川上曰：'逝者如斯夫！不舍昼夜。'"晋葛洪《抱朴子·勖学》："鉴逝川之勉志，悼过隙之电速。"
④朝日：早晨初升的太阳。

野居余趣

溪水绕书房，悠悠争晓光。
燕居①吟翠柳，三径种春芳。
宿雾②淡眉月，忧怜落地霜。
凤声③飞妙趣，日日坐高唐④。

注：
①燕居：闲居之所。
②宿雾：夜雾。
③凤声：凤凰的鸣声。亦比喻美妙的乐声。
④高唐：战国时楚国台观名。在云梦泽中。传说楚襄王游高唐，梦见巫山神女，幸之而去。

山居寓怀①

白头吹雪入寒根，霜落枝梢收客魂②。
一树庭梅香满屋，九愁③凝绝④暖冬温⑤。
山林养拙⑥安贫⑦处，墨蘸烟霞写履痕。
茅舍酒高闲日月，自由身懒走乾坤。

注：
①寓怀：寄托情怀。
②客魂：游子的魂魄、精神。
③九愁：形容愁思之多。
④凝绝：停止；中断。
⑤冬温：冬天温暖。
⑥养拙：才能低下而闲居度日。常用为退隐不仕的自谦之词。
⑦安贫：自甘于贫穷。

夏夜欢歌忆往事

风阵①徐徐乘夜凉，时花淡淡吐芬芳。
星辰璀璨依秦岭，渭水惊流②逐夕阳。
山酒解心移烛泪，怨箫凄切③九回肠。
今宵追忆少年事，明月愁人入醉乡。

注：
①风阵：犹阵风。
②惊流：激流。
③凄切：凄凉而悲哀。

渔村夕照丽景秀

片片轻红①染楝②绫，悠悠绿水纳云蒸。

千山艳卉③频开眼，半岸渔村歌舞升。

蝶恋蜂鸣春日早，莺啼草树雾烟腾。

挂帘钩月照苍影，额上鱼纹又几增。

注：

①轻红：淡红色；粉红色。

②楝（sù）绫：纹理美丽如绫的楝木。亦指如楝木纹理之美的绫子。

③艳卉：艳丽的花草。

梦还故里

魂飞故土见儿时，老态衰颜谁认知。

一别杳无家宴聚，十年吟月①慰伤离。

依门慈亲②成遥忆，桐蕊飘香杜宇悲。

枕上饮霞③愁夜去，归来梦里笑开眉。

注：

①吟月：对月吟诗。

②慈亲：慈爱的父母。

③饮霞：汉王充《论衡·道虚》："曼都好道学仙，委家亡去，三年而返。家问其状，曼都曰：'去时不能自知，忽见若卧形，有仙人数人，将我上天……口饥欲食，仙人辄饮我以流霞一杯。每饭一杯，数月不饥。'"后以"饮霞"喻饮酒。

山居过清明

滴酒清明祭古先，凄风①吹雨泪涟涟②。

荒丘野陌烧新火，冻草孤坟化纸钱。

寂寞柴门留凤语，深幽贫屋守蝉娟③。

青丝望柳愁成雪，可惜今春负少年。

注：

①凄风：西南风。

②涟涟：泪流不止貌。

③蝉娟：蝉，通"婵"。犹婵媛。情思牵萦。

农耕人家

蝉声嘶哑叫霞朝①，布谷②催工麦熟焦。

汗喘老翁锄稽地，妇人弓背插秧苗。

雨灵③岁岁饱羹粥，希望年年成对销④。

我本农夫多倦苦，欲移活计⑤恨无招。

注：

①霞朝：彩霞映照的早晨。

②布谷：鸟名。又名勃姑、拔谷、穭谷、击谷、结诰、鹄鹕、鸤鸠、桑鸠、郭公、戴胜、戴纴。以鸣声似"布谷"，又鸣于播种时，故相传为劝耕之鸟。

③雨灵：灵雨。好雨。

④对销：亦作"对消"。互相抵销。

⑤活计：生计；谋生的工作或职业。

村居静养

朝日红争飞紫烟，水乡绿绕白云边。

村居静室养疏节^①，野舍心平思妙篇。

尘世从今多喜意，鹤岑^②吟唱走峰巅。

寻幽^③放醉蓬庐后，得失荣枯笑佛前。

注：

①疏节：孤高的节操。

②鹤岑：修仙者所居的山。

③寻幽：探究深奥的事理。

室有兰香

花丛陌宇傍仙州，家宿灵雏凤鸟啾。

晓望丽莺捎好信，暮陪孙女喜心头。

天香明月有余乐^①，洗耳童声解困愁。

春和群芳弥欲醉，兰英^②满室韵^③悠悠。

注：

①余乐：不尽之乐。

②兰英：兰的花朵。

③韵：犹风味；香味。

174

故园春色

柴门半掩梦游香，醉看兰英卧夕阳。
风动珠帘追日影①，枝开花朵晚梳妆。
舒眉②谈笑红尘事，惬意何堪白发苍。
一片春明③争彩画，青山万里映书堂。

注：
①日影：日光之影。
②舒眉：展开眉头，表示心情欢乐的样子。
③春明：春光明媚。

田家

雨休谷熟鸟欢忙，父老收田愁断肠。
满耳蚕声催种麦，明儿寒露①止耕桑。

注：
①寒露：二十四节气之一，在阳历10月8日或9日。寒露过后北方停止播种越冬农作物。

故园一树梅

冷艳①霜霏浴佛腮，仙姿靓影落青苔。
半窗馥郁②潜声入，只觉春风四面来。

注：
①冷艳：形容素雅美好。
②馥郁：浓烈的香气。

175

乐居

一帘花影乐天真，三径寒英映日轮。
远客归来秋草劲，风尘洗净太平人。

水岸乐居

斜阳照屋漏声①稀，帘卷秋风暑气微。
鸡躲墙头梳锦羽，犬回檐下卧茅扉②。
天涯浪客欢心渺，闲月③投竿坐石矶。
迷岸波惊凫雁④起，愚人海上⑤钓霄晖⑥。

注：
①漏声：铜壶滴漏之声。
②茅扉：茅舍的门。
③闲月：农事清闲的月份。
④凫雁：野鸭与大雁。有时单指大雁或野鸭。
⑤海上：湖滨。
⑥霄晖：月亮。

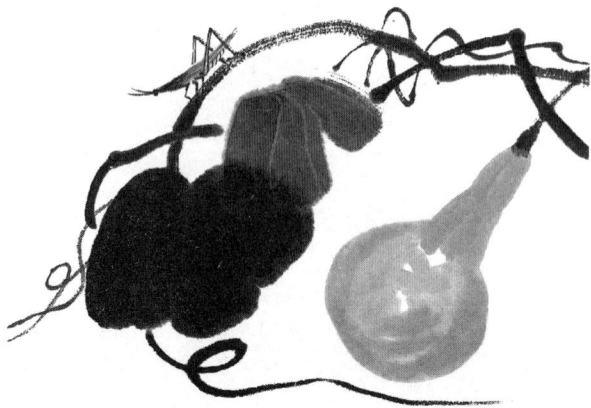

田家秋日

丹桂溢清香，金风绕玉堂。
田园流彩秀，忙月有瑶浆。

水乡

闲月柳梳妆，风生竹下忙。
笛声环碧水，离曲①断人肠。

注：
①离曲：离歌。

春日田家

麦野青庐起饮烟，竹村柳巷隐居仙。
春牛耕雾听人语，明月轻风自种田。

田园春日

丽日清辉映碧川，和风送暖起平烟①。
几声莺啭鸣新曲，十里桃花相斗妍。
春在岁时②争妙彩，人迷物态总流连。
野芳适意③陶诗趣，酒入高吟④别有天。

注：
①平烟：漫地而起的烟雾。
②岁时：每年一定的季节或时间。
③适意：宽心，舒适。　④高吟：高声吟诵；高声歌唱。

177

六月田家

燕掠花池入帝乡，禾畴夏熟纳天光。
风翻麦海金波凑，老叟携童收垄黄。

故乡南寨塬

四面环山村寨连，八方交界贯秦川。
青龙白虎两旁卧，朱鸟龟蛇前后悬。
一把巨扇朝北摆，二邻幽壑向南眠。
旷年岛陆千般景，春色秋情满野田。
百岁花街承事旧，万家新舍淡炊烟。
常来墨客题诗咏，燕语莺歌欢酒仙。

山居

藤篱倩影抱骄阳，桃李花飞燕子忙。
绕舍野田流五彩，景风①吹袖满杯香。
醉霞②白叟听莺语，邂逅③飘然栽雅章。
孙囡童歌嬉鹤趣④，天伦之乐是家常。

注：
①景风：八风之一。东风。
②醉霞：比喻酒后脸泛红晕。
③邂逅：欢悦貌。
④鹤趣：超凡脱俗的情趣。

村居会赏音①

村居静养自安然，春色香园②入眼前。

竹笑③玫瑰何弄影，低飞鸟雀体方圆。

翠峰不改千层嶂，绿水惊流④万里烟。

朝夕赏音书客到，旧醅⑤新月拜诗先。

注：

①赏音：知音。

②香园：芳香的苑园。比喻仙境佛土。

③竹笑：宋苏轼《石室先生画赞》："竹亦得风，天然而笑。"后以"竹笑"形容竹子遇风摆动的姿态。

④惊流：激流。

⑤旧醅：陈酒，旧酿。

水岸故园著春梦

飘飘柳絮起轻烟，片片流英①落白颠②。

穷暮③孤魂游旧迹，披霞弄影踏青田。

遥情妙意开时运，近思④豪吟入酒船。

故第花光春未老，新醅醉客日延年。

注：

①流英：落花。

②白颠：白发满头。

③穷暮：喻晚年。

④近思：就习知易见者思之。

乡陌闲吟

莺啼云树破春烟①，雾绕群峰翻浪巅。

河曲溪鸣迷昼夜，花开急景②惜流年。

老翁游赏多新咏，红日依人③少问天④。

禽语虫吟皆绝唱⑤，琼英⑥细琢苦流连。

注：

①春烟：泛指春天的云烟岚气等。

②急景：急驰的日光。亦指急促的时光。

③依人：与人亲近不离。

④问天：心有委屈而诉问于天。

⑤绝唱：诗文创作上的最高造诣。

⑥琼英：比喻美妙的诗文。

春暖水城

江城春暖雾弥茫，仙舸^①乘风帆影张。
闲客临池惊乳鸭，河豚戏水逐鸳鸯。
红墙绿瓦开诗境^②，柳岸含烟^③入画廊。
好得吟情^④酬困醉，瑶浆^⑤玉唾^⑥白云乡^⑦。

注：
①仙舸：游船的美称。
②诗境：诗的境界；诗的意境。
③含烟：带着烟或云雾气。
④吟情：诗情；诗兴。
⑤瑶浆：玉液，指美酒。
⑥玉唾：砚滴。
⑦白云乡：《庄子·天地》："乘彼白云，游于帝乡。"后因以"白云乡"为仙乡。旧题汉伶玄《飞燕外传》："吾老是乡矣，不能效武皇帝（汉武帝）求白云乡也。"

山上闲居

雨点初收吐绿茵，山前云散翠峰新。
紫莺穿柳空飞跃，灰鸭抬头水上伸。
缓缓柔风①吟艳蕊，甜甜孙女画图真。
起居有礼循规训，世事无常做俗人。

注：
①柔风：和风；春风。

晚春

莺喉柳岸紫英娇，清啭黄鹂乐日朝①。
放醉酣春花事短，燕歌②唤客别无寥。

注：
①日朝：方言。每天。
②燕歌：参见讌歌。战国时，燕太子丹命荆轲入秦刺秦王，至易水上，高渐离击筑，荆轲慷慨作歌曰："风萧萧兮易水寒，壮士一去兮不复还！"见《战国策·燕策三》。后以"燕歌"泛指悲壮的燕地歌谣。

山居常客来

天高云卷走龙媒①，燕舞樱花飞石苔。
仙客驾风寻茂苑②，春杯③休养贵宾来。

注：
①龙媒：《汉书·礼乐志》："天马徕，龙之媒。"颜师古注引应劭曰："言天马者乃神龙之类，今天马已来，此龙必至之效也。"后因称骏马为"龙媒"。
②茂苑：花木茂美的苑囿。
③春杯：酒杯。

雪点①暮春

莺啼禽戏助清欢，霞酌②杯沉天地宽。
红雨纷飞随意舞，青江③丽曲④敲风竿⑤。
居家不觉三阳暖，出户方知六月寒。
雪点暮春孤雁落，时花忽遇冷霜残。

注：
①雪点：细雪飘落。
②霞酌：晋葛洪《抱朴子·祛惑》："入山学仙……仙人但以流霞一杯，与我饮之，辄不饥渴。"后以"霞酌"指仙酒。
③青江：水色清澈的江河。
④丽曲：美妙的乐曲。
⑤风竿：风中的竹子。

盛春

霾雾消停春气潮，柳绵飞雪挂青条。

海棠百树争香艳，十里玫瑰亮碧霄。

春光逸情

红雨飞霞落彩山，绿云随意绕乡关。

蛰虫惊骇春莺语，花下骚人咏物闲。

山居送春归

繁花滴艳明心关①，忘世②笙歌尽日③闲。

浮客④春余⑤开酒笑，清悬⑥业镜⑦识苍颜。

注：

①心关：心。   ②忘世：忘却世情。

③尽日：终日，整天。   ④浮客：四处漂泊的人。

⑤春余：春天将尽未尽之时。

⑥清悬：明亮地悬挂着。

⑦业镜：佛教语。谓诸天与地狱中照摄众生善恶业的镜子。

水乡访谪仙

清阴①对酒复甘眠，醒困②游情拜谪仙③。

入耳漏声渔屋静，出门雾海泊风船。

蛙鸣一片伴吟客，十里红蕖放紫烟。

龙润④雷车⑤飞逸想，学流⑥慧水⑦洗心田。

注：

①清阴：天气阴凉。　②醒困：消除困倦。

③谪（zhé）仙：谪居世间的仙人。常用以称誉才学优异的人。

④龙润：雨的别称。

⑤雷车：雷声。

⑥学流：犹学派。

⑦慧水：佛教语。谓智慧如水，能洗涤一切烦恼污垢。

村居人家

曙光千里极幽邃①，三舍②芳丛种稻麻。

门外夭桃妆粉面，阶前李叶缀霜花。

春波③北绕伤怀处，游子南心④空念家。

一盏冰壶清切⑤意，飞红⑥万点弄鸣鸦。

注：

①幽邃：僻远；深幽。

②三舍：古代一舍三十里，三舍为九十里。

③春波：春水。

④南心：身在南方而怀念远处亲友的心情。

⑤清切：清晰准确；真切。

⑥飞红：落花。

185

暮春

天时①又一轮②，花尽叶臻臻③。
榆柳抛方孔④，钱多不买春。

注：
①天时：天道运行的规律。
②轮：表数量。用称循环一次的事物或动作。
③臻臻：茂盛貌。
④方孔：中国古代钱币的俗称。秦以来的古钱币除王莽一度行刀布外，中间都有一方孔，故称。方孔钱由"环钱"演变而成，以秦的"半两钱"为最早，清末的"宣统通宝"为最晚。

春不缘渠

雨过清明早卉休，杨花欲绽柳丝柔。
莫嫌绿色门前少，春不缘渠竞自由。

初夏

妍芳①徐落染桃腮，莺啭琼英覆绿苔。
风举柳花翻夏雪②，满怀春意带香来。

注：
①妍芳：美丽的花卉。
②夏雪：夏季降雪。

老圃① 感兴

东皇②催节晚花留，老圃勤栽自有秋③。
媚景和风摇井树，山场听雀去穷愁。
云崖草色连天碧，海岸扶桑④照白头。
齐物⑤能清肠肺净，安闲好得处无忧。

注：
①老圃：有经验的菜农。
②东皇：司春之神。
③有秋：丰收，有收成；丰年。
④扶桑：植物名。灌木。叶卵形。花冠大型，有红、白等色。多栽于我国
南方。全年开花，为著名的观赏植物。
⑤齐物：春秋、战国时老庄学派的一种哲学思想。认为宇宙间一切事物，
如生死寿夭、是非得失、物我有无，都应当同等看待。这一思想，集中反映在
庄子的《齐物论》中。

渭水河畔看落日

一溪渭水动龙盘①，九绕环峰过险滩。
曲岸波光摇草树，长河落日仰天宽。
流莺灰雀传乡语②，老朽儿童吹凤鸾③。
夜守西秦吟半月，三觞④自举足清欢。

注：
①龙盘：如龙之盘卧状。形容雄壮绵延的样子。
②乡语：家乡话。
③凤鸾：笙箫等乐器。
④三觞：三杯酒。

醉吟春风

茫途野陌一飘然，来去浮踪似半悬。
健步倾杯轻妙舞①，春风坐上莫求仙。

注：
①妙舞：美妙之舞。

野舍①

飘香麦气②绕庐生，好有山田自力耕。
野舍流莺招远客，奈何我每尚人情。

注：
①野舍：村野房舍。
②麦气：麦熟时散发的香气。

园田① 雅趣

三尺焦桐②乐百年，一壶浊酒守园田。
长云绿树绕廊画，啼鸟歌莺琢警联③。
尘俗喧嚣吾自静，移时笔砚好萧然。
梅亭欣赏蓬莱会，金盏推杯天上仙。

注：
①园田：园圃和田地。
②三尺焦桐：琴。
③警联：诗歌中字句精练、含义深刻的一联。

晚霞

晚照落红尘，余晖染碧粼。
流霞飘锦缎，惹醉不眠人。

画眉

画眉笼中叫书房，锦羽幽禽报夕阳。
山谷一声惊百鸟，独鸣林间戏鸾凰。

山居夜游

月升日下出南堂，叶动枝摇翻艳芳。
虫鸟繁弦①歌永夜，一壶老酒系游缰②。

注：
①繁弦：比喻虫鸣声。
②游缰：马缰绳。借指出游的车马。

田园夏趣

圃泽①含光夏果红，麦花香醉主人翁。
寻常梦在田园里，流岁繁霜入鬓蓬。
藜藿②饱餐殊有味，绮罗③一洗废天功。
半窗黄卷④迷尘客，六十春秋幻景匆。

注：
①圃泽：种植果木瓜菜的园地。
②藜藿：藜和藿。亦泛指粗劣的饭菜。
③绮罗：形容诗风华丽柔靡。
④黄卷：书籍。

题百花园

百卉流芳万里霞，满园蜂蝶逐群葩。
庄周一梦得消息，春老千年入佛家①。

注：
①佛家：诸佛之净土。

聚散

酒亭大笑辨西东，客里檐花①缀玉虫②。
窗月照人真面目，谁怀草野一盲翁。

注：
①檐花：靠近屋檐下边开的花。
②玉虫：喻灯花。

田园闲吟

绿影遮窗飞翠烟，红芳照屋亮瑶天①。
杏桃果熟急农事，收麦端阳时节连。
劳作地头争日月，悠暇抒笔卧林泉②。
落花梦里沾灵草③，北斗④倾霞⑤醉永年。

注：
①瑶天：对太空的美称。
②林泉：隐居之地。
③灵草：仙草，瑞草。
④北斗：北斗七星排列成斗勺形，因以喻酒器。
⑤霞：流霞，美酒。

半山人家有清福

红日金晖照四方，碧峰斜影射篱墙。
紫藤①浮彩追龙尾，粉蕊园花散晓芳。
宇宙悠悠天意②近，炊烟袅袅远知香。
酒浓味薄嚼瑶草③，蝶舞门前眺景祥④。

注：
①紫藤：木名。蔓生木本，茎缠绕他物，花紫色蝶形，可供观赏。见明李时珍《本草纲目·草七·紫藤》。
②天意：自然的意趣。　　③瑶草：传说中的香草。
④景祥：大的祥瑞。

夏园幽趣

一篱繁艳吐秾芳，几只流莺啄妙香。
翠筱①含风青影静，涧溪鸣石过书堂。
三畦蔬菜忙幽趣，半日闲情收笔床②。
夜念故人明月满，朝迎新气纳祯祥③。

注：
①翠筱（xiǎo）：绿色细竹。
②笔床：放置毛笔的器具。
③祯祥：吉祥的征兆。

红芳正艳

叠峦舞袖泛霞光，万里繁红一水香。
百草花时吟野岸，锦囊揉碎已颠狂。

麦黄时节

麦黄饱鸟已先知，酒肉朱门无味时。
金地①草民忙佛眼，红裙闲步斗腰肢②。

注：
①金地：土地的美称。
②腰肢：腰身；身段；体态。

衰年

童年常忆好幽奇①，未了生涯自养衰②。
饱食开怀闲斗酒，白头潦倒③半醺④时。

注：
①幽奇：玄妙的哲理。
②养衰：养老，使衰老之年得到保养。
③潦倒：举止散漫，不自检束。
④醺（xūn）：醉。

水乡茅舍

回身双鬓忽惊秋，眨眼光阴上白头。
兄弟东西无答语，故交南北各怀愁。
碧波①望断银河②水，红日悬天烟雨收。
茅舍低眸花影转，江湖一片泻沧洲③。

注：
①碧波：清澄绿色的水波。
②银河：道教称眼睛为银河。
③沧洲：滨水的地方。古时常用以称隐士的居处。

耕农① 自乐

自在耕农续雅篇，开眉②斜照③惜今天。
濡毫并赋春秋月，对酒轻歌盛世年。

注：
①耕农：务农。
②开眉：笑，开颜。亦喻舒心。
③斜照：斜阳。

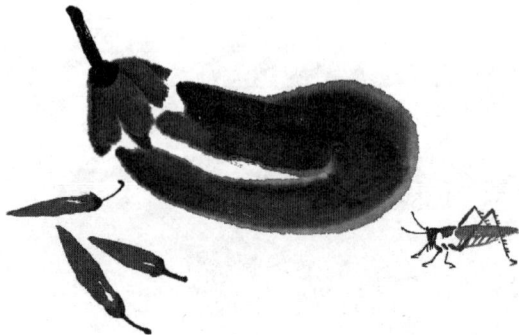

借居职先生桃园山庄

野塘十里钓迷烟，青竹围篱寄一橼①。
水际柴扉神自若，银河洗目隔尘缘。
心虚②地广看花亮，壶领③幽人④不拜仙。
莫议兴亡穷物理⑤，躬身只种北山田。

注：
①一橼：一条橼子。亦借指一间小屋。
②心虚：内心空明而无成见或谦虚而不自满。
③壶领：传说中仙山名。
④幽人：幽隐之人；隐士。
⑤物理：事物的道理、规律。

水乡花月

五月山林慢鼓鞭①，蕊珠宫②里复春年。
芙蓉叶动明光亮，柳暗③风香红袖翩。
日照峻岑④霞焰起，酒浮花影绚江天。
朝昏清景卧瑶席⑤，鹤语⑥惊魂自泰然。

注：
①鼓鞭：犹挥鞭。
②蕊珠宫：道教经典中所说的仙宫。
③柳暗：谓柳树叶茂荫浓。
④峻岑（cén）：高山。
⑤瑶席：美称通常供坐卧之用的席子。
⑥鹤语：鹤的鸣声。

一院红英

一院红英纳瑞光，枝枝入画竞年芳。
流莺频顾游仙盛，吟遍朝荣向夕阳。

忙月过田家

炎炎赤日柳飞绵，滚滚黄云①翻百川。
鼠雀醉乡甘食梦，农夫心喜麦头②圆。
王孙渔竿钓波静，老妇挥镰破曙烟③。
世路牵人休止难，犁牛喘气更加鞭。

注：
①黄云：比喻成熟的稻麦。
②麦头：麦穗。
③曙烟：拂晓时的烟霭。

收麦时节

风动黄云①四野流，柳花翻雪五湖秋②。

蝶随香蕊追丹彩，燕剪浓荫嬉白鸠。

凫起稻畦欢绿影，麦收农子喜兼愁。

幸人盛世少微累③，羸④老耕犁⑤无解休⑥。

注：

①黄云：比喻成熟的稻麦。

②秋：参见楸（qiū），禾谷熟。

③微累：微小的牵累。

④羸（léi）老：衰弱的老人。

⑤耕犁：耕田犁地。泛指耕作。

⑥解休：停止，停息。

端午回家帮收麦

流金麦垄①照遥天，已熟村醅②迎瑞年③。

老叟出门无负戴④，帮忙收割亦同肩。

白头今日踏乡路，端节回家看月圆。

更喜岁丰仓廪满，谁扶归客醉游仙。

注：

①麦垄：麦田。

②村醅：农家自酿的未过滤的酒。

③瑞年：犹丰年。

④负戴：以背负物，以头顶物。亦谓劳作。

忙月①

榴红②开处任熏风，地落黄云③缺苦工。

歌舞王孙吟袖④醉，自勤田亩⑤养衰翁。

晓耕曙色晚欢宴，今日生辰乐老童。

邻里亲朋来贺寿，夕阳归去太匆匆。

注：

①忙月：农事繁忙的月份。一般为立夏后的一百二十天。

②榴红：石榴花似的红色。

③黄云：比喻成熟的稻麦。

④吟袖：诗人的衣袖。　⑤田亩：乡间百姓。

水乡赏景

雨雾方收水沉烟，日津①初度草绵绵。

榴花②满酌陶公醉，秃笔成诗意难全。

寂寞频来无是处，销魂唯去好山川。

莲房③歌呼④不能寐，渔火松风⑤枕月圆。

注：

①日津：日出之处。

②榴花：据《南史·夷貊传上·扶南国》载，顿逊国有酒树似安石榴，采其花汁停瓮中，数日成酒。后以"榴花"雅称美酒。

③莲房：莲蓬。莲花开过后的花托，倒圆锥形，有许多小孔，各孔分隔如房，故名。

④歌呼：歌唱；高吟呼号。

⑤松风：古琴曲《风入松》的别称。

村居

村居余年情趣多，三千世界入诗魔^①。
春芳厚地绿瑶草，麦熟流香金满河。
枝上滑莺啼树彩^②，游人避日荫^③藤萝。
碧溪绕舍洗仙骨，白叟门前画月娥^④。

注：
①诗魔：犹如入魔一般的强烈的诗兴。
②树彩：树木的光彩。
③荫：遮蔽。
④月娥：传说的月中仙子。亦借指月亮。

学农

荒田二亩自安心，三学①锄犁翻土深。
春暖祥云耕宿雨②，夏收麦熟晒黄金。
青山看景慰劳苦，流水知音乐素琴③。
花草怀人沉酽酒，往来故友共狂吟。

注：
①三学：佛教称戒学、定学、慧学为"三学"。
②宿雨：久雨；多日连续下雨。
③素琴：不加装饰的琴。

山野人家

三亩禾田种力勤，一生生计有悲欣①。
鸡鸣晓月耕烟②起，策杖③鞭牛学吐文④。
阡陌往来尘路⑤转，世无成事伴斜曛⑥。
女儿房贷息催急，留我茅庐广锄耘⑦。

注：
①悲欣：悲伤与喜悦。
②耕烟：农家的炊烟。借指隐居生活。
③策杖：拄杖。也称杖策。
④吐文：写作。
⑤尘路：布满尘土的道路。亦以喻尘俗。
⑥斜曛：黄昏，傍晚。
⑦锄（chú）耘：犹耕种。

山舍寓怀畅饮

涧流^①切韵草虫吟，云气迷蒙^②洗绿林。

花谢桃园莺渐去，禅鸣不绝道情深。

重泉^③独踏穷游世，日月^④倾壶暖衣襟。

暮岁生涯编素履^⑤，露琼^⑥更醉俗人心。

注：

①涧流：山间的水流。

②迷蒙：形容烟雾弥漫，景物模糊。

③重泉：苔藓名。

④日月：一天一月；每天每月。

⑤素履：《易·履》："初九：素履往，无咎。象曰：素履之往，独行愿也。"高亨注："素，白色无文彩。履，鞋也。'素履往'比喻人以朴素坦白之态度行事，此自无咎。"后用以比喻质朴无华、清白自守的处世态度。

⑥露琼：美酒。

题南山野猪林

暮情寄趣卧林泉，衣食无忧不记年。

翠岭花繁心向佛，云窗啭鸟匝[①]歌弦。

床头月影融琼乳[②]，镜里清霜落白颠[③]。

养目[④]吟魂[⑤]生法喜[⑥]，六根[⑦]净处笑臞仙[⑧]。

注：

①匝：环绕；围绕。

②琼乳：犹玉液、仙浆。

③白颠：白发满头。

④养目：调养视觉；满足眼睛观察欣赏美好事物的需要。

⑤吟魂：诗人的灵魂。

⑥法喜：佛教语。谓闻见、参悟佛法而产生的喜悦。

⑦六根：佛教语。谓眼、耳、鼻、舌、身、意。根为能生之意，眼为视根，耳为听根，鼻为嗅根，舌为味根，身为触根，意为念虑之根。

⑧臞（qú）仙：旧时借称身体清瘦而精神矍铄的老人。文人学者亦往往以此自称。

避地清吟

避地①清修②隐姓名，俗尘难断故乡情。
躬耕为口见真理，自种时蔬造美羹。
瑶草③山泉栖暑热，松风入耳莫虚惊。
水云遮日红花暮，明月闲人白发生。

注：

①避地：犹言避世隐居。

②清修：淡泊省修。

③瑶草：泛指珍美的草。

五月收麦天

鸡啼约日到斜曛①，麦候②农夫曝背③耘。
风热灼人天少雨，苗枯暑气炽如焚。
狂霖④不驻山坡地，谷熟田头落鸟群。
遥眺帝乡⑤千里客，辛劳半世赠恩勤⑥。

注：

①斜曛：黄昏，傍晚。

②麦候：麦熟季节。指农历四五月间。

③曝背：背朝烈日。

④狂霖：接连不断的暴雨；连下几天的大雨。

⑤帝乡：天宫；仙乡。

⑥恩勤：《诗·豳风·鸱鸮》："恩斯勤斯，鬻子之闵斯。"郑玄笺："鸱鸮之意殷勤于此，稚子当哀闵之。"后以"恩勤"指父母尊长抚育晚辈的慈爱和辛劳。

山居乐

玄珠①感咏日魂②彰，麻履③闲书④坐草堂。

飞雪流泉晴挂影，山花红缀远飘香。

珍丛⑤惹眼著诗本，篱陌⑥吟情满锦囊。

报晓夏鸡⑦耕曙月，春风梦里醉斜阳。

注：

①玄珠：道家、佛教比喻道的实体，或教义的真谛。

②日魂：道教语。指阳神。语本《参同契》卷中："阳神日魂，阴神月魄，魂之与魄，互为室宅。"亦指太阳。

③麻履：麻鞋。

④闲书：供人消遣的书。旧时常指经史典籍以外的野史、笔记、小说、戏曲等。

⑤珍丛：美丽的花丛。

⑥篱陌：篱边和田头。

⑦夏鸡：鸟名。鹈鸪的别称。也叫催明鸟。

山村偶题

儿童嬉戏乐争先，白叟悲吟忆少年。
壮志无心①闲事业，琴书有味入山川。
荒原冬去春风顾，好雨知时润薄田。
金斗②倾怀③朝日梦，夕阳不误赋诗篇。

注：
①无心：犹无意，没有打算。
②金斗：饮器。
③倾怀：尽情吐露情怀。

客乡感怀

草花秀木放幽真①，鬓雪时催无数新。
客路悠悠心自释，年光漠漠远随身。
日轮明灭复朝暮，月魄②携壶几度春。
风引仙舟今出世，红蕖③满目向归人。

注：
①幽真：幽静纯真的情趣。
②月魄：道教语。以日为阳，称日魂；以月为阴，称月魄。
③红蕖：红荷花。蕖，芙蕖。

风月陶趣

风月^①词林^②会圣贤，知音偶遇两陶然^③。
青衿^④来访共雕琢，童叟追随游绿川。
倾倒金波^⑤明业镜^⑥，空门^⑦今见火生莲^⑧。
忙人洞府修真乐，闲续阴功自有年^⑨。

注：
①风月：诗文。
②词林：翰林或翰林院的别称。
③陶然：喜悦、快乐貌。
④青衿：借指学子。
⑤金波：酒名。亦泛指酒。
⑥业镜：佛教语。谓诸天与地狱中照摄众生善恶业的镜子。
⑦空门：泛指佛法。大乘以观空为入门，故称。
⑧火生莲：佛教语。语出《维摩经·佛道品》："火中生莲华，是可谓希有。在欲而行禅，稀有亦如是。"后因以"火生莲"喻虽身处烦恼中而能解脱，达到清凉境界。
⑨有年：享有高寿。

林泉寄趣老思归

布谷飞啼天放晴，草花洗艳石苔生。
桑麻翻绿黄云①卷，夏熟流金麦穗盈。
莲唱渔歌斜照远，久怀又起故乡情。
林泉②寄趣家千里，几日归来别客耕③。

注：
①黄云：比喻成熟的稻麦。
②林泉：山林与泉石。指隐居之地。
③客耕：租种别人的田地。

水乡闲日

疲客心惊睡欲昏，安贫养拙①系云根②。
诗肠闲润饥穷③疗，句眼④推开落雀门。
酒市三杯清脑热，万般世事入金樽。
夜归月淡路无记，水退滩涂处处痕。

注：
①养拙：才能低下而闲居度日。常用为退隐不仕的自谦之词。
②云根：深山云起之处。
③饥穷：饥饿困穷。
④句眼：亦称"句中眼"。指诗句中最精练传神的一个字。

山寨农家

丛丛修竹掩骄阳，叶叶生风夏有凉。

枝染杏红争日彩①，早朝布谷叫人忙。

云根②戴月种春酒，麦熟田头鸟嘴香。

无奈农家多活计，一犁罢手③学经商。

注：

①日彩：太阳的光彩。

②云根：深山云起之处。

③罢手：住手，停止。

病痊①

火种②丹田③久病痊，故交探访两欣然④。

时花惹眼照人瘦，岁月惊魂雪满颠。

好有灵方⑤扶老朽，感怀题咏鼓琴弦。

三杯琼液⑥春留驻，一曲酣歌似少年。

注：

①病痊：病愈。

②火种：喻潜藏的强大力量或强烈感情。

③丹田：针灸穴位名。腹部脐下的阴交、气海、石门、关元四个穴位都别称"丹田"。

④欣然：喜悦貌。

⑤灵方：有特效的药方。

⑥琼液：美酒。

山居雪夜

万树梨花忽放春，九州瑶阙①幻形新。

满天玉蝶②翻星斗，遍地琼英照汉津③。

银粟沙沙昏夜漏。莺帘④风劝醉幽人。

吟魂梦枕⑤三千界⑥，寒雀连声噪晓晨。

注：

①瑶阙：传说中的仙宫。

②玉蝶：喻雪花。

③汉津：银汉。亦特指十二星次中的"析木之津"，在尾与南斗之间。

④莺帘：歌者所居之帘幕。莺，比喻歌者。

⑤梦枕：借指做梦的人。

⑥三千界："三千大千世界"的省称。

云泉① 吟兴

岁月如流梦里寻，云泉添趣乐书林②。
一壶入寐多乡念，半夜灯昏苦闷侵。
香艳③几曾开佛眼，病躯始愿检凡心。
四弦④弹尽牛山泪⑤，三寸⑥酬恩⑦裁八吟⑧。

注：

①云泉：白云清泉。借指胜景。

②书林：文人学者之群。

③香艳：谓花木芳香艳丽。

④四弦：琵琶。因有四弦，故称。

⑤牛山泪：牛山叹，《晏子春秋·谏上十七》："景公游于牛山，北临其国城而流涕曰：'若何滂滂去此而死乎？'"后以"牛山叹""牛山泪""牛山悲""牛山下涕"喻为人生短暂而悲叹。

⑥三寸：舌。

⑦酬恩：报答恩德。

⑧八吟：犹八叉。喻才思敏捷。

雪天思归

玉蕊①纷纷缓去程，山禽争语别愁生。

霜风纱幔拂残夜，露酒②吟怀困烛明。

远客轻抛游子泪，岁寒偏念故人情。

天涯望断白头冷，樽失诗流③凝雪声。

注：

①玉蕊：喻雪花。

②露酒：用果类发酵制成的酒。

③诗流：诗人。

病痊① 赏景

绝艳②明窗纳吉祥，玉壶倾倒乐平康。

病痊身骨见愚老③，好得幽情难发狂。

体味登高游佛地④，心灯⑤戏马入仙乡。

竹门草舍人欢咏，蜂蝶来回花落忙。

注：

①病痊：病愈。

②绝艳：艳丽无比。亦借指艳丽无比的美人或花朵。

③愚老：老人自谦之词。

④佛地：超脱生死、灭绝烦恼的境界。

⑤心灯：佛教语。犹心灵。谓神思明亮如灯，故称。

山居夏至日

匆匆岁月去无寻，耿耿①霜丝②昼夜侵。

至日③似年催酷暑，夕阳欲坠鸟惊心。

野觞④小酌淡如水，浓睡通宵值万金。

身懒五湖⑤多乏趣，山居十里少知音。

注：

①耿耿：明亮貌。

②霜丝：喻指白发。

③至日：冬至、夏至。此处指夏至。

④野觞：村野的酒。

⑤五湖：春秋末越国大夫范蠡，辅佐越王勾践，灭亡吴国，功成身退，乘
轻舟以隐于五湖。见《国语·越语下》。后因以"五湖"指隐遁之所。

四 时代华章

兴文逢盛世，诗歌振国风。

生活在这样一个伟大的时代，美丽的华章在我们眼前徐徐展开。正是：九州春意早，中华尽朝晖。

庆祝六一儿童节

师长琢琼瑰^①，书童笑满腮。

春浓桃李艳，芳菲日边^②开。

今读圣人语，明朝见嵬崔^③。

青衿^④龙奋志，兴国恃^⑤雄才。

注：
①琼瑰：泛指珠玉。
②日边：太阳的旁边。犹言天边。指极远的地方。
③嵬崔：犹崔嵬。高耸貌。
④青衿：借指学子。
⑤恃（shì）：依赖；凭借。

游母校

今游书舍拜师尊，相见言欢喜重温。

三十八年如一梦，惊魂犹在跳龙门①。

才疏无福登高第②，昏眼东西走厚坤③。

乐土忧天愁日暮，老来④母校忆灵根⑤。

注：

①龙门：借指科举会试。会试中试为登龙门。

②高第：学习成绩优异。

③厚坤：大地。

④老来：年老之后。

⑤灵根：对祖先的敬称。

劝学

皓首煎灯①向夜明，百年醒悟乐余生。

读书方晓道心②重，宇宙逍遥万物轻。

人探月宫乘力势③，功归学问苦成名。

鸿儒自有通天路，我劝青衿④与日争。

注：

①煎灯：点灯。

②道心：佛教语。菩提心；悟道之心。

③力势：力量和势头。

④青衿：穿青色衣服的人。多指青少年。

秋景

霜叶飘零①心影②沉，别枝③砸地自悲吟。
山山落彩争宜岁④，树树春花梦里寻。
客雁秋声⑤聊俗态，感时情绪满怀襟。
西风净扫吹千恨，万事方休笑一斟。

注：
①飘零：轻柔物随风自空中降落。
②心影：心中不悦。
③别枝：谓花、叶离枝而落。
④宜岁：丰收年。
⑤秋声：秋天里自然界的声音，如风声、落叶声、虫鸟声等。

山野田园

村路深林向日西^①，桂秋^②幽径踏香泥^③。
田家归客闲乘月^④，暮薄堂檐忙鸟啼。
新谷棒头^⑤金满院，狗追银鼠乐天鸡^⑥。
山巅灯火收昏夜，遗落瑶台^⑦连石梯。

注：
①日西：傍晚。
②桂秋：仲秋。农历八月，桂花飘香，故名。
③香泥：芳香的泥土。
④乘月：趁着月光。
⑤棒头：方言。玉米。
⑥天鸡：神话中天上的鸡。
⑦瑶台：传说中的神仙居处。

中秋夜

倾杯河汉走神州，释念①谈无②乐梦游。
回忆平生如一瞬，唯言今夜度千秋。
碧虚③云薄开天界，人间欢歌满市楼。
皓月初圆常境④看，清光⑤分得半宵愁。

注：
①释念：放心；免除思念。
②谈无：《晋书·王衍传》："魏正始中，何晏、王弼等祖述《老》《庄》，立论以为：'天地万物皆以无为本。无也者，开物成务，无往不存者也。阴阳恃以化生，万物恃以成形，贤者恃以成德，不肖恃以免身。故无之为用，无爵而贵矣。'衍甚重之。惟裴颜以为非，著论以讥之，而衍处之自若。"后以"谈无"指谈说"天地万物皆以无为本"的观点。
③碧虚：碧空；青天。
④常境：平常的境界。
⑤清光：清亮的光辉。多指月光、灯光之类。

晚秋

九月山城不见霜，山明水秀着金妆。
平川凝露落残草，晚夕流晖照女墙。
碧水潺潺怀别意，鸿声切切思离乡。
天寒小酌动遐念，谁与秋风扶醉狂。

中秋思归

旅怀①萧寂意归②频，又见轻鸿载客尘③。
遥眺云山遮两眼。楼窗咫尺四无邻。
星稀月冷天河近。万里清光远故人，
翻思④霜风愁雪鬓。家门梦到几回春？

注：
①旅怀：羁旅者的情怀。
②意归：意之所在。
③客尘：旅途中所受的风尘。喻旅途劳顿。
④翻思：反复思考。

自乐无忧

满眼樱花乐百秋①，长休岁事②作燕游③。
星辰④无懒生银发，谁遣离情刮病眸。
春梦几多飞酒舍，风灯⑤何急向人收？
欢歌吟卧⑥天边月，与我分消今夜愁。

注：
①百秋：犹百年。喻时间长。
②岁事：一年中应做的事。
③燕游：闲游；漫游。
④星辰：道教语。指头发。
⑤风灯：比喻生命短促，人事无常。
⑥吟卧：朗吟高卧。形容闲适。

欢聚故里

凉台堆谷高，静巷雀声嘈。
闲日游乡地①，周邻结酒豪②。
雨丰多晚熟③，牛力倍辛劳。
汗滴西山月，秋年④醉寿桃⑤。

注：
①乡地：故乡，家乡。
②酒豪：酒量很大的人。
③晚熟：迟成熟。
④秋年：犹秋季。
⑤寿桃：祝寿用的鲜桃或面制桃。

山城宝鸡

林岫①浮岚②入眼遥，烟氛③描画挂清霄④。
城头直逼苍穹外，斜景明辉缀绿条。
秋浦⑤渔舟抄⑥近市，金堤秀水锁天桥。
古今智慧延心路⑦，人寿千年乐日朝⑧。

注：
①林岫（xiù）：丛林群山。泛指山林。
②浮岚：飘动的山林雾气。
③烟氛：烟霭云雾。
④清霄：天空。
⑤秋浦：秋日的水滨。
⑥抄：从侧面绕过去。
⑦心路：犹心意，思想。
⑧日朝：方言。每天。

秋日山行

雾吞林海忆春山，物态①秋心②洗旅颜。
别径③野花迷久客，曲溪夕照出幽关。
白云低首让微步，酒乐游情寻苦艰。
踏尽红尘犹世外，平生今日是仙闲。

注：
①物态：景物。
②秋心：秋日的心绪。多指因秋来而引起的悲愁心情。
③别径：偏僻的小路。

田园秋获

秋获①田园百日辛，穗头收尽一年春。
满台新谷②看温富③，红果枝枝望脱贫。
桂子④飘香寒室⑤苦，柴门⑥每每⑦缺劳银⑧。
月清学贷还房贷，累了锄犁⑨种地人。

注：
①秋获：秋季收割庄稼。
②新谷：新收获的谷物；新成熟的谷物。
③温富：温厚富足。
④桂子：桂花。
⑤寒室：贫寒人家。
⑥柴门：代指贫寒之家；陋室。
⑦每每：常常；屡次。
⑧劳银：劳金；工钱（这里指民工工地不能按月发工资）。
⑨锄犁：引申为耕作务农。

乐在其中

苦修勤学更翻书，研墨鸣琴①长乐居。

漫卷诗乡②消岁月，留芳清韵③示门闾④。

注：

①鸣琴：弹琴。

②诗乡：诗的境界。

③清韵：1. 清雅和谐的声音或韵味。2. 喻指铿锵优美的诗文。

④门闾：乡里、里巷；家门、家庭、门庭。

田园偶题

雁阵依依带别魂①，冷风飕飕拭离痕②。

欲书忘语学鸣鸟，无奈消愁频举樽。

花榭满庭休醉眼，半窗余梦坠金盆③。

漫阶霜叶扫心地④，一念⑤红尘入柴门。

注：

①别魂：离别的情思。

②离痕：离人的泪痕。

③金盆：比喻太阳或圆月。

④心地：佛教语。指心，即思想、意念等。佛教认为三界唯心，心如滋生万物的大地，能随缘生一切诸法，故称。语本《心地观经》卷八："众生之心，犹如大地，五谷五果从大地生……以是因缘，三界唯心，心名为地。"

⑤一念：佛家语。指极短促的时间。

重阳感怀

年趋六十感怀深，热血温馨一寸心。

天命已知终朽老，生途①道苦散疏襟②。

空园落叶秋声满，昨日春魂③何处寻。

无限景辉明宇宙，难为我寿富④光阴。

注：

①生途：人生的道路。

②疏襟：开朗的胸怀。

③春魂：春日的情怀。

④富：充裕；丰厚；多。

山居秋作

无端①光景逐朝昏②，愁被西风净六根③。

天地五方④观万象，山河四溟⑤秀乾坤。

渭流奔涌任喧响，尽举狂欢慰石垠⑥。

独我红尘迷乐土。白头不忘废吟论⑦。

注：

①无端：没有起点；没有终点。

②朝昏：借指日子、生活。

③六根：佛教语。谓眼、耳、鼻、舌、身、意。根为能生之意，眼为视根，耳为听根，鼻为嗅根，舌为味根，身为触根，意为念虑之根。

④五方：东、南、西、北和中央。亦泛指各方。

⑤四溟：全国、天下。

⑥石垠：水边石岸。

⑦吟论：吟诗论道。

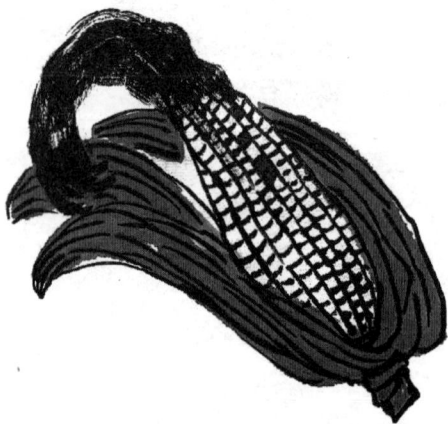

山居遣兴①

半世徒劳自可怜，往时一笑若云烟。

花开花落催人老，明灭阴阳更日天。

霜彩②吹愁秋影暮，喜瞻春秀菊妖妍。

山居景物多清赏③，少去凄凉复寿年④。

注：

①遣兴：抒发情怀，解闷散心。

②霜彩：霜的色彩。

③清赏：幽雅的景致或清雅的玩物（金石、书画等）。

④寿年：长寿的岁数。

栖居有乐

雾隐晴窗旭日朝，冷风收尽雨声消。

三阶霜柿流珠彩①，百鸟贪馋②似客邀。

檐下啾喧③争静息④，别余欢乐化凄寥⑤。

天宽意曲⑥窄尘路，摘得苍穹作石桥。

注：

①珠彩：珍珠的光彩。

②贪馋：犹贪嘴。

③啾喧：犹喧嚣。

④静息：安静地栖息。

⑤凄寥：寂寞空虚。

⑥意曲：犹心曲。谓内心深处。

227

南山秋日野望

岚光①染画暗留春，晚艳②穷秋③明彩④新。

乾马⑤吞云离往世，坤牛⑥入海驾平津⑦。

山河八景皆珍象⑧，高宇千城居乐人。

吾结⑨野庐游静外⑩，醉迷鸟语共邀宾。

注：

①岚光：山间雾气经日光照射而发出的光彩。

②晚艳：晚发之艳色。亦指晚开的花。

③穷秋：晚秋；深秋。指农历九月。

④明彩：光彩。

⑤乾马：出处，语本《易·说卦》："乾为马，坤为牛。"道教因以"乾马"指纯阳之气。

⑥坤牛：《周易》取物象义，以牛的柔顺和负重载物作为坤卦之象，称为"坤牛"。

⑦平津：坦途；大道。

⑧珍象：华美的景象。

⑨结：建造；构筑。

⑩静外：淡漠世事，自外于尘俗。谓隐遁避世。

欢祝佳节

柿叶翻红霜景明，云歌①凤畴②出愁城③。
楼台赋物④有诗酒，寂寞不堪曲尽生。

注：

①云歌：响遏行云之歌。

②凤畴：凤鸟鸣叫。比喻美妙的琴声。

③愁城：喻愁苦难消的心境。

④赋物：描写物态。

寒秋闲情

冷风吹帽感寒威，独酌陶然①无愿祈。

霜老梧桐篱菊醉，香云②绕院散凉霏③。

鹊声四起迎朝日，五尺新天惜寸辉④。

自爱山居闲景物，清吟野趣⑤伴鸿飞⑥。

注：

①陶然：喜悦、快乐貌。

②香云：美好的云气，祥云。

③凉霏：秋雾。

④寸辉：犹寸阴。

⑤野趣：山野的情趣。

⑥鸿飞：鸿雁远翔。比喻超脱尘世。

欢乐重阳节

霜叶飘飞看雁翩，归心遥寄向秦川。

风收愁雾半空净，日影追随乐一天。

金菊多情争媚色①，白翁无意解忧煎。

幽居牢落②独耆酒③，世上浮生④便是仙。

注：

①媚色：取悦于人的神态。

②牢落：孤寂；无聊。

③耆酒：贪酒。

④浮生：语本《庄子·刻意》："其生若浮，其死若休。"以人生在世，虚浮不定，因称人生为"浮生"。

秋风闲咏

秋风闲咏夜生凉，菊酒①宽心暖冷肠。

半辈悟明②穷活计③，耆年④潦鬼⑤富书囊。

星辰⑥不息开春梦，日月⑦沉杯凝玉章。

千里归途收野老，一身须爱竞朝阳。

注：

①菊酒：菊花酒。

②悟明：佛教语。了悟真言。

③活计：生计；谋生的工作或职业。

④耆（qí）年：老年人。

⑤潦鬼：穷困潦倒的人。

⑥星辰：道教语。指头发。

⑦日月：时令；时光。

重阳^①看花吟

霜落寒条^②红叶新，日催节序^③往来频。

重阳秋色争仙艳^④，篱上金花耀世尘。

莫问荣枯知冷暖，窗前荧火^⑤夜伤神。

他乡无语写回念，愁对西风讨一春^⑥。

注：

①重阳：节日名。古以九为阳数之极。九月九日故称"重九"或"重阳"。

②寒条：秋冬树木的枝条。

③节序：节令，节气；节令的顺序。

④仙艳：极其艳丽的美色。

⑤荧火：萤火虫。

⑥春：唐人呼酒为春，后沿用之。明高启《客舍雨中听江卿吹箫》诗："恨无百斛金陵春，同上凤凰台上醉。"

霜降^①节气好修心

秋色春浓^②寒落阶，红枫烧野照江淮。

欢虞^③举酒自寻乐，白发多情总彩排^④。

雪鬟看花成冻草，怅然抱恨入尘埋。

玄阴^⑤初起清霜露，解得闲人忙静斋^⑥。

注：

①霜降：二十四节气之一，在公历 10 月 23 日或 24 日。这时中国黄河流域一般出现初霜，大部分地区多忙于播种三麦等作物。

②春浓：春意浓郁。

③欢虞：同"欢娱"。

④彩排：戏剧、舞蹈等正式舞台演出前的最后一次排演。因系化妆排演，故称。

⑤玄阴：冬季极盛的阴气。

⑥静斋：静心斋戒。

暮冬

门迎曙色换风烟，屋照祥光暖寸田。

腊候雁匆追去日，岁阴^①梅蕊报新年。

老怀感物咏愚志，诗意花开生宝莲。

神采不知迟景^②速，云心^③长路自悠然。

注：

①岁阴：岁暮，年底。

②迟景：指傍晚的日光。

③云心：形容闲散如云的心情。

野居故里

霜老梧桐寒菊妍，雨声刚落雁鸣天。

竹溪①苍鹭②追鱼影，半没湖池浮水烟③。

犬吠篱旁门巷静，人归故里释④心泉⑤。

野居世界醉余景⑥，风月垂情⑦梦日边⑧。

注：

①竹溪：竹林与溪水。指清幽的境地。

②苍鹭：鹭的一种。背部苍灰色，嘴黄色，头部和颈部白色，头部后方两侧有黑色长毛。多活动于河湖水际或沼泽间，食小鱼、昆虫和蛙等。

③水烟：水上的烟霭。

④释：放下。

⑤心泉：犹心怀。

⑥余景：余日；残生。

⑦垂情：犹垂意。关心；关怀。

⑧日边：太阳的旁边。犹言天边。指极远的地方。

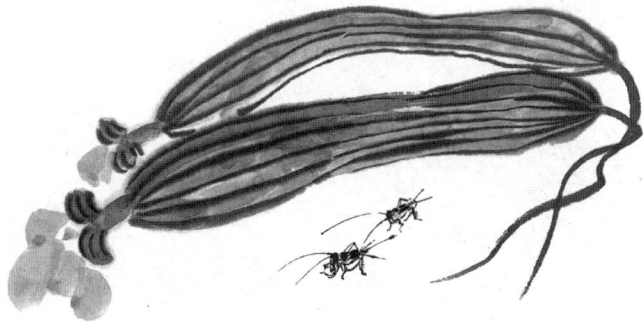

因果有缘

当时陌路竟同行，客店分茶①似共鸣；
应为天公投拜帖②，久违萍水见缘情③。

注：
①分茶：烹茶待客之礼。
②拜帖：拜访别人时所用的名帖。
③缘情：缘分；情意。

深秋游山家①

霜落茅檐飞赤鸦②，黄鹂对语野人③家。
烟浓雾冷湿秋草，荷败塘荒栖雨蛙④。
绿水白云生远念，岁丰穷路富银槎⑤。
浊醪⑥游世洗尘土，诗景催开心中花。

注：
①山家：山野人家。
②赤鸦：太阳。
③野人：泛指村野之人；农夫。
④雨蛙：两栖动物。体长三厘米左右，背面绿色，腹部白色，脚趾上有吸盘，可以爬到较高的地方。吃昆虫。
⑤银槎：一种银质的盛酒器。
⑥浊醪：浊酒。用糯米、黄米等酿制的酒，较混浊。

茅屋月夜感怀

今日衰颜自写真，茅檐听雀坐闲人。
笔端妙趣游沧海，神味①悠然②出世尘。
黄卷③凌风④嘻老朽，白头沽酒咏诗新。
照吾月华情依旧，羞看蹉跎六十春。

注：
①神味：神韵趣味。
②悠然：闲适貌；淡泊貌。
③黄卷：书籍。
④凌风：驾着风。

南岭书怀

朝餐醉卧白云边，夕照怀人不落天。

龙柏空悬谋出世①，逸情②尘外饮飞泉③。

乾坤今得长生路，日月滩头续寿年。

呼我流莺心乐意，笙歌诗酒伴游仙④。

注：

①出世：超脱人世。

②逸情：超脱世俗的感情。

③飞泉：瀑布。

④游仙：漫游仙界。

心景无著

记事星辰①飞浅霜，遗情山水尽疏狂②。

静神无力裁烦字，漫写欢言乐庚郎③。

花月一时何故歇，金珠百万苦人忙。

天心风景明穷夜④，却是银河断远航。

注：

①星辰：道教语。指头发。

②疏狂：豪放，不受拘束。

③庚郎：借指多愁善感之诗人。

④穷夜：彻夜；通宵。

夏至日感咏

如流急景①日车②翻，客舍悠然吟竹轩。

榴火隔篱开病目，黄莺对语学人言。

忘劳尘世入幽境③，惊眺时花坐乐园。

阳律一阴生④夏节，三心⑤收净远忧烦。

注：

①急景：疾驰的日光。亦指急促的时光。

②日车：太阳。太阳每天运行不息，故以"日车"喻之。亦指神话中太阳所乘的六龙驾的车。

③幽境：幽雅的胜境。

④一阴生：夏至后白天渐短，古代认为是阴气初动，所以夏至又称"一阴生"。

⑤三心：佛教谓过去心、现在心、未来心为三心。见《金刚经》。

默祝升平

折转^①春光鬓影^②寻，醁波^③一醉暮晖临。

聿怀^④半世四方志，遐振^⑤儒风众士心。

瘟鬼^⑥不消人骤急，乌俄对垒战尘^⑦深。

升平岁月归何所？莫在争雄有掠侵。

注：

①折转：回转；返回。

②鬓影：鬓发的影子。语本唐骆宾王《在狱咏蝉》："那堪玄鬓影，来对白头吟。"明蓝智《过云洞岭》诗："夕阳驱瘦马，鬓影漫萧萧。"

③醁波：美酒。

④聿（yù）怀：《诗·大雅·大明》："维此文王，小心翼翼，昭事上帝，聿怀多福。"聿本助词，然后人常以"聿怀"为语典，用为笃念之意。

⑤遐振：极远处亦受到震动和影响。晋孙绰《聘士徐君墓颂》："超世作范，流光遐振。"

⑥瘟鬼：瘟神。

⑦战尘：战场上的尘埃。借指战争。唐司空图《河湟有感》诗："一自萧关起战尘，河湟隔断异乡春。"

今晨回故园

今回故宅独悲伤，扫院西风正放狂。
昔日门阶①欢语散，只留鸟雀噪幽阳②。
父母去世家何在，姊妹分离各自忙。
天地百年成记忆，黄金十载买愁肠。

注：
①门阶：门前台阶。
②幽阳：初升的太阳。因阳光微弱，故名。

客兴

雾舒碧嶂夕阳红，霜鬓萧凉带雪风①。
暮齿②感多祈愿少，末途晚悟费神功。
宴游③野客乐元宅④，笑看壶天⑤白首翁。
一梦尘劳⑥今昔⑦短，百年心事去匆匆。

注：
①雪风：夹带着雪的风。
②暮齿：晚年。
③宴游：宴饮游乐。
④元宅：道教语。指心神。
⑤壶天：传说仙人施存有一壶，中有天地日月，自号"壶天"，人称"壶公"。参见"壶公"。
⑥尘劳：佛教徒谓世俗事务的烦恼。
⑦今昔：现在与过去。

有失端雅

自古红颜甚慎徽[①]，今朝姝丽[②]却行违[③]。
街头闹市多奇事，倩女身穿百衲衣[④]。

注：
①慎徽：恭谨宣美。《陈书·高祖纪下》："慎徽时序之世，变声改物之辰。"
②姝丽：美女。
③行违：行为乖戾。
④百衲衣：和尚的袈裟。因由许多小布片拼接缝成，这里形容新时代潮流女装暴露处太多，很像百衲衣。

欢乐头条

天天开屏燕莺鸣，日日头条呼寓情[①]。
四海一家歌盛世，五湖春气[②]乐康平。

注：
①寓情：寄托情志。
②春气：春天的气象。唐杜甫《宿白沙驿》诗："万象皆春气，孤槎自客星。"

宽心

不觉光阴上白头，一生莫问几春秋。

逍遥豁达得先酒，百岁从容无所求。

大雪^①节感怀

穷冬^②不见六花^③飘，鸿雁连天出碧霄。

大雪节催年尾近，飞光杯渡^④去程遥。

一窗风月还家梦，半岭金盆^⑤坠石桥。

愁向吴生^⑥求画笔，喜瞧梅蕊挂新条。

注：

①大雪：二十四节气之一，在阳历十二月六日、七日或八日。

②穷冬：隆冬；深冬。

③六花：雪花。雪花结晶六瓣，故名。

④杯渡：晋宋时僧人，不知姓名。传说其常乘木杯渡水，故以杯渡为名。事见南朝梁慧皎《高僧传·神异下·杯渡》。后因以称僧人出行。

⑤金盆：比喻太阳或圆月。

⑥吴生：唐名画家吴道子。

心景

万水千山总是情，残阳沉落月初明。

欲穷峻岭幽微^①景，须驾青云上太清^②。

注：

①幽微：隐微。

②太清：天空。

月夜浅酌

夜幕初临月镜辉，绿醅浅酌似真归①。
神游山水化寥寂，满眼春花对翠微。
白发垂纶②童趣在，浮云万事物情③非。
银河④穷目纳苍宇，丹寸⑤无忧远世机⑥。

注：

①真归：真正的归宿。

②垂纶：垂钓。

③物情：物理人情，世情。

④银河：道教称眼睛为银河。

⑤丹寸：赤诚的心。

⑥世机：世俗的机心。

饯别

去年送别在阳春，握手伤离泪湿巾。
定是天公知我意，一时急雨欲留人。

夕阳之歌

霞坠西山落日轮，斜阳夕照水波邻。

涂鸦荒野涂鸦海，醉悦新人醉旧人。

夕阳红

昔日儿童已老翁，沧桑岁月似秋风。

暮年若有初心在，晚照①回头别样红。

注：

①晚照：夕阳的余晖；夕阳。南朝宋武帝《七夕》诗之一："白日倾晚照，弦月升初光。"

七夕

岁岁今儿鹊搭桥，牛郎织女下云霄。

佳期如梦圆良夜，河汉涓涓敛怒潮①。

注：

①怒潮：汹涌的浪潮。

七夕夜

今晚月光清，天河水满盈。

牛郎迎织女，岁岁夜长庚①。

注：

①长庚：亦作"长赓""长更"。古代指傍晚出现在西方天空的金星。亦名

垂钓乐

竿碎祥云影，钩沉一暮秋。
夕阳昏欲坠，心绪逐波流。

鹊桥会

世世心仪①泪眼焦，生生②七夕会星桥③。
几多乞巧④遇秋雨，今晚银钩挂碧霄。
怅恨牛郎情脉脉，离伤织女念朝朝。
良宵为许⑤匆匆别，相忆无期夜夜邀。

注：
①心仪：多指心中向往、仰慕。
②生生：世世代代。
③星桥：神话中的鹊桥。
④乞巧：旧时风俗，农历七月七日夜（或七月六日夜）妇女在庭院向织女星乞求智巧，称为"乞巧"。
⑤为许：犹言为何。

秋日

落日衔山饮暮愁，炎蒸①焦卷②翠微收。
平湖秋影③吹凉气，黄叶多情忆岁稠。

注：
①炎蒸：暑热熏蒸。
②焦卷：枯萎的庄稼、草木。
③秋影：秋日的形影。

野舍情怀

山耸白云低，林花入彩霓。
春光①嬉老叟，雅趣有新题。
笑看日升起，吟魂②落月西。
心宽安野舍，蝶梦③闻天鸡④。

注：
①春光：春天的风光、景致。
②吟魂：诗人的梦魂。
③蝶梦：超然物外的玄想心境。
④天鸡：神话中天上的鸡。

咏秋

金柳低垂月映楼，瑶光偏向旅人留。
春秋有色复朝暮，月色无声照细流。
昨日推窗伤旧梦，今时倚案恻新愁。
诗心一点意难挡，好得华章咏晚秋。

思念

西山一雨夜初晴，吟鸟娇声惊月明。
今日不虚经此行，景风忽教七言成。

水岸南望

万年忠烈入荒茔①，九曲黄河诵盛名。
流水茫茫东逝去，鱼鸣②长浪咏歌声。

注：
①茔：坟墓。
②鱼鸣：鱼浮在水面，啜水发声。是变天预兆。

岁月如梦

龙润①方晴天地秋，草黄山远断烟②愁。
半生风雨匆匆过，明月倾杯③笑白头。

注：
①龙润：雨的别称。
②断烟：孤烟。
③倾杯：斟酒入杯。

舟上

尘缘①何所寄？风静浪波知。

云水连天远，人生愁别离。

注：

①尘缘：佛教、道教谓与尘世的因缘。

自嘲

吟窗①望月净心田②，意境清虚游日边③。

坐上春风迎朗旭④，诗情一向付云笺。

注：

①吟窗：诗人居室的窗户。

②心田：佛教语。即心。谓心藏善恶种子，随缘滋长，如田地生长五谷蓁

稗，故称。

③日边：太阳的旁边。犹言天边。指极远的地方。

④朗旭：光明的朝阳。

岁月拾韵

中秋有怀

灯火淡穹苍，清歌①入渺茫。
野情②移皓月，心影寄秋霜。
白首夕阳景，遏愁③望故乡。
佳期能几许④，夜夜自徜徉⑤。

注：
①清歌：清亮的歌声。
②野情：不受世事人情拘束的闲散心情。
③遏愁：深长的愁绪。
④许：多；许多。
⑤徜徉：安闲自得貌。

佳节思亲

佳节更推杯，怀思寄月台①。
梦萦②童幼事，余忆③至亲来。
哀痛悲声哽，辛伤④泣泪催。
天公如顺遂⑤，娘可驾云回？

注：
①月台：赏月的露天平台。
②梦萦：萦回于梦中；萦回梦想。
③余忆：残留的思念、忆念。
④辛伤：悲伤。
⑤顺遂：顺当，顺利；合乎心意。

痛悼岳父

暑湿①蒸秋煮夕阳，心生哀思起冰凉。

泰山②仰望人长逝，未报慈恩③自惋伤④。

昨日教言⑤犹贯耳，今朝相忆泪千行。

重纱孝悌哭不醒，贤德难书欲断肠。

注：

①暑湿：炎热潮湿。

②泰山：岳父的别称。

③慈恩：称上对下的恩惠。

④惋伤：怅恨哀伤。

⑤教言：教诲的话。

落叶畅想

凋零片片似飞花，瑟瑟西风各一涯①。
寒吹清歌②秋默语，艳阳普度③紫金纱。
芳菲游坠锦云地，绕树狂情飘彩霞。
林间春心烧不死，归根碧照④又还家。

注：
①一涯：一方。
②清歌：不用乐器伴奏的歌唱。
③普度：佛教语。谓广施法力使众生普遍得到解脱。
④碧照：碧绿闪烁的波光。

贺岳父九十六大寿

如歌岁月发中①流，最爱山河故作游。
紫气东来随夕暮②，晓风北吹逐清秋。
儿孙孝悌全家喜，福至推杯乐忘忧。
祈得年年椿寿③酒，烟霞④鹤岭⑤好熏修⑥。

注：
①发中：发自内心。
②夕暮：傍晚。
③椿寿：大椿的寿命。比喻长寿、高龄。
④烟霞：泛指山水、山林。
⑤鹤岭：仙道所居的山岭。
⑥熏修：佛教语。谓净心修行。

云楼远望

偏上莲池坐夏凉，河边麦浪卧云乡[1]。
注眸[2]秦岭扶弦月，回眺渔舟钓夕阳。
楼阁梦魂游远汉[3]，重山脚下赏霞光。
天公若念人间苦，莫让瘟君再肆狂。

注：
[1]云乡：白云乡，白云聚集之所。指深山中道士修炼或高士隐居之所。
[2]注眸：犹凝眸。
[3]远汉：遥远的天河。

朝花夕拾

一夜昙花尽落残，无情岁月逐悲欢。
半生客路踏烟翠[1]，趁取[2]光阴好自安。

注：
[1]烟翠：青蒙蒙的云雾。
[2]趁取：犹获取。

清平乐

光景峥嵘日日新，何堪岁月不饶人。

风霜爱折院前树，或是流年①盼丽春。

注：

①流年：旧时算命看相的人称人一年的运气。

随笔

霜英①飞紫烟，水草惹人怜。

同是芳尘客，凌寒各迥然②。

注：

①霜英：经霜的花朵。此处指红菊花。

②迥然：形容差得很远。

流年

好似沧桑少转迁①，轩居②久卧白云③边；
青篱岁月伺鸡犬，萤案诗书学圣贤。
尘世常如眠酒肆④，人间每欲笑晴天；
忆从脱去俗氛⑤后，扰扰⑥纷纭⑦复几年。

注：
①转迁：变动。
②轩居：房室。
③白云：喻归隐。
④酒肆：酒店。
⑤俗氛：尘俗之气或庸俗的气氛。
⑥扰扰：纷乱貌；烦乱貌。
⑦纷纭：多盛貌。

冬日飞雪

雨加飞雪舞朦胧，雾失寒山静默中。
觅食鸟栖篱上噪，日升云岭半天红。

佳节

菊花片片落墙隅①，朝日②枝头照露珠；
梦对茱萸开未尽，逢时为尔再倾壶。

注：
①墙隅：墙角。
②朝日：早晨初升的太阳。

253

闹市咏秋

近市楼台入翠烟，远山归雁过危巅①。
霜枫落木残红醉，夕暮翻江向日偏。
长恨秋风生别韵②，离愁不解月婵娟③。
流光④一去尽凋谢，回盼春来画碧鲜⑤。

注：
①危巅：高山顶上。
②别韵：送别时的吟咏。
③婵娟：犹婵媛。情思牵萦貌。
④流光：流动、闪烁的光彩。
⑤碧鲜：青翠鲜润的颜色。

霜降

蛩绝林萧低空净，芦花吹雪浅溪深。
霜凌①草木无光景，夕照盲翁②乐讴吟③。

注：
①霜凌：寒霜侵凌。
②盲翁：丧失视力的老人。
③讴吟：歌吟。

山居余怀①

月彩灯昏野浩茫，客心百念起离伤。
霜风凄洌②雁鸣绝，寒夜萧骚③落叶黄。

注：
①余怀：无穷的怀念。　　②凄洌：疾速貌。
③萧骚：萧条凄凉。

秋意

北雁①纷纷向远翔，南山红柿透毫光②。
霜英朵朵春无尽，坐赏琪花③一瓣香。

注：
①北雁：候鸟之一。因其每年秋分后由北南飞，故称。
②毫光：如毫毛一样四射的光线。
③琪花：莹洁如玉的花。

水乡旅怀

光阴游迹住蒲筵①，幽景②迷人醉舍前。
一阵西风黄叶下，客怀万里起愁烟③。
吟情④隔水已心折，入目凉花⑤苦忆年。
不见雁飞千转梦，几回故地有团圆。

注：
①蒲筵：蒲席。　　②幽景：幽静的景色。
③愁烟：惨淡的烟波。诗人以其易于勾起愁思故称。
④吟情：诗情；诗兴。　　⑤凉花：秋花。

255

隆冬

风雨归舟适小闲，花开花落又年关。
梅开二度春云动，已觉枝头绿意还。

深秋有怀

过眼流光逐夕斜，寒居吟赏①乱涂鸦②。
往来年岁莫虚度，日月滩头欢饮霞③。

注：
①吟赏：吟咏欣赏。
②涂鸦：唐卢仝《示添丁》诗："忽来案上翻墨汁，涂抹诗书如老鸦。"后因以"涂鸦"比喻书画或文字稚劣。多用作谦辞。
③饮霞：汉王充《论衡·道虚》："曼都好道学仙，委家亡去，三年而返。家问其状，曼都曰：'去时不能自知，忽见若卧形，有仙人数人，将我上天……口饥欲食，仙人辄饮我以流霞一杯。每饭一杯，数月不饥。'"后以"饮霞"喻饮酒。

立冬感怀

草木①知秋惜岁阴②，忍从③绿叶落萧林。
今朝霜吹④菊花老，昨日春光⑤已难寻。

注：
①草木：比喻卑贱。此处作者自谦之词。
②岁阴：1. 古代以干支纪年，十二支叫作"岁阴"。2. 太岁。3. 岁暮，年底。此处指岁暮，喻人的晚年。
③忍从：忍受顺从。
④霜吹：寒风。
⑤春光：岁月，青春。

游子吟怀

不定衰荣上白头，有生岁月负金流①。
秋风愁雁孤莺哮，心力②飘然③成久游④。
漫说空林留鸟迹，常怀乡壤⑤泪盈眸。
青山⑥赊酒浮云外⑦，却是无虞⑧得自由。

注：
①金流：水流的美称。
②心力：精神与体力。
③飘然：轻松闲适貌。
④久游：久居外乡。
⑤乡壤：乡土；家乡。
⑥青山：归隐之处。
⑦云外：比喻仙境。
⑧无虞：没有忧患，太平无事。

冬日感兴

街清巷静犬声狂，霜叶①愁红万重芳。

远向南山寻锦句，客来情话②捧瑶浆③。

注：

①霜叶：特指经霜变红的枫叶。

②情话：知心话。

②瑶浆：玉液，指美酒。

心境难觅

烟霞落漠近曛黄①，还揽婵娟②对碧香③。

乱点雨星敲竹韵④，兴来豪句咏春光⑤。

注：

①曛黄：黄昏。

②婵娟：形容月色明媚。

③碧香：美酒名。

④竹韵：风吹竹子而形成的特有声音。

⑤春光：岁月，青春。

病身有怀

撼舍霜风号竹椽^①，衰灯^②孤照客惊眠。

雨声入梦两行泪，思忆催醒百念^③悬。

花发星辰^④衫袖^⑤重，病身祈愿有谁怜。

远朋忽访探微恙，温语回春见泥燕^⑥。

注：

①竹椽：竹制的安在檩条上支架屋面和瓦片的椽子。

②衰灯：残灯。

③百念：百般思念；各种想法。

④星辰：道教语。指头发。

⑤衫袖：衫的袖子。亦泛指衣袖。

⑥泥燕：衔泥的燕子。

云楼梦天

石林直插苍穹短，万丈高楼入九天。

碧宇^①重围无鸟迹，巢深云海有风船^②。

俯窥夜市华灯亮，不见荒村雁阵翩。

故第^③夙根^④来苦觅^⑤，新愁唤起复延年。

注：

①碧宇：青天。

②风船：乘风疾驶的船。

③故第：故宅；旧居。

④夙根：前生的灵根。

⑤苦觅：苦心寻觅、搜索。特指诗人苦吟。

初冬即景

花发千枝翠似莼，一园皓霰^①亮如银。

霜风不折葱菁^②蔓，画下红芳^③遍地春。

注：
①皓霰：洁白晶莹的雪珠。
②葱菁：青翠而茂盛。
③红芳：红花。

琼英醇冽^①

天散琼英^②万点春，孤芳^③一树亮凡尘。

病闲^④相顾对清醑^⑤，更取新醅^⑥待故人。

注：
①醇冽：醇正浓烈。
②琼英：喻雪花。
③孤芳：独秀的香花。常比喻高洁绝俗的品格。
④病闲：病初愈。
⑤清醑：清酒。
⑥新醅：新酿的酒。

水村山居

水界①无边隔碧波，一窗风景远荣罗②。

友来福地同欢饮，心树③人离挂月多。

诗锦④流霞迷海客⑤，苍颜尘世走天河⑥。

丝丝秋鬓含霜苦，几许春明⑦狂放歌。

注：

①水界：水域。

②荣罗：名利之罗网。

③心树：佛教语。指如树木生长的意念活动。

④诗锦：喻指辞藻华美、佳句迭出的诗作。

⑤海客：浪迹四海者。谓走江湖的人。

⑥天河：银河。

⑦春明：春光明媚。

冬至

至日①琼花漫远山，经年寒雪画霜斑②。

思心长寄清光③里，孤月乘风照我还。

注：

①至日：冬至、夏至。

②霜斑：斑白。

③清光：清亮的光辉。多指月光、灯光之类。

飞雪感怀

天地飞花^①忽浩茫，四溟^②一色敛^③寒光。
传情梅朵笑姝艳^④，尽惹愁人^⑤满鬓霜。

注：
①飞花：比喻飘飞的雪花。
②四溟：四海，四方之海。
③敛（liǎn）：聚集。
④姝艳：美丽。
⑤愁人：心怀忧愁的人。

凌雪

逍遥凝雨^①自幽遐，晕月^②凌云散玉花^③。
一树枯凋风岸上，偏偏落在里邻^④家。

注：
①凝雨：雪。
②晕月：有晕的月亮。
③玉花：比喻闪烁的光芒。
④里邻：邻里；邻人。

瑞雪

九重①玉絮②舞轻纱，斜日开帘照远涯。
梅蕊暗香含禅念③，红花怒放斗流霞④。
客来欢醉歌山舍⑤，人去多情寄月华。
梦草⑥池塘听鸟语，鸿光⑦一夜到吾家。

注：

①九重：天门；天。

②玉絮：比喻雪花。宋司马光《雪霁登普贤阁》诗："开门枝鸟散，玉絮堕纷纷。"

③禅念：寂静之念。

④流霞：浮动的彩云。

⑤山舍：山中住宅；山中的房舍。

⑥梦草：神话中的草名。据说怀之可以入梦，故也称怀梦草。旧题汉郭宪《洞冥记》卷三："有梦草，似蒲，色红，昼缩入地，夜则出，亦名怀梦。怀其叶，则知梦之吉凶立验也。帝思李夫人之容不可得，朔乃献一枝，帝怀之，夜果梦夫人，因改名怀梦草。"

⑦鸿光：盛大光辉的事业。

孤独

四季轮回踏故蹊①，花开花谢复萋萋②。
坐看春夏随流水，一日东升又落西。

注：

①故蹊：原路；旧路。

②萋萋：形容草木茂盛。

闲居吟怀

楼宇入寥天①，街灯连紫烟。

忘机②居井邑③，客到酒歌筵。

情极④十千丈，毫心⑤饮百川⑥。

人能抛世事，谁可避凋年⑦。

注：

①寥天：辽阔的天空。

②忘机：消除机巧之心。常用以指甘于淡泊，与世无争。

③井邑：市井。

④情极：感情深极。

⑤毫心：毛笔笔头的中心部分。

⑥百川：江河湖泽的总称。

⑦凋年：晚年。

如歌岁月

朝阳焱焱①出烟峦②，暮色苍茫入景残。

风月③徒伤繁艳④尽，半生诗酒付余欢⑤。

注：

①焱焱：光采闪耀貌。

②烟峦：云雾笼罩的山峦。

③风月：清风明月。泛指美好的景色。

④繁艳：繁盛艳丽。

⑤余欢：充分的欢欣。

雪

千山白絮①挂凝烟②，万物同衾③百草眠。

四宇④鹅毛横空落，六花⑤旋舞满云川⑥。

注：

①白絮：比喻像白絮似的东西。

②凝烟：浓密的雾气。

③同衾：共被而寝。比喻亲近。

④四宇：天下；四方。

⑤六花：雪花。雪花结晶六瓣，故名。

⑥云川：银河。

瑞雪满乾坤

红黄蓝紫满山坡，香馥青丛伴娜婀。

玉蝶①狂欢临空舞，林梢花发耀星河②。

上玄③不吝太仓④米，银粟⑤凤翻吹峻峨。

农事好由连雪⑥见，梅腮⑦春信待锄禾。

注：

①玉蝶：喻雪花。

②星河：银河。

③上玄：上天。

④太仓：古代京师储谷的大仓。

⑤银粟：比喻雪花。

⑥连雪：持续下雪。

⑦梅腮：梅花待放之苞。美如妇女之颊，故称。

云榭畅怀

云榭^①遥瞻夕月^②悬，雾浮乡井锁山川。

日消志节^③知余命，了去功名为酒仙^④。

霞色沉壶迷落景^⑤，求诗入海洗愁煎。

物华尽赏八遐^⑥短，安住蓬莱乐长年。

注：

①云榭：高耸入云的楼台。

②夕月：傍晚的月亮。

③志节：志向和节操。

④酒仙：嗜酒的仙人。多用于对酷爱饮酒者的美称。

⑤落景：夕阳。

⑥八遐：犹八极。

怀友

岁暮^①苦春短，寒窗月影长。

我怀西宁友，日夜祷安康。

别念空垂泪，瑶情^②意难忘。

斜晖^③寻故道^④，鸿号引悲伤。

注：

①岁暮：喻人的晚年。

②瑶情：纯洁深挚的情意。

③斜晖：亦作"斜辉"。指傍晚西斜的阳光。

④故道：旧道；原路。

罗浮梦①

罗浮山上醉春枝，香树迷翁动酒悲②。
暝色③落花伤蝶梦④，不堪流岁赋⑤离辞⑥。

注：

①罗浮梦：传说隋开皇中，赵师雄于罗浮山遇一女郎。与之语，则芳香袭人，语言清丽，遂相饮竟醉，及觉，乃在大梅树下。见旧题唐柳宗元《龙城录》。因以为咏梅典实。

②酒悲：酒后触动情怀而泣。

③暝色：暮色；夜色。

④蝶梦：超然物外的玄想心境。

⑤赋：吟诵或创作诗歌。

⑥离辞：犹辞别。

疫灾消失感怀

半岭红霞暖朔吹①，几枝梅朵笑藩篱②。
风霜③不在常辉照，今岁狂欢无尽时。

注：

①朔吹：北风。

②藩篱：用竹木编成的篱笆或栅栏。

③风霜：比喻艰难辛苦。

夜市感怀

夜灯齐放照瑶天^①，街巷人丛^②妙舞翩。

昨日风霜挥泪去，今儿来客共婵娟^③。

清茶一盏缘常事，壶中星辰^④忆华年。

桥市凝望云雁渺，喧嚣尘海^⑤等回船。

注：
①瑶天：天上的仙境。
②人丛：密集的人众。
③婵娟：犹婵媛。情思牵萦貌。
④星辰：岁月。
⑤尘海：茫茫尘世。

时令

天行日月光阴疾，椿岁①几多一敛眉②。
丹寸③难修长命术，流英④不委⑤作乖离⑥。

注：

①椿岁：大椿的年岁。比喻长寿。

②敛眉：皱眉。

③丹寸：赤诚的心。

④流英：落花。

⑤不委：不知。

⑥乖离：离别；分离。

寒冬自喜

冷冽西风透画扉①，寒炉叹咏盼春归。
天边孤雁啼明月②，岭上丹霞贯四围。
又近暮冬期宴饮③，家书难断独依依④。
今儿泼墨添新字，只见窗前大雪飞。

注：

①画扉：有彩绘的门扇。

②明月：喻泪珠。

③宴饮：聚会欢饮。

④依依：形容思慕怀念的心情。

落日感悟

鱼跃华清池，蟾宫揽桂枝。

春荣①香露②艳，逸失③似颦眉④。

祸福惧无梦，由来不可知。

余光⑤过世事，辛苦写成诗。

注：

①春荣：喻少年时期。

②香露：花草上的露水。

③逸失：散失；失落。

④颦眉：皱眉。

⑤余光：落日的光芒。

寅虎冬至

菊梅冬月①欲争妍，玉蝶②销声入近年③。
瘟鬼④将离长夜止，东风狂醉上金船⑤。

注：
①冬月：冬天。
②玉蝶：喻雪花。
③近年：临近新年。
④瘟鬼：瘟神。
⑤金船：酒杯。

观瑞雪

风刀①挥刃拂天寒，冬日凝阴②玉蝶③欢。
先后十年常赏雪，偏偏这次动心肝④。

注：
①风刀：锋利如刀之风。指寒风。
②凝阴：阴凉之气。
③玉蝶：喻雪花。
④心肝：情思；心思。

腊八感怀

梅开腊八泄寒香，姑射①含春试靓妆。
故第南枝②家梦破，无名愁至断人肠。
惠风不吹六花落，雨雪匆来圆影③长，
今把绿樽三遍过，几多残照④漏清霜⑤？

注：

①姑射：《庄子·逍遥游》："藐姑射之山，有神人居焉，肌肤若冰雪，淖约若处子。"后诗文中以"姑射"为神仙或美人代称。

②南枝：借指梅花。

③圆影：月亮。

④残照：落日余晖。

⑤清霜：用以喻头发花白。

小寒

苍烟凝雨落枝丫，寒树几番发白花。
酒入宽肠烦恼去，兴来提笔乱涂鸦①。
梅梢醒绽知春信②，万里流冰逐日斜。
云海漾开③横断处，夕曛④半壁照天涯。

注：

①涂鸦：唐卢仝《示添丁》诗："忽来案上翻墨汁，涂抹诗书如老鸦。"后因以"涂鸦"比喻书画或文字稚劣。多用作谦辞。

②春信：春天的信息。

③漾开：犹泛起。

④夕曛：落日的余晖。

贺新年

不夜欢歌向凤晨，西山喜雨草如茵。
祥云驱马迎新岁，玉蝶①争妍满眼春。
万象牵情迷客路，时光尽惹梦龄②人。
天公犹解吾初愿，请走瘟君好养神。

注：
①玉蝶：玉蝶梅。
②梦龄：周武王梦天帝为其增寿的传说。

思真归①

都说江南四季春，红肥绿瘦满湖滨。
谁何不羡禅栖客②，唯我轻歌向玉真③。

注：
①真归：真正的归宿。
②禅栖客：出家修佛法的人。
③玉真：仙人。

飞雪感怀

千树琼花昨夜张，一时春色付丹阳①，
虽然自有青云意②，许是平生最傲霜③。

注：
①丹阳：佛教所谓超脱尘世的境界。　②青云意：喻远大的志趣。
③傲霜：不畏寒冷。

元旦

过眼韶华入鬓霜，回头日月老春光。
瘟君三顾昨儿去，岁酒千杯祝寿康。

飞雪咏怀

雪氛①缥缈水云连，堤岸风吟起素烟②。
日月匆匆成客梦，浮生③高枕自安然。
随心老酒赊不尽，赖逐功名寄意田④。
夕景⑤即沉休百事，春光回首别华年。

注：
①雪氛：雪花纷飞。语本《诗·小雅·信南山》："雨雪氛氛。"
②素烟：白烟。
③浮生：语本《庄子·刻意》："其生若浮，其死若休。"以人生在世，虚
浮不定，因称人生为"浮生"。
④意田：犹心田。谓产生意念的所在。
⑤夕景：夕阳。

除夕

疫威渐息得团圆。笑语吟歌到晓天①。

四序②更巡春影早，六街③梅圃下兰烟④。

广庭爆竹飞童梦，远闻鸡声忆故川⑤。

今夜倾壶追往事，岁除厄运⑥向新年。

注：

①晓天：拂晓时的天色。

②四序：春、夏、秋、冬四季。

③六街：泛指京都的大街和闹市。

④兰烟：芳香的烟气。

⑤故川：故川指的是大山河流，意思是旧时的门巷故居，指故乡老家。

⑥厄运：艰难困苦的遭遇。

除夕感怀

霜霰①入瑶轩，斜曛②日欲昏。
风鸣飞雪马，炮响贯云村③。
梅影开窗画，冰河断客魂。
春令传吉语④，过往不须论。

注：
①霜霰：霜和雪珠。
②斜曛：黄昏，傍晚。
③云村：云气笼罩的村落、山村。
④吉语：好消息；吉祥的言辞。

除夕归客

千家笑悦喜堂前①，万户欢歌对玉筵②。
一树艳梅春信早，三星③高照又新年。
门庭爆竹驱瘟鬼④，椒酒⑤倾杯病将痊。
意会东风怀久客，更吹时雨润心田。

注：
①堂前：代指母亲。
②玉筵：丰盛的筵席。
③三星：福、禄、寿三福神。
④瘟鬼：瘟神。
⑤椒酒：用椒浸制的酒。古俗，农历元旦向家长献此酒，以示祝寿、拜贺
之意。

酷暑念故乡

屋闷云蒸①客起愁，绿波欲沸翠微收。
炎神②炉底添新火，灼背天光焦故畴③。

注：
①云蒸：热气腾腾貌。
②炎神：火神。
③故畴：故土；故乡。

冬日抒怀

暮冬萧飒惹人悲，钩月相辉不忍离。
乘日①悠然修古赋，行吟李杜起攀追②。
眼花错莫临名迹，梅影窗前把酒卮。
枕上东风圆蝶梦③，等闲仙客乐瑶池。

注：
①乘日：乘坐日车。语出《庄子·徐无鬼》："有长者教予曰：'若乘日之
车而游于襄城之野。'"宋王安石《乘日》诗："乘日塞垣入，御风塘路归。"
②攀追：攀比追随；攀高追远。
③蝶梦：超然物外的玄想心境。

除夕

银粟①饰瑶城②，风高玉蝶③倾。

夕阴④愁日暮，晚艳⑤慕朝荣。

浓雾蔽天黑，烟花照夜明。

低回⑥追岁月，年酒少余情⑦。

注：

①银粟：比喻雪花。

②瑶城：白雪覆盖的城。

③玉蝶：喻雪花。

④夕阴：傍晚阴晦的气象。

⑤晚艳：晚发之艳色。亦指晚开的花。

⑥低回：回味；留恋地回顾。

⑦余情：充沛的情趣。

怀友

晨旭初升收夜残，临风对日祝君安。

十年音信寄琼海①，别念常怀煎寸丹。

望尽青山鸿鸟没，几声清啸②起心寒，

酒乡③千盏复愁入，楼上宾朋语笑欢。

注：

①琼海：太空云海。

②清啸：清越悠长的啸鸣或鸣叫。

③酒乡：犹醉乡。

元宵感怀

清溪十里碧烟环，灯火阑珊耀一湾。

风吹孤村春影俏，雨过新翠横重山。

斜晖焕映①流泉②冷，玉镜③澄明照大寰④。

今日轻斟人尽醉，融融⑤魂梦到乡关。

注：

①焕映：光华映射。

②流泉：流动的泉水。

③玉镜：比喻明月。

④大寰：寰宇。元吴莱《大食瓶》诗："大寰幸混一，四海际幅员。"

⑤融融：温暖。

元夜

枝头梅艳柳莺鸣，江上香风①拂嫩晴②，
竹爆惊天寒疠尽。春晖今夜亮瑶城③。
一湖碧水落冰镜④，万丈浮岚⑤暖峻峥⑥，
元夕⑦啸歌多好景，饮霞⑧弄月入辞情⑨。

注：
①香：香风。
②嫩晴：初晴。
③瑶城：城池的美称。
④冰镜：月亮。
⑤浮岚：飘动的山林雾气。
⑥峻峥：高峻的山。
⑦元夕：旧称农历正月十五日为上元节，是夜称元夕，与"元夜""元宵"同。
⑧饮霞：汉王充《论衡·道虚》："曼都好道学仙，委家亡去，三年而返。家问其状，曼都曰：'去时不能自知，忽见若卧形，有仙人数人，将我上天……口饥欲食，仙人辄饮我以流霞一杯。每饭一杯，数月不饥。'"后以"饮霞"喻饮酒。
⑨辞情：文章的情致、格调。

小寒随笔

节气蹒跚入小寒，闭门谢客锁篱栏。
休言垂老闲无事，执手诗毫自尽欢。

立冬降时雪①

雀噪堂阶日色寒，松窗浓雾隐天端②。
篱头霜菊心如雪，愁听鸿鸣影婴珊③。
岁暮④星辰⑤怀客梦，黄茅⑥飘落忆家欢。
冻毫⑦消⑧烛写清意，玉蝶⑨腾飞尘路宽。

注：
①时雪：应时的雪。
②天端：春。
③婴珊：亦作"婴姗"：飘动貌。
④岁暮：喻人的晚年。
⑤星辰：流年。如水般流逝的光阴、年华。
⑥黄茅：茅草名。
⑦冻毫：冻笔。
⑧消：通"销"。熔化。
⑨玉蝶：喻雪花。

暑夜

日落孤云伴别情，月移花影鸟飞惊。
九霞①烧空②蒸清夜，十万街灯亮渭城。
故里遥遥危岭隔，冥鸿寂寂向西鸣。
愁肠独酌吟无语，坐爱凉风百念生。

注：
①九霞：九天的云霞。借指天庭。
②烧空：映红天空。

生日偶题

悠悠白景①过虚堂，四季匆匆燕子忙。
漏滴②离离生别韵③，寿觞慢慢品琼香。
一池春水洗明镜，万虑④寻诗宽锦肠⑤。
岁路⑥不知心自许，百年身事乐平康。

注：
①白景：太阳。
②漏滴：漏壶滴下的水点。
③别韵：送别时的吟咏。
④万虑：反复思考。
⑤锦肠：喻文思高妙。
⑥岁路：年纪。

暮春偶题

每怀往事梦千寻①，回望天涯泪满襟。

春减②白翁③穷雅兴，日煎绿醑客愁深。

昼宵拾诵④三光⑤韵，得解⑥凡夫好五音⑦。

笔削珠峰填业海⑧，纸田⑨河汉洗初心⑩。

注：

①千寻：古以八尺为一寻。"千寻"，形容极高或极长。

②春减：春色减退。

③白翁：唐诗人白居易自称。后人亦以此称之。

④拾诵：犹习诵。

⑤三光：日、月、星。

⑥得解：犹言解悟、领会。

⑦五音：音乐。

⑧业海：佛教语。谓世间种种恶因如大海，故称"业海"。

⑨纸田：南朝宋刘义庆《世说新语·赏誉》："凡此诸君，以洪笔为锄耒，以纸札为良田，以玄默为稼穑，以义理为丰年。"后以"纸田"喻从事文字生涯。

⑩初心：佛教语。指初发心愿学习佛法者。

秋日远怀

又到萧萧叶落时，西风吹老密林枝。
心如明月常辉照，自信今生梦有期。

田家艰辛

谷地流金尽稻香，万千颗粒泪痕长。
谁怜天下农人苦，风雨无常抢种忙。

霾天即景

一夜腾沙覆碧川，四围春隐吹黄烟[①]。
昏霾绝目渺虚里[②]，古树风鸦[③]摇暮天[④]。
三岛[⑤]蓬瀛[⑥]飞海空，五州[⑦]游子学神仙。
渭城车马驾云步[⑧]，沧溟[⑨]茫茫载月船。

注：
①黄烟：黄色的烟尘、云雾。
②虚里：墟里，村庄。
③风鸦：风中乱飞的乌鸦。
④暮天：傍晚的天气。
⑤三岛：传说中的蓬莱、方丈、瀛洲三座海上仙山。亦泛指仙境。
⑥蓬瀛：蓬莱和瀛洲。神山名，相传为仙人所居之处。亦泛指仙境。
⑦五州：南朝时指北方的领土。此处指北方。
⑧云步：腾云而行的步履。喻指轻盈的脚步。
⑨沧溟：苍天，高远幽深的天空。清陈梦雷《登劳崶峰》诗之二："泉归洞壑声闻静，天入沧溟法界空。"

喜雨饯春①

风扫愁云翻海天，霾消喜雨荡春烟。

花凋魂失空余语②，香落清溪洗玉篇。

初尽漏声收客梦，流霞③独酌自悠然④。

疏怀⑤赊⑥酒富椿寿⑦，再驻瀛洲⑧一万年。

注：

①饯春：饮酒送别春光。

②余语：未尽之语。

③流霞：泛指美酒。

④悠然：闲适貌；淡泊貌。

⑤疏怀：开朗的心怀。

⑥赊：关系疏远。

⑦椿寿：大椿的寿命。比喻长寿、高龄。

⑧瀛洲：传说中的仙山。

暮春感兴

星辰①忙月②未留年③，白发闲人续乐天。

煮酒琼杯蒸海水，翰林诗会学儒先。

偶题鱼鸟④生情韵，试墨无词抒警联。

龙杖⑤出门惊杜宇⑥，凤台⑦花雨⑧洗心莲⑨。

注：

①星辰：犹言流年。

②忙月：农事繁忙的月份。一般为立夏前后的一百二十天。

③留年：犹延年。亦指长寿。

④鱼鸟：鱼和鸟。常泛指隐逸之景物。

⑤龙杖：亦作"龙仗"。典出《后汉书·方术传下·费长房》："费长房者，汝南人也。曾为市掾。市中有老翁卖药，悬一壶于肆头……长房辞归，翁与一竹杖，曰：'骑此任所之，则自至矣。既至，可以杖投葛陂中也。'又为作一符，曰：'以此主地上鬼神。'长房乘杖，须臾来归，自谓去家适经旬日，而已十余年矣。即以杖投陂，顾视则龙也。"后因以"龙杖"美称竹杖。

⑥杜宇：杜鹃鸟。

⑦凤台：泛指华美的楼台。

⑧花雨：落花如雨。形容彩花纷飞。

⑨心莲：佛教语。指心，即清净心。谓其清净如莲花，故称。

赏荷感兴

花事①娱神②去复来，芙蕖③岁岁亮池台。

人迷景色脱尘界，风醉红莲向佛开。

游世④八仙⑤留警句⑥，王孙⑦报国愧无才。

兴名⑧利者忘初意⑨，徒使英雄泪满腮。

注：

①花事：关于花的情事。春季百花盛开，故多指游春看花等事。

②娱神：使心神欢乐。

③芙蕖：荷花的别名。

④游世：优游于世。

⑤八仙：民间传说中道教的八个仙人，即汉钟离、张果老、吕洞宾、铁拐李、韩湘子、曹国舅、蓝采和、何仙姑。八仙故事已见于唐、宋、元人记载，元杂剧中亦有他们的形象，但姓名尚不固定。至明吴元泰《八仙出处东游记传》里，始确定为以上八人。参阅《浦江清文录·八仙考》。

⑥警句：警策动人的语句。

⑦王孙：旧时对人的尊称。

⑧兴名：猎取名誉。

⑨初意：原先的意愿。

圆梦

碧叶红花入旧诗，愁情乱我意迟迟。

纤纤絮语终相许，从此依依夜夜思。

病目吟兴

燕飞蝶径^①斗风^②香，春尽莺声远客房。

孤旅眼昏无处着，别离梦搅倍忧伤。

泪沾征袖^③千斤重，潦倒^④衰翁七尺郎。

浅酌流霞^⑤休放醉，更祈明目许年芳^⑥。

注：

①蝶径：花丛中的小路。　②斗风：犹乘风。形容速度快。

③征袖：远行人的衣袖。

④潦倒：举止散漫，不自检束。

⑤流霞：泛指美酒。

⑥年芳：美好的春色。

瑞雪飘飘

琼林^①花放少春阴^②，白絮风翻天幕深。

梅蕊窗前飞玉蝶^③，瑶浆独酌洗尘心^④。

注：

①琼林：比喻披雪的树林。

②春阴：春日花木的荫翳。

③玉蝶：喻雪花。

④尘心：凡俗之心，名利之念。

夕景咏怀

春影匆归①疾若烟，昨儿棋响忆花前。

三千青发钓曛日②，半世红尘争递年③。

别去辛劳怀故事，星霜④来会笑华颠⑤。

人生瞬息闲心少，何用愁思续苦煎⑥。

注：

①归：返回。

②曛日：犹夕阳。

③递年：一年又一年；年年。

④星霜：星辰一年一周转，霜每年遇寒而降，因以星霜指年岁。

⑤华颠：白头。指年老。

⑥苦煎：形容身心备受折磨。煎，煎熬。

初春

应许东风剪柳黄①，乾坤交泰②换新妆。

辞寒雪影怜梅月，就暖桃红着霓裳。

瑰景花前怀去事，醒醲③待客念他乡。

感恩天意开通路，病目回春有妙方。

注：

①柳黄：春柳嫩条。因柳芽初生为嫩黄色，故称。

②交泰：《易泰》："天地交，泰。"后以"交泰"指天地之气和祥，万物通泰。

③醒醲：醉酒。

风月① 闲吟

草木向春荣，花魂迷柳莺。

愁随清吹去，皓发末由②生。

浅醉梦余乐，虚怀数日程。

寄身蓬岛远，赖有酒仙③迎。

星夜望尘冥④，天高旷野平。

一钩风月影，尽钓世人情。

注：

①风月：清风明月。泛指美好的景色。

②末由：无由。

③酒仙：嗜酒的仙人。多用于对酷爱饮酒者的美称。

④尘冥：犹世外。比喻高远。

伏暑^①难熬

暑天愁热载离惊^②，家雀贪凉悯老农。
焚灼^③腾波^④多有意，萧条冷气渺无踪。
九霄银汉何时雨，六月冰轮几度逢？
坐待秋风迎面上，遨游云壤^⑤脱龙钟^⑥。

注：

①伏暑：炎热的夏天。

②离惊（cóng）：惜别的心情。

③焚灼：酷热有如火烧。

④腾波：翻腾的波浪。

⑤云壤：天地。喻相距遥远。

⑥龙钟：失意潦倒貌。

送别

雁影匆匆路难悭^①，悠悠渭水绕河湾。
清风横扫三花树^②，雾雨淹埋十里山。
临别寡言沾病目，相逢酒醉笑开颜，
一声珍重饮悲泪，点点离痕^③印百关^④。

注：

①悭（qiān）：阻碍。

②三花树：贝多树。一年开花三次，故名。见北魏贾思勰《齐民要术·槃多》。

③离痕：离人的泪痕。

④百关：人体各个部位。

生日感怀

风轻柳絮入荷塘，莺啭愁红^①卸宿妆^②。
流水无声怀别韵^③，吟情收尽叹花殇。
筑巢燕子复如故，蝶化庄生^④一世忙。
满树嫩寒春庭月，照人青鬓落秋霜。

注：
①愁红：经风雨摧残的花。亦以喻女子的愁容。
②宿妆：犹旧妆、残妆。
③别韵：送别时的吟咏。
④蝶化庄生：比喻事物的虚幻无常。

秋殇

寒气催枝老叶黄，一天鸣雁别离伤。
今宵犹忆三春景，满目萧森着鬓霜。

293

初秋即景

烟篆①缭缭②缀夕阳，蝉声幽咽夜风凉。
秋波③戏水悄然起，难染春容半点霜。

注：

①烟篆（zhuàn）：香、香烟等的烟缕。因形似圆曲的篆字，故称。

②缭缭：缠绕貌。

③秋波：秋天的水波。

舟山寄居

蓬莱岛上驾云翔，心寄瀛洲①乘夏凉。
水击海边龙尾细，风摇庭树啸鸾凰。
闲田半亩一身饱，乐趣躬耕酬百忙。
春物②有情人味③老，笔锋无力续辞章④。

注：

①瀛洲：传说中的仙山。

②春物：酒。

③人味：人所特有的自尊心、意趣、感情和意识等。

④辞章：诗文的总称。

月夜

岁末瘟君散瘗①霾，每同厄运②更相偕③。

万千惕虑④何当去，孤月生愁入宿怀⑤。

注：

①瘗（yì）霾：阴霾。出自唐柳宗元《梦归赋》："白日逷其中出兮，阴霾披离以泮释。"

②厄运：艰难困苦的遭遇。

③相偕（xié）：一起；偕同。

④惕虑：忧虑。

⑤宿怀：素来的情怀。

飞雪迎龙年

绿醅①穷饮展愁眉，冰砚秋毫搜妙词，

台榭青红②三两处，当年吟月忆霜丝③。

远天鸿绝雪飞舞，长陌④徘徊家信迟。

千树放花生意⑤满，春风半落艳梅枝。

注：

①绿醅：绿色美酒。

②青红：青色和红色。常用以指代颜料、胭脂粉黛、彩霞、灯彩等。

③霜丝：喻指白发。

④长陌：长路。

⑤生意：生机，生命力。

春兴

春归峻岭记情浓，遍野山花访旧踪。

游意飘飞烟树外，深攀远处一青峰。

新年圆梦

缤纷梅菊竞臻臻①，玉蝶翩翩舞暖春。

新岁酌斟祈兴盛，饮霞②不忘念前人③。

注：

①臻臻（zhēnzhēn）：茂盛貌。

②饮霞：汉王充《论衡·道虚》："曼都好道学仙，委家亡去，三年而返。家问其状，曼都曰：'去时不能自知，忽见若卧形，有仙人数人，将我上天……口饥欲食，仙人辄饮我以流霞一杯。每饭一杯，数月不饥。'"后以"饮霞"喻饮酒。

③前人：从前的人，前面的人。

防疫感怀

疫①冬残生事多，乡城休业阻瘟魔。

全民接种避侵染②，西舍东邻少病疴③。

扁鹊④尽心皆妙术，羸骸⑤得救漫轻歌。

我珍余岁感今世，满眼春风吹绿萝。

注：

①疫：瘟疫。

②侵染：感染。

③病疴（bìngkē）：疾病。

④扁鹊：战国时名医。原名秦越人，渤海郡郑（今河北省任丘市北）人。一说家于卢国（今山东省长清县南），故又称卢医。学医于长桑君，医道精湛，擅长各科，行医时"随俗为变"，在赵为"带下医"，至周为"耳目痹医"，入秦为"小儿医"，名闻天下。

⑤羸骸（léihái）：病弱的身躯。

春暖

残红几朵落堂阶，凝坐①搜吟句不谐。

穷暮②捧书常感慨，世情③冷暖自开怀④。

注：

①凝坐：静坐。

②穷暮：晚年。

③世情：世态人情。

④开怀：放宽胸怀，能容人；推诚相待，虚心听取意见。

贺新春

楼上挥毫亦祝禧①，幽芳吐蕊雨先知，

窗前碧翠正浓绮②，春燕偏衔断叶枝。

注：

①祝禧：祝告神灵，以求福祥。

②浓绮：浓艳绮丽。

爱有根

杜宇啼鸣劳梦魂，奔波儿女远家门。

若能朝暮时闻问①，不负椿萱②爱子孙。

注：

①闻问：通音问，通消息。

②椿萱：父母的代称。

瑞雪

沉沉雪压枝，皓霰①抱枯萎；

笑我俗声外，旁邻岂可知。

落花铺一地，怅念缀伤离；

台砌多霜露，哀风②不忍吹。

注：

①皓霰：洁白晶莹的雪珠。

②哀风：凄厉的寒风。

古长安

九圉①皇都看长安，千年帝阁赛琅玕②。

岭南花圃春常在，太白琼峰藏玉峦③。

大兴城多燕赵女④，钟楼台下泪痕干。

古今风雨催明月，暮色峥嵘一梦残。

注：

①九圉：上古指组成陆地的九个大区域。后被称为九州。

②琅玕：像珠子的美石。

③玉峦：昆仑山。泛指仙山。

④燕赵女：舞女歌姬。

暮秋

菊瓣散清香，金风①渐吹凉。

寒烟②侵夜枕，暖屋梦藜床③。

注：

①金风：秋风。

②寒烟：寒冷的烟雾。

③藜床：藜茎编的床榻。泛指简陋的坐榻。

299

春日寄趣①

悄然轻吹过新城，小径葱茏对嫩晴。
推盏欣欣②还寄趣，花香一院鸟啾鸣。

注：
①寄趣：寄托情趣。
②欣欣：喜乐貌。

思归

兴到毫尖上翠微①，酽醅浅酌忘怀归。
山居野景足清赏，方外②烟霞锁世机③。
红日梦游天地短，绿荫道长燕双飞。
无端乡思随鸿远，总伴离情挽落晖④。

注：
①翠微：形容山光水色青翠缥缈。
②方外：世外。指仙境或僧道的生活环境。
③世机：世俗的机心。
④落晖：夕阳；夕照。

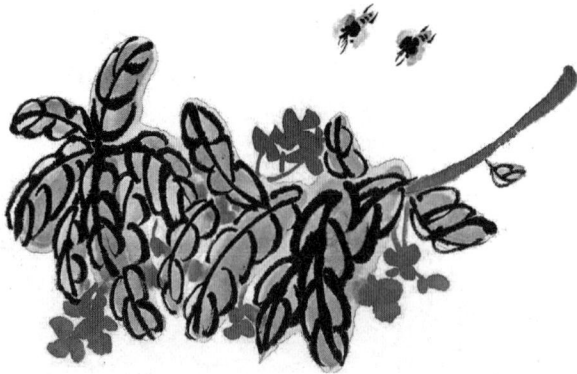

岁酒感怀

玉絮①轻飘昼寂然②，侨庐闷热暖霜天。

三元③一会乾坤净，七彩烟花祝大年。

酒入横波④诸事别，韶龄即逝暮云边。

满窗迷雾愁愚老⑤，今把芳醪⑥赛⑦上仙⑧。

注：

①玉絮：比喻雪花。

②寂然：形容寂静的状态。

③三元：农历正月初一。是日为年、月、日之始，故谓之三元。

④横波：横流的水波。

⑤愚老：老人自谦之词。

⑥芳醪：美酒。

⑦赛：酬报。旧时祭祀酬神之称。

⑧上仙：天上的神仙。

秋日怀乡

怀乡望旅鸿，落叶问秋风。

百果迷神鸟，珠榴①满树红。

菊篱蜂语②绕，蝶衣③晒芳丛。

斜日照千里，人情今古同。

注：

①珠榴：石榴的美称。

②蜂语：蜂飞舞时发出的嗡嗡之声。

③蝶衣：喻轻盈的花瓣。

春日欢聚

论交^①数载又迎春，异地逢君似亲人，
四海奔忙无相见，客乡怎忍看行尘^②。

注：
①论交：结交；交朋友。
②行尘：行走时扬起的尘埃。常用以形容远行者。

飞雪即景

鬼斧神工落画廊，川原白昼泛瑶光^①。
琼枝^②入梦争春色，玉蝶^③惊魂吐艳芳。

注：
①瑶光：玉的光彩。
②琼枝：传说中的玉树。
③玉蝶：玉蝶梅。

暮春

林阴风景蔽晨阳，白日烟村生杳茫。
别后怀人^①常寂寞，暮龄^②更怯早来霜。
流连云鸟^③出愁海，苦笑花前入醉乡^④。
吾恨春光何去急，山翁半世了穷忙。

注：
①怀人：所怀念的人。
②暮龄：晚年。
③云鸟：高飞的鸟。
④醉乡：醉酒后神志不清的境界。

思念

鸿雁传书絮语^①长，两情相悦^②各一方。
谁将思念凭空寄，酌酒邀杯问月光。

注：
①絮语：连绵不断地低声说话。
②相悦：彼此和睦、亲爱。

望归人

举杯望月醉梦回，愁起秋风扫不开。
雾锁江天拦水路，归人孤影几时来。

立春迎瑞雪

雪光①秀出万峰巅，满眼琼花②吹素烟③。

物态一时开景色，篱头百舌④唤情天⑤。

世人岁腊争生计，寒客辞冬薄酒仙。

门帖抒词祈福运，梅心⑥欲放竞春年⑦。

注：

①雪光：雪被其他光亮照射后反射出来的亮光。

②琼花：比喻雪花。

③素烟：白烟。南朝梁沈约《郊居赋》："亘绕州邑，款跨郊垌，素烟晚带，白雾晨萦，近循则一岩异色，远望则百岭俱青。"

④百舌：鸟名。善鸣，其声多变化。

⑤情天：语出唐李贺《金铜仙人辞汉歌》："衰兰送客咸阳道，天若有情天亦老。"后因以"情天"称爱情的境界。

⑥梅心：梅花的苞蕾。

⑦春年：青春，华年。

感时怀兴

檐雀林鸦正弄晴[1]，西风又送雁鸣声。
菊红露滴胭脂泪，冻雨凝霜点点倾。
于世祖怀多善举，在途名利自无争。
别魂愁悴[2]付流水，病目昏花祈复明。

注：
[1]弄晴：禽鸟在初晴时鸣啭、戏耍。
[2]愁悴：亦作"愁瘁"。忧伤憔悴。

冬日感怀

零落飘残闭院门，狐裘不暖抱清樽。
冬临寒月无花事，秋后盆栽著[1]旧痕。
书袋随身成笃爱[2]，老来常伴小孙囡[3]。
三生有幸数今日，一盏新茶对旦昏[4]。

注：
[1]著：1. 明显；显著。2. 登记，记载。
[2]笃爱：厚爱；甚爱。
[3]孙囡（nān）：方言。孙女儿。
[4]旦昏：白天与夜晚。

云楼谢天

结庐①悬挂白云巅，高枕星辰坐上仙②。
潇洒虚窗含日彩③，我游宇宙荡轻船。
古今百载阅穷富，广厦安居一万年。
故第难寻神主④笑，新城物色赛瑶天⑤。

注：

①结庐：构筑房舍。

②上仙：道家所传说的"九仙"中品级最高者。

③日彩：太阳的光彩。

④神主：人民。

⑤瑶天：天上的仙境。

咏怀除夕夜

喜庆千门春帖①飘，烟花七彩去无聊。
已开梅信②随风远，吹落乡愁上碧霄。
斗转③世情人照旧，一年辛苦待渔樵。
不明万事糊涂过，如梦生生④对日朝⑤。

注：

①春帖：春帖子。

②梅信：梅花开放所报春天将到的信息。亦暗指信函。

③斗转：北斗转向。表示天将明。

④生生：孳生不绝，繁衍不已。

⑤日朝：方言。每天。

甲辰龙年除夕感怀

一盏屠苏①辞旧年，声声竹爆续生缘②。
尽情灯火祝天寿③，鬓雪连星④共乐然⑤。
柳态弄梅人买醉⑥。今儿老朽得神怜。
东风十里吹春梦，半岭扶桑⑦照大圆⑧。

注：

①屠苏：药酒名。古代风俗，于农历正月初一饮屠苏酒。

②生缘：佛教语。尘世的缘分。

③天寿：犹言天年。

④连星：光芒与星相连辉映。

⑤乐然：愉快貌。

⑥买醉：沽酒痛饮。

⑦扶桑：传说日出于扶桑之下，拂其树杪而升，因谓为日出处。亦代指太阳。

⑧大圆：亦作"大圜""大员"。谓天。

百味人生

沧桑岁月似残花，几度人生惴①落霞。

茶酒一杯常自品，雁天②不忍对西斜。

注：

①惴（zhuì）：恐惧。

②雁天：秋天。唐鲍溶《行路难》诗："君今不念岁蹉跎，雁天明明凉露多。"

欢乐元宵节

银花玉树下瑶天①，散落星辰飞紫烟。

点点村庐②灯火亮，悠悠③街市缀嘉莲④。

今宵同乐歌堂⑤地，未展芳樽看长圆⑥。

梅蕊枝头新月⑦色，照人老去又增年⑧。

注：

①瑶天：天上的仙境。

②村庐：乡村的简陋房屋。

③悠悠：连绵不尽貌。

④嘉莲：一茎多花之莲。古代以之为祥瑞的象征。

⑤歌堂：聚集歌唱的地方。

⑥长圆：圆月。

⑦新月：农历月逢十五日新满的月亮。

⑧增年：加寿；年龄增加。

峥嵘岁月

人生恰似一孤舟，轻棹①扬帆竞自由。
勇搏狂涛冲浪过，烟波②江上更风流。

注：
①轻棹（zhào）：小船。
②烟波：烟雾苍茫的水面。

乡思

秋意浓浓满稻园，乡魂萦绕入家门。
鸿音①杳若②生愁闷，寂寞罗衫著酒痕。

注：
①鸿音：音信。
②杳若：杳然。形容渺茫不见踪影。

秋思

秋风卷叶撒西桥，藤蔓枯黄对夙凋①。
应恨别家千万里，此时掩面泪如潮。

注：
①夙凋：早凋零，早死。

感时咏怀

万事方休了宿缘①，一心向善景依然。
无边风雨萧条过，余岁狂欢似少年。

注：
①宿缘：佛教谓前生的因缘。

归意

客居烟野①物凌霜②，鸟寂鱼沉绿水塘。
归路云深千万里，红霞一抹绘穹苍。

注：
①烟野：烟雾迷蒙的郊野。
②凌霜：抵抗霜寒。常用以比喻人品格高洁、坚贞不屈。

陌室感怀

雁声阵阵叫凄哀，飕飕寒风进屋来。
灯照孤光①沉寂寞，月明恬怠②酒连杯。
一帘秋露通宵落，四野苍茫写念③摧。
醉胆④横天新雨去，愁云入眼待阳开。

注：
①孤光：犹孤影。　②恬怠：懒散，倦怠。
③写念：抒发思念之情。
④醉胆：醉酒后的胆量。形容豪气。

他乡客

西风浩荡雨天凉，佛果①颠枝露叶黄。
鸣雁惊怀②归客梦，年关未至盼还乡。

注：
①佛果：佛教认为成佛是持久修行所得之果，故名之为"佛果"。
②惊怀：犹惊心。

天涯抒意

开门寒吹①袭身躯，落叶残红空叹吁②。

风月③无边多老气，鸣鸠声烈哭桑榆④。

注：

①寒吹：冷风。

②叹吁：叹息。

③风月：清风明月。泛指美好的景色。

④桑榆：日落时光照桑榆树端，因以指日暮。

唢呐

唢呐声声似唱呻①，悠扬琴曲上云津②。

万家灯火清秋夜，寥落③江天我一人。

注：

①唱呻：歌吟。

②云津：天河，银河。

③寥落：冷落；冷清。

岁月易逝

山荒①耕稼守龙钟②，秋意催愁味更浓。
不舍泉鸣欢昼夜，忘言③明日又迎冬。

注：
①山荒：山中荒地。
②龙钟：身体衰老、行动不灵便者。
③忘言：心中领会其意，不须用言语来说明。语本《庄子·外物》："言者
所以在意，得意而忘言。"

佳节

五彩凋花①任转萍②，霞光带露入云扃③。
西风怯怯无欢意，勾起遥情寄列星④。

注：
①凋花：凋谢的花朵。
②转萍：喻漂泊不定。
③云扃（jiōng）：高山上的屋门。借指高山上的屋室。
④列星：罗布天空定时出现的恒星。

思念

天末挂蛾眉①，怀君苦酒悲②。
每逢佳节至，泪点断肠时。

注：
①蛾眉：蛾眉月。　②酒悲：酒后触动情怀而泣。

飞雪感怀

千山沁绿秀春枝①，万里飞红②去意迟。
一片乡愁明月近，痴心遥寄有谁知。

注：
①春枝：花枝。
②飞红：落花。

思乡

天末落鸿声，秋烟①漫野平。
叶黄愁雨别②，诗梦乐心城③。
游子归无计，荒村倦鸟惊。
鬓霜飞华月④，不语解人情。

注：
①秋烟：秋日的烟霭。
②雨别：离散。
③心城：佛教语。比喻外缘不入的清净禅定之心。
④华月：喻盛时。

悯弱

灯光穷处有谁怜，陇亩锄犁①多苦煎。
羸②弱罢夫③身世老，一生劳作买无钱。

注：
①锄犁：引申为耕作务农。
②羸（léi）弱：贫弱无依的百姓。
③罢夫（pí fū）：疲敝不堪的人。

孤独

倦鸟怨疏闲①，垂头似戚颜②。
四维③天地阔，栖所一觚圜④。
梦远人无语，身孤命运艰。
临风空洒泪，何日故巢还。

注：
①疏闲：清闲；安逸。
②戚（qī）颜：犹戚容。忧伤的容颜。
③四围：四周，周围。
④觚圜（gūyuán）：方圆。

春醉桃花源

桃花飞彩醉红裙，绿水流香起纵纹。
野趣赏游人不倦，黄昏复去踏轻云。

和谐

今人个个学延年，三世①前因②却有缘。
远亲近邻常悌睦③，和谐社会致④神仙。

注：

①三世：佛家以过去、现在、未来为三世。

②前因：1. 事皆种因于前世，故称。2. 由来；原因。

③悌睦：犹和睦。

④致：求取；获得。

中秋节望窗外叹七夕

山城美酒起吟歌①，新月②流辉洞庭③波。
窗牖④披书⑤真惬意，悬光复照影蹉跎。
星辰一点水清澈，疑为牛郎渡鹊河。
唯恐东桥今难会，西风怎忍吹花罗。

注：

①吟歌：吟咏歌唱。

②新月：农历月逢十五日新满的月亮。

③洞庭：广阔的庭院。

④窗牖（yǒu）：窗户。

⑤披书：开卷，读书。

人生如酒

艰辛苦恨鬓飞霜，自慰开樽润浅肠。
欢乐人生倾美酒，揽来春意续年光。

秋日

风寒过舍园，凉景落琼轩①。
露叶听蝉噪，天高雁印痕。
鬓霜生冷意，斜日近黄昏。
时色②恼人③爱，清樽去倦烦。

注：
①琼轩：对廊台的美称。
②时色：美好的景色。
③恼人：撩拨人。

喜结良缘

梅朵含春喜事迎，月圆花好绘峥嵘①。
仙郎娇女天生就，地作同心俪偶成。
难得知音常缱绻②，凤凰完聚③玉鸾鸣。
良缘千里结香火，百载修来今世情。

注：
①峥嵘：卓越，不平凡。
②缱绻：缠绵。形容感情深厚。
③完聚：团聚；团圆。亦指男女结为夫妇。

飞雪随感

千山鸟绝六花飞，九岭春枝淹翠微。
万里故园何处是，几时谁伴醉人归？

思念

佳人提笔点心香①，小字玲珑映烛光。
五色墨花②含寂寞，泪珠滴滴断柔肠。

注：
①心香：真诚的心意。
②墨花：砚石上的墨渍花纹。

成都青城山感怀

烟漫云枝①鸟报春，冰消溪畔吐苔茵。
山花醉客陶余趣②，雨歇田农正苦辛。
日富③无忧闲里过，忙翁总是念家贫。
入脾香吹④浓于酒，寂寞莺啼争唤人。

注：
①云枝：高耸入云的树枝。
②余趣：无穷的乐趣。
③日富：日益富有。郑玄笺："童昏无知之人饮酒一醉，自谓日益富，夸泆自恣，以财骄人。"后以"日富"比喻醉酒。
④香吹：香风。

秋日山居感怀

浓雾翠山寒，林深暮色残。

孤云怀落日，碧水映烟峦①。

峰外斜阳远，天边一玉盘②。

鸿鸣寻故地，杯酒暖身安。

注：

①烟峦：云雾笼罩的山峦。

②玉盘：喻圆月。

春满乾坤

曲径通幽①绕绿川②，辰星璀璨彩云边。

金樽共酌蓬莱醉，好乘春风入洞天③。

注：

①通幽：通往幽胜之处。语出唐常建《题破山寺后禅院》诗："曲径通幽处，禅房花木深。"

②绿川：犹绿水。

③洞天：道教称神仙的居处，意谓洞中别有天地。后常泛指风景胜地。

南岭春游赋咏

风摇柳带①寄余情②，旷野寻春散酒酲③。

安得白头闲处坐，好怀欢乐废耘耕④。

心随草木游仙界，满目梅花入品评。

对景狂吟酬岁月，素茶淡水快平生。

注：

①柳带：柳条。因其细长如带，故称。

②余情：充沛的情趣。

③酒酲：酒后残余的醉意病态。

④耘耕：犹耕耘。比喻辛勤劳动。

游成都青城山

寸步寻春①走峻崎②，云烟咫尺驾龙姿③。

山花烂漫与心照，唯独狂怀④神鬼知。

地广天宽开慧眼，乾坤袖里藏蛾眉⑤。

赪霞⑥醉日不离恨⑦，风景明朝如有期。

注：

①寻春：游赏春景。

②峻崎：高峻险要。

③龙姿：骏马的姿态。

④狂怀：放纵的情怀。

⑤蛾眉：喻指远山。

⑥赪霞：红色的云霞。

⑦离恨：因别离而产生的愁苦。

回乡

客意①谁知百虑煎，遥瞻去路泪涟涟。

一朝车马奔乡里，此刻归心似箭弦。

注：

①客意：离乡在外之人的心怀、意愿。

人在江湖

横浪①江湖试②错盘③，假真善恶立天端④。

阴晴风雨从容笑，浩荡⑤于胸路自宽。

注：

①横浪：恶浪。

②试：考查、测验知识或技能。

③错盘：错节盘根，树木坚硬的根、节盘曲交错。多用以比喻事情错综复杂，难以处理。

④天端：天地间首要的事物。

⑤浩荡：广大旷远。

出集杂感

多少勤劳拜玉疏①，紫烟入酒著情虚②。
无心插柳成惊喜，筝语③嗟来爱愀如④。
春华嫩风⑤留世韵，清词汉字悟真初⑥。
兰生冰谷不求果，小屋幽明⑦乐有余。

注：

①玉疏：对别人书迹的美称。

②情虚：心虚。心虚，谓内心空明而无成见或谦虚而不自满。

③筝语：词集的别称。

④愀如：恭谨貌。

⑤嫩风：微风。

⑥真初：天真淳朴的本性。

⑦幽明：昼夜；阴阳。

感怀

花开花落富流年①，风雨欢歌穷日天。
冬去春归摇翠柳，逝波②飞桨③往来船。
老翁斜照④惜余景，粉蝶篱头争鲜妍。
草木荣枯何必论，古今世事自方圆⑤。

注：

①流年：如水般流逝的光阴、年华。

②逝波：一去不返的流水。

③飞桨：疾速划动的桨。亦借指飞快的船。

④斜照：斜阳。

⑤方圆：随宜；变通。

孙女周岁感怀

凤鸣寒舍曙光开，添岁孙囡带喜来。

欢乐一家忙待客，近村邻里祝辞^①杯。

春风得意掩微醒，夕照花前叹早梅。

日月行天留不住，今朝三醉免轮回^②。

注：

①祝辞：致祝贺之词。亦指祝贺词。

②轮回：佛教语。梵语的意译，原意是流转。佛教认为众生各依善恶业因，在天道、人道、阿修罗道、地狱道、饿鬼道、畜生道六道中生死交替，有如车轮般旋转不停，故称。也称六道轮回、轮回六道。

江岸访友

乡音隔岸语声甜，曲绕青篷舞荷尖。
移步急寻无客影，漏船载酒正烦恢^①。

注：
①烦恢：慵倦不快。《白雪遗音·马头调·慢展罗裙》："自无言，行径腻滑添烦恢。"

初晴逸兴

雨后天晴春影彰，风吟意马^①过平阳^②。
绿池鱼跃眺新景，蝶舞花枝迷冽香。
尘坌^③清除闲作客，坐收年华看人忙。
碧梧窗下听莺语，酒暖宽心度日常。

注：
①意马：比喻难以控制的心神。
②平阳：犹平坦。
③尘坌：尘俗；世俗之人。

山居感咏

如水年光^①月似轮，还能几度日边^②春。
山花满目愁人老，醉赏清吟景亦新。

注：
①年光：年华；岁月。
②日边：太阳的旁边。犹言天边。指极远的地方。

端午节感怀

榴锦①春荣红欲燃，惊飞雪鹭断苍烟。

瑶花②艾草有祥兆，芳信③无媒入耳边。

时节不休来去燕，匆匆日月落童颠④。

端阳如旧过常事，我慕朝昏穷岁年。

注：

①榴锦：石榴花。因其花鲜艳似锦，故称。

②瑶花："瑶华圃"的省称。为传说中仙人居住的地方。

③芳信：犹佳音。

④童颠：秃顶。

娇孙添喜

燕剪微风绕画梁，曙霞掩舍富春光。

门前莺咔①鸣丝柳，庭有娇孙喜满堂。

注：

①莺咔：莺啼婉转悠扬。

美女

碧池绿叶抱红莲，西施含羞影婉婵①。

照水玫瑰肤若玉，俗尘月下美人仙。

注：

①婉婵：摇动貌。

伏雨感怀

伏雨①洗苍穹，鸣蝉噪老翁。

云山浮鹤苑②，雾海③入灵宫。

丛艳凝香露，琴歌吟景风。

曲声移④庭树，美酒付飞鸿。

注：

①伏雨：连绵不断的雨。

②鹤苑：犹鹤林。指佛寺。

③雾海：天帝或仙人住所。

④移：摇动；移动。

日落感怀

日落西山辞业尘①，情生东海照波轮。
金辉明灭投荒②静，愁去清光③亮似银。

注：
①业尘：佛教谓罪恶的尘世。
②投荒：贬谪、流放至荒远之地。
③清光：清亮的光辉。多指月光、灯光之类。

天成佳偶

春风送瑞乐逍遥，鸾凤和鸣喜运朝。
佳偶兴门①多福禄，天成郎婿配姻娇②。

注：
①兴门：兴旺之家。
②姻娇：美女。

夏夜吟兴

琴声飞断出愁门，心镜①双清②照地坤。
九绕夕霞澄渭水，一钩弯月醉黄昏。

注：
①心镜：佛教语。指清净之心。谓心净如明镜，能照万象，故称。
②双清：思想及行事皆无尘俗气。

今日北京

金轮①辉映照千庐②，广厦云楼石屋疏。
夷世③积安④春万里，桃源醉鸟乐三余。

注：
①金轮：喻太阳。
②千庐：犹千家，众多的人家。
③夷世：太平之世。
④积安：长久平安，积久平安。

春日寓情①

旭日照窗高，梅英醉伯劳②。
故枝繁朵艳，万树孕新桃。
野趣③淡尘事④，仙乡倾绿醪⑤。
寓情收笔砚，幽步著诗豪。

注：
①寓情：寄托情志。
②伯劳：鸟名。又名鵙或鴂。额部和头部的两旁黑色，颈部蓝灰色，背部
棕红色，有黑色波状横纹。吃昆虫和小鸟。善鸣。
③野趣：山野的情趣。
④尘事：尘俗之事。
⑤绿醪：绿色美酒。

渭水畅想古今事

渭河盘绕泛涟漪[1]，南岭苍云秀逸姿[2]。

秦苑[3]花芳鸣彩凤，碧弦欢奏曲江池[4]。

仙乡炎帝尝龙草，关中原畴[5]畦灌时。

歌舞长安今有忆，贵妃无罪大唐悲。

注：

[1]涟漪：水面波纹；微波。

[2]逸姿：美好的姿态。

[3]秦苑：古秦国宫苑。

[4]曲江池：在今陕西省西安市东南。

[5]原畴：原野。

海城吟兴

彩云辉映动霞城[1]，千树红芳暖燕莺。

孤客乐酣添雅趣，闲花落地听诗声。

眼前宇宙过帆影，胸荡灵湖[2]起霓旌[3]。

皓首高歌何处醉，春风深处土阶[4]平。

注：

[1]霞城：雄峻高大的城。

[2]灵湖：湖。古人以为湖中多灵物，故称。

[3]霓旌：相传仙人以云霞为旗帜。

[4]土阶：土台阶。指居室简陋。

柳岸杂兴

柳岸飞绵坠锦茵①，红蕖②吐艳绿洲③新。
玉溪④潺潨⑤蓬瀛⑥路，陇上闲情自写真。
一望碧波明净处，百忧无影少周邻。
汨罗江畔知清浊，可惜三闾⑦独醒人。

注：
①锦茵：喻指芳草。
②红蕖：红荷花。蕖，芙蕖。
③绿洲：水中草木繁茂的陆地。
④玉溪：溪流的美称。
⑤潺潨：流水声。
⑥蓬瀛：蓬莱和瀛洲。神山名，相传为仙人所居之处。亦泛指仙境。
⑦三闾：屈原。

南湖赏兴

碧波荡漾泛轻舟，雾湿芙蕖①入蜃楼②。
心底无尘通佛境，人寰路路到瀛州③。
犬狂鸡唱朝昏过，笑看花开月难留。
着眼红芳消业障④，醉乡白首乐悠悠。

注：
①芙蕖：荷花的别名。
②蜃楼：古人谓蜃气变幻成的楼阁。
③瀛洲：传说中的仙山。
④业障：佛教语。谓妨碍修行正果的罪业。

畦陌野兴

偶来畦陌①采茵陈②，雨去池边花色新。

雏凤③随前吟律赋，姑娘一路踏歌尘④。

功名难掩茱萸梦，利禄谁怀耕种人。

潦倒⑤红浆凉似水，王孙绿草几回春。

注：

①畦陌：田间的道路。

②茵陈：蒿类的一种。多年生草本植物。叶子羽状分裂，裂片线形，密生白毛，花绿黄色，圆锥花序。全草有香气，可以入药，有发汗、解热、利尿作用。

③雏凤：幼凤。比喻有才华的子弟。

④歌尘：形容歌声动听。典出《艺文类聚》卷四三引汉刘向《别录》："汉兴以来，喜《雅歌》者鲁人虞公，发声清哀，盖动梁尘。"

⑤潦倒：形容酒醉。

渔乡闲情

山舍田园乘嫩凉，丽朝①嘉景乐渔乡。

芝兰②清气漫瑶圃③，红藕含春映碧塘。

日宇④初开明百径，天门⑤久念琢云章⑥。

珍丛⑦满目欢昏昼，一片闲情捧玉浆。

注：

①丽朝：明丽的早晨。

②芝兰：芷和兰。皆香草。芝，通"芷"。

③瑶圃：语本《楚辞·九章·涉江》："驾青虬兮骖白螭，吾与重华游兮瑶之圃。"瑶圃，产玉的园圃，指仙境。

④日宇：太阳所居之处。

⑤天门：天机之门。指心。

⑥云章：文采斐然的文章。

⑦珍丛：美丽的花丛。

年夜感怀

风暖入家门，斜阳照后坤①。

酒劳新故岁②，竹爆贯云村。

梅影开窗画，鸿鸣惹泪痕。

春条③吟吉语，万物感天恩。

注：

①后坤：后土；大地。

②故岁：去年；往年。

③春条：春天花木的枝条。

炎帝故里宝鸡

无声石鼓①记陈仓，车马人欢古战场。

百丈高楼连玉宇，千回渭水话沧桑。

铁龙呼啸北南去，西凤②飘来四季香。

炎帝仙居多故事，山城豪杰③传余芳④。

注：

①石鼓：《石鼓文》于唐朝初年出土于陕西省陈仓县石鼓山，即今宝鸡市东南约十余里的渭河南岸陈仓山（现名鸡峰山）之北阪。它用四言诗记述春秋时秦国国君一次猎祭活动，也称"猎碣"。

《石鼓文》刚出土时，并未受到应有的重视，后来由于唐代虞世南、欧阳询、褚遂良等大书法家纷纷赞赏它的书法精妙，特别是著名文学家韦应物、杜甫、韩愈等竞相作诗称赞，这才闻名于世。

②西凤：西凤酒的简称。

③豪杰：指才能出众的人。

④余芳：比喻身后留传的德行。

闹市即景

阳伞如霞景色娴[1]，香街云起阁楼悭[2]。
彩河巷道花堆岸，谁筑瑶台入宇寰。

注：
①娴（xián）：文雅；优美。
②悭（qiān）：阻碍。

过西陵峡

日照西陵[1]湖色新，雾舒[2]禾卉[3]彻[4]苔茵。
祥云梦雨成农岁[5]，峻岭花繁迟放春。
万象牵魂迷客路，时光尽惹意归[6]人。
忘情[7]唯酒得灵药，向晚[8]青山好养神。

注：
①西陵：峡名。
②雾舒：漫延貌。
③禾卉：谷类作物的植株。
④彻：动，触动。
⑤农岁：年成，收成。
⑥意归：意之所在。
⑦忘情：不能控制自己的感情。
⑧向晚：傍晚。

夕阳送客

葱翠万年枝^①，斜曛^②金一池。
萤飞灯火亮，帆影带伤离。
愁客望春物^③，吟怀满酒卮^④。
滩头明月冷，逝水叠声悲。

注：

①万年枝：树名，即冬青。

②斜曛：落日的余晖。

③春物：酒。

④酒卮：盛酒的器皿。

炎夏兴怀

黄杨遮室苦吟①煎，竹户诗情真造玄②。

满眼楼台装世界，半窗萝蔓③隔风烟。

霜根④尽白出愁海，一寸丹心渐坦然。

篱陌三花⑤穷乐意，五光梦里散金钱。

注：

①苦吟：反复吟咏，苦心推敲。言作诗极为认真。

②造玄：达到玄妙之境界。

③萝蔓：松萝的藤蔓。喻攀附。

④霜根：比喻白色须发。

⑤三花：三花树的略称。

水乡酒赋①

世路崎岖事渺茫，人情落日见冰霜。

莺飞花败故交远，燕子经年宿草堂。

红树遮窗全屋热，碧池映舍慢生凉。

无劳②物景讨诗债③，有感吟歌纵酒狂。

注：

①酒赋：《西京杂记》卷四："梁孝王游于忘忧之馆，集诸游士，各使为赋……邹阳为《酒赋》。"后遂以"酒赋"指喜好饮酒赋诗。

②无劳：不要劳累；不用劳烦。

③诗债：他人索诗或要求和作，未及酬答，如同负债。

孙女三岁有感

昨昔囡孙降诞①时，转身三岁似颦眉②。

儿童识字总疑义，朱桂花香展翠枝。

寒室孩喧多逸趣③，春风④相伴喜常随。

更添金玉华堂彩，凤语朝阳亦未迟。

注：

①降诞：诞生。

②颦眉：皱眉。

③逸趣：超逸不俗的情趣。

④春风：形容喜悦的表情。

拼搏

一生百戏竞争新，三业①安家养寿民。
园圃锄禾翻有力，夕阳诗酒更怀人。

注：
①三业：佛教语。指身业、口业、意业。佛教认为造业将引生种种果报。

嫦娥

繁星争艳入银河，烛影深深敛尺波①。
千里情人私耳语，因何翘首向嫦娥。

注：
①尺波：微波；尺水。亦以喻人世的短暂。

江城乐

莺春①桃李尽妖娆，诗酒襟怀乐日朝②。
风雨困屯③今远去，悠悠云朵一天飘。

注：
①莺春：春日。以莺鸟于此时飞鸣，故称。
②日朝：方言，每天。
③困屯：苦难。

疫情缓解有感

荣枯世事走回轮^①，悲喜常怀饮月^②人；
冬霰^③凋零园外树，且期风讯续三春。

注：
①回轮：转轮。喻循环变化。
②饮月：饮酒赏月。
③冬霰：冬天空中降落的白色小冰粒。

冬末有怀

东风吹暖入锄声，禾麦^①含情春又生。
返哺乌鸦栖玉树^②，王孙^③酒肉醉中倾。

注：
①禾麦：谷、麦作物。
②玉树：槐树的别称。
③王孙：王的子孙。后泛指贵族子弟。

五　一庭花影

满庭花影开明眼，一钩明月伴夜风。

你听，风声、雨声、鸟鸣声，还有花开的声音。这个绚烂的自然世界是放声高歌的永恒主题。

篱菊

篱菊吐霞鲜①，清芬吹暖烟。
盈枝生逸态②，迷我绝尘缘③。
香气夺酥酒，倾杯醉月前。
纵情朝夕④乐，春意对秋宣。

注：
①霞鲜：光艳鲜丽。
②逸态：清秀美丽的姿态。
③尘缘：佛教、道教谓与尘世的因缘。
④朝夕：犹言从早到晚，整天。形容长时间。

篱菊争艳

一园春影向秋荣，满目寒英①分外明。

篱上幽芬②抽叶嫩，风前余态③倍多情。

流霞瑞景妆新舍，媚色④今来嘻老生。

岁岁相逢清福地，枝枝逸彩⑤拂尘缨⑥。

注：

①寒英：寒天的花。指菊花。

②幽芬：清香。

③余态：无穷的美好姿态。

④媚色：取悦于人的神态。

⑤逸彩：犹神彩。

⑥尘缨：比喻尘俗之事。

病起赏菊

露点秋英分外明，枝含春态①傍风轻。

清姝②脱俗五云③色。传语迷人动七情。

经世真魂篱上吐，古今骚客破愁城④。

赖蒙金蕊养昏眼，自惜贫身懒送迎。

注：

①春态：春姿，春日的景象。

②清姝：秀美。

③五云：五色瑞云。多作吉祥的征兆。

④愁城：喻愁苦难消的心境。

杨花

春末杨花意未收，浮踪①粘衣傍人游。
魂飞绿鬓点霜彩②，影断晴天上画楼。
满目雪痕萦笔仗③，不堪酒泪遣诗愁。
飘零万里寻归路，追忆狂欢六十秋。

注：
①浮踪：踪迹不定；不定的踪迹。
②霜彩：霜的色彩。
③笔仗：书画诗文的风格。

杨花送春

燕含锦泥赶程①劳，鱼吹香绵②浮水高。
杜宇魂飞寻梦影，愁人泪点落霜袍③。
一身狂客④动离念，无限情丝写郁陶⑤。
翻雪柳花开绉纸，夕曛醉墨试秋毫⑥。

注：
①赶程：赶路。
②香绵：柳絮。
③霜袍：白色绸袍。
④狂客：杨花的别称。
⑤郁陶：忧思积聚貌。
⑥秋毫：毛笔。

347

友墨赐香

醇冽琼英①慰励②深，意言③情切赛黄金，

兰交④炭酷熏芳醑，冰月⑤倾壶暖寸心。

注：

①琼英：比喻美妙的诗文。

②慰励：抚慰鼓励。

③意言：意会之言。

④兰交：《易·系辞上》："二人同心，其利断金；同心之言，其臭如兰。"

后因称知心朋友为"兰交"。

⑤冰月：冬季。

咏绿甘蓝

层层翠叶裹琪花①，笑咧千唇吻万家。

盘中甘蓝香忘齿，绝殊②蔬味赛鱼虾。

注：

①琪花：莹洁如玉的花。清赵翼《虎丘寺玉兰树歌》："岂知中有逆风香，一树琪花开万个。"

②绝殊：特殊；突出。

丁香花

繁英染玉尘^①，素面弄痴人^②。

纤细^③斜阳里，童真似人身。

蝶蜂常乐顾^④，花月缀星辰。

天性开贞趣^⑤，心怀百万春。

注：

①玉尘：喻花瓣。

②弄痴人：古代称装痴娱人的俳优。

③纤细：细长柔美。多形容女子身材。

④乐顾：《战国策·燕策二》："人有卖骏马者，比三旦立市，人莫之知，见伯乐，曰：'……愿子还而视之，去而顾之，臣请献一朝之贾。'伯乐乃正而视之，去而顾之。一旦而马价十倍。"后以"乐顾"谓有识之士的赏识。

⑤贞趣：坚贞不渝的志趣。

瀑布

飞泉一爆翠峰颠，万丈银河凝碧涟①。
势破竖崖千度力，涛鸣雷呴②九重天。
玉珠拉朽泽疆地③，琼雾清尘百里传。
日夜奔湍东逝去，涓涓入海润桑田。

注：
①碧涟：绿水；清澈的水波。
②雷呴（hǒu）：吼声如雷。
③疆地：土质坚硬的地。

观画

妙手写天真①，倾听地籁②呻。
丹青③描世界，神韵更超伦④。
落墨移山水，挥毫论四尘⑤。
看君三幅画，十载不游春。

注：
①天真：事物的天然性质或本来面目。
②地籁：风吹大地的孔穴而发出的声响。
③丹青：红色和青色。亦泛指绚丽的色彩。
④超伦：超群；出众。
⑤四尘：佛教语。色、香、味、触的总称。

中秋节

云庭①玉镜沉，冥色②绕萧林。
本是高堂宴，今无父母音。
居家常奠念，远外寄愁深。
望月怀亲故③，低眉百虑④侵。

注：
①云庭：天庭。
②冥色：暮色，夜色。
③亲故：亲戚故旧。
④百虑：各种思虑；许多想法。

题圃田牡丹

色绝夭桃怯嫩寒，娇红①始放影姗姗。
圃田②得地美人语，堂画销魂饮宴欢。
蜂蝶偷香常乐顾③，赋诗花客露心肝。
春归不问回天路，吐尽黄金入药丹。

注：
①娇红：花。
②圃田：犹甫田、大田。
③乐顾：《战国策·燕策二》："人有卖骏马者，比三旦立市，人莫之知，见伯乐，曰：'……愿子还而视之，去而顾之，臣请献一朝之贾。'伯乐乃正而视之，去而顾之。一旦而马价十倍。"后以"乐顾"谓有识之士的赏识。

田园秋色

密藤吹叶隔秋烟，疏户①风流意惘然。
禾谷登场耕父笑，凉蝉②空叫野林巅。
琼枝香果醉栖鸟，榴实③红桃迷玉仙④。
白首书生穷赋咏，家乡农月赛金钱。

注：
①疏户：门扉。
②凉蝉：秋蝉。
③榴实：石榴的果实。
④玉仙：仙女，美女。

谷雨

谷雨细涔涔①，乡愁草木深。
青田漪碧浪，穗上麦芒沉。
杜宇②催耕早，农人赶水禽。
春风迎北客，难为念家心。

注：
①涔涔（céncén）：雨不止貌。
②杜宇：杜鹃鸟。据《成都记》载：杜宇又曰杜主，自天而降，称望帝，好稼穑，治郫城。后望帝死，其魂化为鸟，名曰杜鹃。

樱花

台前翠玉枝，岁华①竞春时。

酥雨长阶漫，南风吹皱池。

碧波双燕舞，柳岸野鹅嬉。

芳意②倾花色，星光寄相思。

注：

①岁华：泛指草木。因其一年一枯荣，故谓。

②芳意：春意。

游牡丹园

绛英①一望遍苍穹，春艳枝枝舞煦风。

含笑仙娥②游俗世，姚黄魏紫③梦芳丛。

蓬莱④秀色开人眼，熙景⑤婵娟⑥醉老童。

心与烟霞成伴侣，长思乐逸懒余功⑦。

注：

①绛英：红花。

②仙娥：仙女。

③姚黄魏紫：牡丹花的两个名贵品种。

④蓬莱：蓬莱山。古代传说中的神山名。亦常泛指仙境。

⑤熙景：犹弄影。

⑥婵娟：形容花木秀美动人。

⑦余功：空余的时间。

观牡丹

嫣红①朵朵扮浓荫，丛艳②依依③列绿林。
香裹琉璃霞焰④起，斜风劲吹断虹⑤沉。
雨凉花蕊桥边落，又怅残枝对静心。
魂梦伤人人长醉，瑶台独坐更孤斟。

注：

①嫣红：红艳的花色，多借指艳丽的花。唐李商隐《河阳诗》："百尺相风插重屋，侧近嫣红伴柔绿。"

②丛艳：犹群芳。

③依依：轻柔披拂貌。

④霞焰：如火的彩霞。亦以形容景物。

⑤断虹：一段彩虹；残虹。宋欧阳修《临江仙》词："柳外轻雷池上雨，雨声滴碎荷声，小楼西角断虹明。"

落花

雨别^①信风^②凉，梨花照鬓霜。

悠悠飘落下，片片入兰堂^③。

万里催春暮，千娇失碧芳^④。

胭脂含粉泪，化作泥尘香。

注：

①雨别：离散。

②信风：随时令变化、定期定向而至的风。

③兰堂：芳洁的厅堂。厅堂的美称。

④碧芳：比喻青春、韶光。

牡丹花

太真^①梦里结尘缘，照地秾芳争斗妍。

岁岁玉房^②金蕊亮，株株发彩^③共婵娟^④。

香熏红袖踏歌舞，月貌春迷宇外仙。

倾国京花^⑤能解语，暖心赏客^⑥惹人怜^⑦。

注：

①太真：仙女名。

②玉房：美称花的子房。

③发彩：放出光彩。

④婵娟：形容花木秀美动人。

⑤京花：重瓣牡丹。

⑥赏客：牡丹的别名。

⑦怜：怜爱；喜爱。

重阳①赏菊

争开楚艳②脱凡尘③，露敛寒英④似放神。

霜落百花愁不语，重阳时菊⑤乐余春。

注：

①重阳：节日名。古以九为阳数之极。九月九日故称"重九"或"重阳"。

②楚艳：楚地美女。比喻美丽的花朵。

③凡尘：人世间。

④寒英：寒天的花。指菊花。

⑤时菊：应时开的菊花。

菊

晚艳①孕高情，初寒发杂英②。
夏花徐送走，秋霰③露峥嵘。
百媚④王孙采，昭彰⑤列子⑥惊。
幽怀⑦诗客梦，千古咏芳名。

注：
①晚艳：晚发之艳色。亦指晚开的花。
②杂英：各色花卉。
③秋霰（xiàn）：犹秋霜。
④百媚：形容极其妩媚。
⑤昭彰：光耀。
⑥列子：众士子。
⑦幽怀：隐藏在内心的情感。

都市望梅

梅粉①洗霜天，残枝画雪烟②。
长风扶落日，尽把客魂牵。
情绪十千丈，今愁一弹弦③。
飞花知世事，何必待明年。

注：
①梅粉：梅花或蜡梅花。
②雪烟：积雪扬起而形成的迷雾。
③弹弦：弹奏弦乐器

咏梅

飞雪抱春^①来，霜吹^②一夜开。
玉花^③漫世界，独秀岭头梅。

注：
①春：草木生长；花开放。常喻生机。
②霜吹：寒风。
③玉花：比喻雪花。

观梅

窗前赏翠微^①，冷蕊^②映芦扉，
花月^③春无尽，天天开曙晖。

注：
①翠微：泛指青山。
②冷蕊：寒天的花。多指梅花。
③花月：花和月。泛指美好的景色。

望月

乡野茫茫万树春，愁丝①影长念家亲。
夕阳一线天帘窄，明月偏伤望月人。

注：
①愁丝：白发。唐李廷璧《愁诗》："潘岳愁丝生鬓里，婕妤悲色上眉头。"

冰川① 即景

水波凝浪峭②前斜，雪意③流苏④争素花。
一点一横穷画艺，一丝一缕绘涂鸦⑤。
玉裁两片天光影，日照三川⑥霓彩霞。
千马奔腾空碧外，九霄织女浣溪纱。

注：
①冰川：在高山或两极地区沿地面倾斜方向移动的巨大冰块，叫作冰川，亦称"冰河"。
②峭（qiào）：陡直，高峻。
③雪意：高洁的情致。
④流苏：用彩色羽毛或丝线等制成的穗状垂饰物。常饰于车马、帷帐等物上。
⑤涂鸦：唐卢仝《示添丁》诗："忽来案上翻墨汁，涂抹诗书如老鸦。"后因以"涂鸦"比喻书画或文字稚劣。多用作谦辞。
⑥三川：三条河流的合称，所指不一。1. 西周以泾、渭、洛为三川。2. 东周以河、洛、伊为三川。

梅菊同春

风翻玉蝶①下瑶台②，梅菊同春③次第开。
休道隆冬花事去，榴红④一片映芳腮。

注：
①玉蝶：喻雪花。
②瑶台：传说中的神仙居处。
③春：草木生长；花开放。常喻生机。
④榴红：石榴花似的红色。

梅朵含春

山前霞彩泛金鳞，陇上天寒景尚新。
疑似红梅先吐蕊，东风吹醒万家春。

月夜寄怀

灯火淡穹苍，归飞宿鸟忙。

暄风①移浩月，心影寄秋霜。

白首休幽忆②，青春付夕阳。

人寰千岁短，犹若一梦长。

注：

①暄风：暖风；春风。

②幽忆：深藏心中的思想感情。

栀子花

香冽萦怀①醉白头，无心叶子②地天游。

不凋禅客③出凡界，怎奈红尘风雨稠。

注：

①萦怀：牵挂在心。

②叶子：植物的叶的通称。

③禅客：栀子的别称。见元程棨《三柳轩杂识》。

红蔷

多姿红蔷竞喧妍，养目生情最可怜[①]。
九重芳心招蝶舞，半含媚色[②]醉游仙。
葱茏三月穿篱出，四季常开花叶鲜。
叠彩霞英[③]逢客笑，瑞光朝夕共荣年[④]。

注：
①可怜：可爱。
②媚色：取悦于人的神态。
③霞英：红花。
④荣年：百花争艳的季节。

海南春色

风轻日暖百花开，蝶舞蜂鸣燕子来。
油菜金黄宣沃野，苍山争彩放红梅。
余春有意随君老，暮岁[①]无忧伴我回。
情趣自然[②]添晚景，寄身诗酒莫悬猜[③]。

注：
①暮岁：晚年。
②自然：不经人力干预而自由发展。
③悬猜：揣测，猜想。

红运当头

梅朵初绽烂如霞，瑞雪纷飞舞琼花。
岁月悠悠风水转，新年好运自到家。

烟雨惊蛰①节

吹面东风吐寓情②，浓妆桃杏尽峥嵘③。

柳芽初绽燕来去，梅萼枝头啼早莺。

田户犁锄④烟雨急，候虫⑤出洞蛰雷⑥惊。

故园遥望今安在？白发不堪杜宇⑦声。

注：

①惊蛰：二十四节气之一。在公历3月5日、6日或7日。此时气温上升，土地解冻，春雷始鸣，蛰伏过冬的动物惊起活动，故名。

②寓情：寄托情志。

③峥嵘：形容植物茂盛。

④犁锄：借指耕作。

⑤候虫：随季节而生或发鸣声的昆虫。如夏天的蝉、秋天的蟋蟀等。

⑥蛰雷：惊醒蛰虫之雷。谓初发的春雷。

⑦杜宇：杜鹃鸟。据《成都记》载：杜宇又曰杜主，自天而降，称望帝，好稼穑，治郫城。后望帝死，其魂化为鸟，名曰杜鹃。

翠岭寻香

翠岭寻香①入旧游②，红裙③宝扇尽风流。
山含春艳④知人意，日落黄昏总是愁。

注：
①寻香：游赏胜景。　　②旧游：昔日游览的地方。
③红裙：美女。　　④春艳：春花。

凉景

回头窗外雨霏霏，花落黄昏人未归。
斯地依然山水在，不知流岁付余晖。

归心

常怀乡故远，遥在水云边。
游子回头望，西山日影偏。

客在海口赏春景

烟雨①风丝过海城，飞红②滴泪满离情。
销魂郊野赏幽趣，不忍含哀③杜宇声。

注：
①烟雨：蒙蒙细雨。
②飞红：落花。
③含哀：怀着哀痛之情。

心乐春光

风平细浪荡轻船，日出苍山飞紫烟。

三月桃溪开世运[①]，祥云朵朵鸟联翩[②]。

酒村遍地招游客，呼唤愁人了俗缘[③]。

花海徜徉多尽兴，眼明今识好春天。

注：

①世运：时代盛衰治乱的气运。

②联翩：鸟飞貌。

③俗缘：佛教以因缘解释人事，因称尘世之事为俗缘。

归途

雾笼千山初放晴，酒携幽兴又登程。

暖身旭日宿吟月，万里乾坤处处明。

海岛月夜

日西^①浓雾漫凉烟，瘦影孤灯梦不圆。
蟾^②吐波纹愁绪起，长街霓暗酒旗翩。
欲沉清景勾心魄，人老伤多谁可怜。
今把余怀赊月色，自由方外^③尽飘然。

注：

①日西：傍晚。

②蟾：传说月中有蟾蜍，因以借指月亮、月光。

③方外：世外。指仙境或僧道的生活环境。

琼岛月夜

琼岛^①花开雾笼天，厚云侵屋泛凝烟^②。
孤轮^③高照晴光薄，椰树风摇人忘眠。
樽酒对灯融逸兴，旅怀飞梦入吟笺^④。
明朝世事不须论，今夜欢歌看月圆。

注：

①琼岛：称海南岛。

②凝烟：浓密的雾气。

③孤轮：月亮。

④吟笺：诗稿。

月夜游海南岛临高县

十年旧梦影无踪，一日回头惊晚钟①。
又眺玉轮东海起，撩人莫解动吟筇②。
出门尘净清光③冷，二月风高春似冬。
白鹭多情千里见，孤舟南北水相逢。

注：

①晚钟：傍晚的钟声。

②吟筇（qióng）：诗人的手杖。

③清光：清亮的光辉。多指月光、灯光之类。

海南岛春日

燕语莺簧吹柳烟，渔歌蛙鼓①坐青莲。
蜂鸣蝶戏成鸥梦②，桃雨③飞红④哭杜鹃。
春色无边怀故地，萧条别浦⑤渡迷川⑥。
畅游郊野多余趣，风物闲人乐永年。

注：

①蛙鼓：群蛙叫声。

②鸥梦：隐逸的志趣。

③桃雨：桃花雨。

④飞红：落花。

⑤别浦：河流入江海之处称浦，或称别浦。

⑥迷川：犹迷津。

春影

和风丝雨润膏田[1]，灾疫根除家梦圆。
百世师[2]多扬医术，八方扁鹊[3]勇争先。
真情已就黎民意，壮志终成丽日篇。
请走瘟君人有喜，春光今岁是嘉年[4]。

注：

[1]膏田：肥沃的田地。

[2]百世师：人的品德学问永远为后代的表率。语出《孟子·尽心下》："圣人，百世之师也。"

[3]扁鹊：战国时名医。原名秦越人，渤海郡鄚（今河北省任丘市北）人。一说家于卢国（今山东省长清县南），故又称卢医。学医于长桑君，医道精湛，擅长各科，行医时"随俗为变"，在赵为"带下医"，至周为"耳目痹医"，入秦为"小儿医"，名闻天下。

[4]嘉年：美好的年头；丰年。

糊涂酒

野风拂面湿云①生，仙雨临凡②草木萌。
细嚼霞觞③尘里醉，糊涂今日出愁城④。

注：
①湿云：湿度大的云。
②临凡：天仙降临尘凡。
③霞觞：犹霞杯。
④愁城：喻愁苦难消的心境。

斜阳伤清明

伤怀最是墓头田，又闻悲声动九泉①。
春色销魂浓不语，落花有泪哭啼鹃②。
余霞红映鬓丝白，好梦惊飞化夕烟③。
把酒清明千万绪，一杯未下自哀怜。

注：
①九泉：犹黄泉。指人死后的葬处。
②鹃（juān）：鸟名。又名子规、杜宇。
③夕烟：傍晚时的烟霭。亦指黄昏时的炊烟。

清明游田家

清明新火[①]起田家，梅蕊春残老树芽。
风雨岚烟[②]迷去路，悲欢离合鬓霜花。
天成画苑无情趣，酒醉山村看落霞。
入眼荒芜耕野地，今人有几问桑麻[③]。

注：

①新火：唐宋习俗，清明前一日禁火寒食，到清明节再起火赐百官，称为"新火"。

②岚烟：犹岚气。即山中雾气。

③桑麻：泛指农作物或农事。

南海击水

绿水泛轻舟，凌波[①]驾客游。
山花描四季，日月富阳秋[②]。
心海飞天镜[③]，银河[④]含玉流[⑤]。
春风狂酒意，千古恨今收。

注：

①凌波：在水上行走。

②阳秋：年龄。

③天镜：月。

④银河：道教称眼睛为银河。

⑤玉流：清澈的流水。

归途

风雨忘离忧①，年轮忆岁稠。
荣华身外物，坎坷鬓中秋。
漂寓②向何处，徘徊山侧楼。
乔林归鸟去，夕照醉人留。

注：
①离忧：离别的忧思；离人的忧伤。
②漂寓：漂泊寄居。

荷塘

风摇荷叶绿如蓝，天落流霞亮碧潭。
菡萏泄香凝紫雾，瑶池仙女粉脂惭。

春登琼州入仙乡

好梦入仙洲①，归途物外②游。
春枝花有语，酒兴乐无愁。
岁岁勤劳累，三生忙碌求。
寸心今度世③，万里曙光流。

注：
①仙洲：仙人聚居的水中陆地。
②物外：世外。谓超脱于尘世之外。
③度世：犹出世。谓超脱尘世为仙。

秋色如画

枫叶飞霞树树春，透红野柿落星辰。
翻涛芦雪①千层白，荞麦花收万顷银。
物态山光流雅韵，晚英②含笑自天真。
我游梦里诗乡③画，把酒欢娱闲一身。

注：
①芦雪：芦花。因芦花色白如雪，故称。
②晚英：迟开的花。
③诗乡：诗的境界。

雨中荷

心苦江湖一世荣，青云影暗半池明。
琪花雨盖藏娇艳，藕断丝连不了情。

寒冬有喜

冬月寒风裏庆辉[1]，暖阳照屋得仙机[2]。

南山鸿起迟声[3]远，老叟欢心早忘归。

岁岁新人翻玉律，年年旧历换珠玑。

诗书常乐吟何苦[4]？喜有囡孙[5]笔墨挥。

注：
①庆辉：吉祥的光辉。
②仙机：旧时迷信，谓神仙异人所作的预言或暗示。
③迟声：犹曼声。
④何苦：犹何妨、何害。
⑤囡孙：孙女儿。

暴雨

弥天[1]雷电带风高[2]，遍地汪洋草树号。

多少殷勤田亩客，伤心无奈诉离骚[3]。

注：
①弥天：满天。极言其大。
②风高：风大。
③离骚：遭遇忧患。

潦雨

银河飞泻雨如麻，四野斜风扬白纱。

怒涌狂潮迷海道，无情龙王毁田家。

初夏荷塘入春梦

夏来苦热逼人忙，晚艳①悠闲独放狂。
杜宇声声春去远，荷花片片落情伤。
池鱼无意陶生趣②，我得心宽有醉乡③。
美景随波沉福水④，吟风细嚼自清凉。

注：
①晚艳：晚发之艳色。亦指晚开的花。
②生趣：生活情趣；乐趣。
③醉乡：醉酒后神志不清的境界。
④福水：酒的别名。

夏日兴雨

云海低垂烟雾蒙，昼游夜短困衰翁。

四时雨落有天闪^①，三伏冰飞无箬篷^②。

车马不蹚连井陌^③，蝶蜂自乱奔西东。

跳珠^④密密织诗梦，积水汪汪浮艳丛^⑤。

注：

①天闪：闪电。

②箬篷：用箬叶编的船篷。

③井陌：街道。

④跳珠：喻指溅起来的水珠或雨点。

⑤艳丛：芳美的花丛树林。

夏日闲趣

夏风飕飕去愚痴^①，渭水滔滔洗柳眉。

映眼繁花浮美玉，披星露叶漫清池。

山边日落暮云^②起，银漏欢歌对酒时。

万里乡关何处是，一轮明月紧相随。

注：

①愚痴：佛教语。三毒之一。谓无通达事理之智明。

②暮云：见"春树暮云"。唐杜甫《春日忆李白》诗："渭北春天树，江东日暮云。"诗借云树而写思念之情。后遂以"春树暮云"为仰慕、怀念友人之词。

夏荷

苦心吐艳立瑶塘^①，绿水柔情散沏香。
冰骨玉肌仙子貌，翩翩羽袖戏牛郎。

注：
①瑶塘：池塘的美称。

荷意

翡翠沉烟碧水池，红颜^①洗面滑香脂。
满湖云艳^②烧流火，朵朵含真^③人醉时。

注：
①红颜：特指女子美丽的容颜。
②云艳：彩霞。亦以喻艳丽的花朵。
③含真：具有纯真的本性。

荷韵

红云①夺目落瑶田②，袅袅余香飞紫烟。
半尺芙蓉喧玉照③，枝枝粉面④赛真仙。

注：
①红云：喻大片红花。
②瑶田：传说中仙人的园圃。
③玉照：玉光照耀。形容华美。
④粉面：借指美人。

夜雨

暝烟①寂寞纳幽光②，风暴翻天转空廊。
乱雨跳珠③惊蚁梦④，积流漫卷过林塘。
三旬炎暑蒸余热，五鼓桐荫宿沁凉。
云散琪花沾浅露，竹摇月影上藜床⑤。

注：
①暝烟：傍晚的烟霭。
②幽光：微弱的光。
③跳珠：喻指溅起来的水珠或雨点。
④蚁梦：唐李公佐《南柯太守传》：淳于棼梦至槐安国，国王以女妻之，任南柯太守，荣华富贵，显赫一时。后出征失败，公主亦死，被遣回。醒后见槐树下有蚁穴，即梦中所历槐安国。
⑤藜床：藜茎编的床榻。泛指简陋的坐榻。

凌霄花

曲枝藤蔓缀琼花①，晓日门阶落彩霞。
半醉仙娥②凌空舞，百莺常顾野翁③家。

注：
①琼花：一种珍贵的花。叶柔而莹泽，花色微黄而有香。
②仙娥：仙女。
③野翁：犹野老。

端午

青暝①虚悬纵远眸②，祥云腾马驾仙游。
山花流彩万畴绿，屈子③魂归三水柔。
黍裹粽香催竹筏，艾蒿高挂病魔休。
含霜秋鬓星多笑，缘是余怀④几日收？

注：
①青暝：青天。
②远眸：犹远目。放眼远望。
③屈子：屈原。
④余怀：无穷的怀念。

合欢花

枝头着锦丝，朵朵带柔眉。
暖暖春风里，鸳鸯渡乐池①。

注：
①乐池：神话中的池名。

紫牡丹

娇艳琼丝①有合欢②，芙蓉笑绽玉池宽。
花团锦簇芬芳地，争眺余春紫牡丹。

注：
①琼丝：形容莹洁的丝状物。
②合欢：植物名。一名马缨花。落叶乔木，羽状复叶，小叶对生，夜间成对相合，故俗称"夜合花"。夏季开花，头状花序，合瓣花冠，雄蕊多条，淡红色。古人以之赠人，谓能去嫌合好。

端午节

地纳晨光景色柔，天边日出晚烟收。
柳丝入户薄人意，艾虎临门客乐游。
风物①世尘②多似梦，少存遗俗古今留。
屈原魂爽③万年传，兴咏离骚度百秋。

注：
①风物：风光景物。　②世尘：世俗之事。
③魂爽：犹魂魄、精神。

红蘽艳春

红蘽绿叶肥，春映碧池辉。
仙域惊人眼，魂招彩蝶归。

凌霄花

倩影流霞郁霭①风，交藤②绕舍辨西东。
孤云③不怨招春晚，一蔓千条朵朵红。

注：
①郁霭：云气浓盛貌。
②交藤：相互纠缠的藤蔓。
③孤云：比喻贫寒或客居的人。

秋日即景

荻花秋叶竞芳丛，雁向斜阳照绿桐。

溪水谷山光影处，流萤①起舞漫天风。

注：

①流萤：飞行无定的萤。

芙蓉出水

芙蓉映水明，红粉①雁鱼惊。

露滴胭脂泪，纷纷落故情。

注：

①红粉：借指美女。

红牡丹

绿丛闲静美人姿，常恋游仙拜柳眉。

羞面落霞红似火，别开香蕊醉春时。

夏夜惊雷

腾马翻云卷黑风①，凉声②入户起飘蓬③。

花残树倒愁新绿④，电闪雷鸣震宇穹。

街荡横流移漂屋，楫舟抢险见英雄。

平明再看家园景，渭水滩头作钓翁。

注：

①黑风：暴风；狂风。

②凉声：悲凉肃杀的声音。

③飘蓬：飘飞的蓬草。

④新绿：新酿的色呈碧绿的酒。

立夏

绿盖①湖田半尺凉，日曛梅子②满园黄。

莺愁花谢成香泥，蝶戏蜂鸣燕奔忙。

注：

①绿盖：喻荷叶。

②梅子：梅树的果实。味酸，立夏后成熟。生者青色，叫青梅；熟者黄色，叫黄梅。

夏至

日灼榴花似火燃，风摇老树少凉天。
蝶追花梦犹嫌热，泥腿栽秧乘月船。

生日游莲湖寄趣

西施①采莲上叶舟②，红裙绿衣语声柔。
胭脂点亮一湖水，碧玉③随波半月钩。
香冽风飘三百里，春醅满盏乐千秋④。
橹摇童梦多余兴，不见儿时鹦鹉洲。

注：
①西施：泛称美女。
②叶舟：小船。
③碧玉：比喻澄净、青绿色的自然景物。
④千秋：旧时称人寿辰的敬辞。

夏夜

云榭①连天入客星②，嫦娥梳理伴孤伶③。
罗裙拂起胭脂粉，溅落人寰作蛰萤④。

注：

①云榭：高耸入云的楼台。

②客星：对天空中新出现的星的统称，如新星、超新星等。

③孤伶：孤独，孤零零。

④蛰萤：因遇冷而光不甚明亮的萤火虫。

初夏即景

绿茵织毯晒骄阳，陇亩飘花香万方。
新燕翩翩迎楚客，旧人①念念②往云乡③。
莺鹃声脆闲林圃，蜂蝶群飞稼事④忙。
雨露肥田多夕照，桃园轻步借春光。

注：

①旧人：旧交；故人。

②念念：一个心念接一个心念；每一个心念。

③云乡：白云乡，白云聚集之所。指深山中道士修炼或高士隐居之所。

④稼事：农田耕种的事务。

雷雨

霹雷阵阵裂苍天，闪闪①金龙照丽川。
露雨漓漓消冥夜②，凉风飕飕漏声偏。
魂痕荡漾踏乡地，月黑孤伤同酒煎。
入目愁云连绿浦③，猿吟④梦破故林⑤烟。

注：
①闪闪：光亮四射；闪烁不定。
②冥夜：黑夜。
③绿浦：绿色的水滨。
④猿吟：猿猴长鸣。
⑤故林：故乡的树林。比喻故乡或家园。

荷塘

绿盖风翻枕水香，芙蓉含笑试红妆。
多情锦鲤抛飞吻，蜻蜓瑶池争艳芳。

落叶

寒蛩①凄风喧弄堂②，落魂飘叶咏悲凉。
今秋余笑漫天舞，更待明朝绚碧光。

注：
①寒蛩：深秋的蟋蟀。
②弄堂：方言，巷。

残春

杨柳迷离蝶恋花，愁人梨雪①哭乌鸦。
掀帘相约三更月，魂梦犹还万里家。

注：
①梨雪：梨花。梨花色白、片小，犹如雪花，故称。

六十春秋有余欢

肩扛重任续尘缘①，寒暑忙人慢锦弦②。
六十春秋飞浅梦，半窗风月听鸣蝉。
于今谈笑浑无事，白发衰慵③逐暮年。
懒有余情倾美酒，勤心学圃种芝田④。

注：
①尘缘：佛教、道教谓与尘世的因缘。
②锦弦：装饰华美的筝、瑟一类弦乐器。
③衰慵：衰老慵懒。
④芝田：传说中仙人种灵芝的地方。

春早

雪尽江河暖，千川古木新。
林苍山叠翠，岁月又逢春。

春夏秋冬

春花飞彩动初阳①，夏果桃腮吹佛光。
秋熟②家家开笑口，冬储安乐抱心香③。

注：
①初阳：初春。
②秋熟：秋庄稼成熟。
③心香：佛教语。谓中心虔诚，如供佛之焚香。

游西域赏菊

黄菊艳芳林，斜风遍地金。
身游西域外，明月故乡心。

云楼

云楼半入月宫低，疑是神仙醉倚梯。
人间何言天上乐，凭栏望断夜郎西。

秋菊

满丛野菊散幽香，簇簇奇葩试艳妆。
泛酒①山家迎墨客，渊明篱外瘦诗肠。

注：
①泛酒：古人用于重阳或端午宴饮的酒，多以菖蒲或菊花等浸泡，因称"泛酒"。

醉酒

雁南莺去意迟迟，鸥梦①依依圆几时。
到处白翁游世事，醉吟何必卧东篱②。

注：
①鸥梦：隐逸的志趣。
②东篱：晋陶潜《饮酒》诗之五："采菊东篱下，悠然见南山。"后因以指种菊之处；菊圃。

蒲草花

蒲绒凝冻下凄风，水岸飞花送旅鸿。
总把禅心同衣赠，人嫌云影不由衷。

389

秋韵

秋收万景明，晚艳①放琼英。
桂子摇香冷，丹枫暖酒城②。

注：
①晚艳：晚发之艳色。亦指晚开的花。
②酒城：喻可供畅饮的地方。

元夕赏梅

火树①翻星挂玉轮，金波②鱼跃下龙津。
鼓歌斗舞庆新岁，灯夜谁怜白发人。
夕景消魂登月榭，壶天③世界少东邻。
疏梅倩影落窗瘦，酒气熏肥雪里春。

注：
①火树：形容开满红花的树。
②金波：反向着耀眼光芒的水波。
③壶天：传说仙人施存有一壶，中有天地日月，自号"壶天"，人称"壶公"。参见"壶公"。

秋意浓

瓦湿霜明流冷光，秋风无色染枯黄。
池边曲径金英艳，枫叶飞霞桂子香。

秋菊杂咏

百花隐匿自喧妍，万态千姿最可怜①。
叶瘦绮葩迷白鹄②，流金琼蕊撼霜天。

注：
①可怜：可爱。
②白鹄：鸟名。又名天鹅。全身羽毛雪白。

赏菊

委地耀篱东，冰姿①迷老翁。
红芳烧井圃②，金蕊送飞鸿。
独放清秋景，春光满艳丛③。
花前明月醉，樽酒影霜蓬④。

注：
①冰姿：淡雅的姿态。
②井圃：园圃。
③艳丛：芳美的花丛树林。
④霜蓬：喻散乱的白发。

暮秋

蛩响声休草木黄，江寒枫叶着新装。
雨丝花片①纷纷落，又见残红一地香。

注：
①花片：飘落的花瓣。

秋韵

霜叶暖寒天，枫林红欲燃。
春心仍未老，转瞬又经年。

秋日惬意

雨冷蝉稀雁影匆，霜凌大地落梧桐。
长烟晚照西风烈，隐室①题诗清静功。

注：
①隐室：坐禅之室。

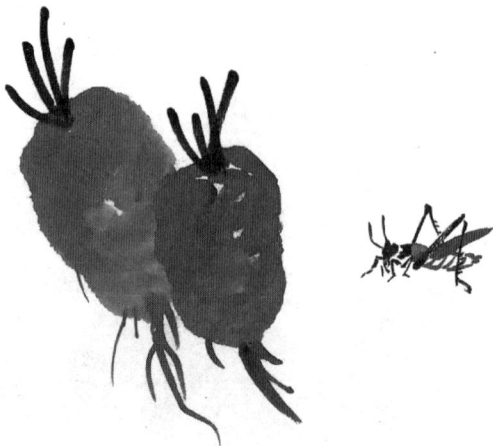

白露

白露西风冷，霜浓倾远城。

秋来寒夜早，雁去蛩留声。

初冬

风射枝腾万树霾，竹摇茅舍起愁怀。

凌霜徐落年光老，凄惋①寒英②坠满阶。

注：

①凄惋：哀伤。

②寒英：寒天的花。指菊花。

春祭

花榭飞红①委逝川②，蜂鸣蝶径③咏尧年④。

雨丝滴尽伤心泪，情入香灰⑤祭鬼仙⑥。

注：

①飞红：落花。

②逝川：比喻流逝的光阴。

③蝶径：花丛中的小路。

④尧年：古史传说尧时天下太平，因以"尧年"比喻盛世。

⑤香灰：香燃烧后剩下的灰。特指旧时祭祀祖先或神佛烧香剩余的灰。

⑥鬼仙：死后成仙。

晚秋

叶落地天宽，河堤草木寒。
冬临秋少退，青翠影姗姗。

塞北初秋

流火①今残未觉凉，暑天懒去息骄阳。
蝉鸣不绝叙秋事，落叶声声雁远翔。

注：
①流火：《诗·豳风·七月》："七月流火，九月授衣。"

秋日趣事

梧桐摇曳雁南归，丹桂飘香绿草肥。
清梦游山邀故友，桃源疏影织春晖。

上元吟怀

火树千春庆上元①，家家美宴笑声喧。
长亭金炬消遥夜②，岐邑锣鸣去闷烦。
塞外女儿争胜负，西秦英少守城垣。
今宵吟醉③岁丰酒，乘月④清歌绕户轩。

注：
①上元：节日名。俗以农历正月十五日为上元节，也叫元宵节。
②遥夜：长夜。
③吟醉：吟诗醉酒。
④乘月：趁着月光。

秋日寄语

阵阵秋风送晚凉，萧萧落木带离伤。
举头雁影穿云过，醉把他乡当故乡。

冬日书怀

朔风驱雾雁南翔，暮宿寒窗浸冷光。
凉气浮云千里空，半帘竹影夜茫茫。
怀人①箫籁②吹愁思，梦折梅花换索郎③。
昨昔童颜消失尽，多情笑我一头霜。

注：
①怀人：思念远行的人。
②箫籁：泛指箫笛之类的管乐器。籁，箫类的乐器。
③索郎：酒名。桑落酒的别称。亦泛指酒。

月季花

刺裹香魂①宣晚春②，别开瑶蕊亮凡尘。
连枝繁叶留妍影，光彩含羞戏路人。
桃李芳姿何落寞，篱头痴客③自天真。
四时吐艳④堪阳季⑤，月月抽芽簇簇新。

注：

①香魂：美人之魂。

②晚春：春季的最后一个月。现指农历三月。

③痴客：月季花的别名。

④吐艳：发出艳丽色彩。亦谓放射光辉。

⑤阳季：春季。

寒食节

春深百卉开，日影艳朱梅。
风利剪黄柳，流莺待凤陪。
暖阳争净土，寒食①欲倾杯。
荒冢追先祖，声声不尽哀。

注：
①寒食：节日名。在清明前一日或二日。相传春秋时晋文公负其功臣介之推。

清明祭

才收宿雨柳丝柔，思亲征人泪洗愁。
墓地千声呼不醒，杯杯祭酒献恩酬。

夜雨

云飞花动送香风，凉雨纷纷哭落红①。
今夜又逢留客醉，天怀童梦慰苍翁。

注：
①落红：落花。

雪

晴窗向晚渺如烟，瘦树肥枝横丽川。
一夜乾坤喧响静，银花朗玉画春天。

江畔春日

烟树①连堤泛柳黄，轻帆一片水茫茫。

垂云吐润蔽瑰景，雾里莺声啼凤阳②。

点点落红③心默语，悠悠④离乱⑤尽烦伤。

几多寂寞天涯客，竹叶⑥杯盘⑦入醉乡。

注：

①烟树：云烟缭绕的树木、丛林。

②凤阳：《诗·大雅·卷阿》："凤皇鸣矣，于彼高冈。梧桐生矣，于彼朝阳。"后用"凤阳"指朝阳。

③落红：落花。

④悠悠：思念貌；忧思貌。

⑤离乱：历乱。纷杂貌。

⑥竹叶：酒名。即竹叶青。亦泛指美酒。

⑦杯盘：杯与盘。亦借指酒肴。

陋室雅趣

窗外青青叶，阶沿窃窃弦。

暮春收锦尾，伏案忆流年①。

书舍黄昏静，心音②默自宣。

娇孙风影至，嬉笑到吾前。

注：

①流年：如水般流逝的光阴、年华。

②心音：心脏收缩和舒张时发出的声音。

雷公祭清明

雷雨霏霏日欲曛①，望归游子泪纷纷。
西天不闻儿孙语，霹雳声声送祭文。

注：
①曛：昏暗。

红梅

红梅放紫烟，蕾破雪霜燃。
芳冽醉明月，春容映大千。

雪花醉心

光摇冰树放琼花，仙苑今宵入俺家。
万里春枝①飞玉蝶②，盈盈素女③舞轻纱。

注：
①春枝：花枝。
②玉蝶：喻雪花。
③素女：神话中的天河仙女。

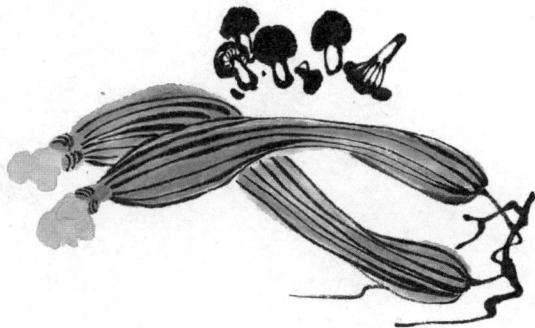

山城飞雪

琼花玉树泛寒烟，万类江天凝岁年①。
四宇苍茫开蜃景②，一帘悬素③挂前川。

注：
①岁年：年月；时光。
②蜃景：海市蜃楼。古人误认是蜃吐气所形成的景象。参见"海市蜃楼""蜃气"。
③悬素：挂着的白绸子。比喻瀑布。

尺雪

尺雪落无声，天威地壑平。
风高琼树①断，巢覆鸟惊鸣。

注：
①琼树：形容白雪覆盖的树。

岭上看雪

方外银河涌浪狂，九霄瑶蕊放毫光。
一时柳絮地天白，万树春花冷不香。

溪水映梅

横斜①意态影河东，脱尽凡尘映雪红。
待到破冰丛艳笑，一枝春讯染香风。

注：
①横斜：或横或斜。多以状梅竹之类花木枝条及其影子。

朱梅

悠悠溪水映疏梅，袅袅清香入玉杯。
天赐早芳冰雪艳，瑶台仙子下凡来。

山居观梅

灌木森沉①露艳条，横斜②含雪洗春娇③。
貂蝉香气浮杯上，风韵胭脂澹不消。
蜂蝶难来新燕远，可怜愁客化凄寥。
灵光真色染诗翰，今醉珍丛④小步摇。

注：
①森沉：谓林木繁茂幽深。
②横斜：或横或斜。多以状梅竹之类花木枝条及其影子。

③春娇：妖娆的春色。

④珍丛：美丽的花丛。

雪景

帝乡①玉蝶舞翩跹，琼树争春白草眠。

天地苍茫飘素②急，雪溪如画立云川③。

注：

①帝乡：天宫；仙乡。

②飘素：下雪。

③云川：银河。

六 岁月不居
游心无垠

一壶浊酒春光驻，几许年华去复来？
明月入怀天地小。别开风景屡声猜。

诗歌记录下了这天地流转、四时更替，
云游山河美景的足迹。

雾海观瞻

晨雾茫茫淹宇穹，堆云①漠漠暖深丛②。
烟浮闹市暗城阙，半透天光迷幻宫。
身在太虚③图画里，餐霞④醉饮试雕虫⑤。
金樽潦倒学诸葛，乘日⑥游心追谢公⑦。

注：

①堆云：形容密集而盛多。

②深丛：深密的树林。

③太虚：空寂玄奥之境。

④餐霞：餐食日霞。指修仙学道。语出《汉书·司马相如传下》："呼吸沆
瀣兮餐朝霞。"

⑤雕虫：写作诗文辞赋。

⑥乘日：乘坐日车。语出《庄子·徐无鬼》："有长者教予曰：'若乘日之
车而游于襄城之野。'"宋王安石《乘日》诗："乘日塞垣入，御风塘路归。"

⑦谢公：南朝宋谢灵运。

余春赋

花艳香心熏曙晖，池清水暖浅鱼肥。
黄莺相唤争红树①，绿酒留人客屐稀。
大雁翔天追瑞彩②，蜜蜂俯首悟玄机③。
穷途笑向田园去，莫愧春风囊满归。

注：
①红树：盛开红花之树。
②瑞彩：吉祥的霞光异彩。
③玄机：天赋的灵性。

快乐旅途

风淡天高旅雁忙，闲身灵府①任徜徉。
铁鹰腾雾驾云起，人间城乡影渺茫。
离地方知时空短，碧穹万里慢飞航。
胜游②歌管③不须醉，自信夕阳留景光。

注：
①灵府：神灵仙道的住所。
②胜游：快意的游览。
③歌管：唱歌奏乐。

华山行

华岳峥嵘多俊颜，龙飞蛇路走绕弯。
东西南北峰峰秀，上下来回道道关。
英杰争雄曾论剑，沉香救母劈灵山。
古今中外绝佳景，云海神仙游宇寰。

清晨即景

清晨紫气飘，素练①束山腰。

碧树鸟声乱，红芳迷艳娇②。

雾舒③吞野径，烟帐④凤凰桥。

曲岸通幽处，仙宫飞玉箫。

注：

①素练：白色绢帛。常用以喻云、水、瀑布等。

②艳娇：美女。

③雾舒：漫延貌。

④烟帐：犹烟幕。

鸡峰山① 胜景

雾锁奇峰秀，云蒸玉带流。
天怀苍岭美，地造莽原②柔。
顶揽三千里，穷山③观四秋④。
登高惊目眺，仙界入瀛洲。

注：

①鸡峰山：景区为陕西省省级重点保护单位。位于天台山主峰景区的东北方，宝鸡市区的东南方，距市区15公里，主峰元始天尊峰海拔2014米。古称"陈仓山""宝鸡山"，或称"鸡山"。宝鸡地名即源于此。

②莽原：草长得很茂盛的原野。

③穷山：深山。

④四秋：春、夏、秋、冬四季的收成。

游秦岭鸡峰山

巍峨①入高天，飞流咏别弦。
青松霞岭②秀，钟磬破苍烟。
立足法云地③，犹然半作仙。
今游灵岳美，得意赋诗篇。

注：

①巍峨：高峻的山岭。

②霞岭：高山峻岭。出家修道者的隐居场所。

③法云地：佛教语。大乘菩萨修行的第十个阶位。此位成就"大法智"，具足无边功德，法身如虚空，智慧如大云。

余春乐欣

春潮带雨频，花落织芳茵①。

街市管弦亮，田园媚景新。

云开明凤眼②，霁日③恋烟津④。

物竞随天意，余年⑤又一轮⑥。

注：

①芳茵：茂美的草地。

②凤眼：引申为不凡的眼力。如谚语：龙眼识珠、凤眼识宝、牛眼识青草。

③霁日：晴日。

④烟津：云天中洁净的露水。道教徒认为可以祛病延年。

⑤余年：一生中剩余的年月。指晚年、暮年。

⑥一轮：表数量。用称循环一次的事物或动作。

塞上草原行

绿草原头映丽川，小桥流玉水沉烟。

蜂鸣蝶舞追迷彩，鹰入祥云竞空天。

游客来时春色好，牛羊去处碧芊芊①。

高山远眺苍穹外，相约扶桑②到日边。

注：

①芊芊：草木茂盛貌。

②扶桑：传说日出于扶桑之下，拂其树杪而升，因谓为日出处。亦代指太阳。

秦岭

九曲苍龙飞极巅，孤峰太白入青天。

层峦错落沉冰海，栈道萦回盘碧泉。

人在凉云头上走，水如暖雾腹心悬。

鸣溪笙乐百觞①捧，生死玄门②体日圆③。

注：

①觞（shāng）：盛满酒的杯。亦泛指酒器。

②玄门：天门。指高深的境界。

③日圆：日元。指好日子。元，善。

思念

天涯风雨哀，思念化寒灰。

故第影常在，高堂梦里来。

朝晨催我起，门外总徘徊。

今唱儿时曲，悲声对酒开。

秦岭鸡峰山

众岳立危巅①，鸡峰入昊天②。

夏阳开百卉，冬日九冰③悬。

雾锁千山隐，风收万里烟。

莺鸣飞树彩④，时雨驻游仙。

注：

①危巅：高山顶上。

②昊天：苍天。昊，元气博大貌。

③九冰：厚积的冰。

④树彩：树木的光彩。

411

夏日山游

几日深山乘夏凉，寻幽①处处似家乡。
岚光②崖半射罗幕③，阴岭④炊烟麦杏黄。
花草撩人心影静，世情入盏漫疏狂⑤。
病痊酒淡药成宝，今得安身体妙方⑥。

注：
①寻幽：寻求幽胜。
②岚光：山间雾气经日光照射而发出的光彩。
③罗幕：丝罗帐幕。
④阴岭：背阳的山岭。
⑤疏狂：豪放，不受拘束。
⑥妙方：奇验的药方。

闲吟思归

新词纵笔①自徜徉，旧唱②今翻感老郎。
争脱藩篱③寻妙语，神游山野借春光。
雉鸡还我童年梦，柳笛声悠断客肠。
故地空留归洞府④，泪飞不见爹扶娘。

注：
①纵笔：放手书写。
②旧唱：昔时的歌咏。
③藩篱：比喻事物的界限；障碍。
④洞府：道教称神仙居住的地方。

夏日南岭寻芳①

碧树浓阴覆绿苔，绝峰回绕势②徘徊。
松涛③远至洗双耳，扑面飞泉④翻滚雷⑤。
尘外⑥抱真⑦瞻玉佛，奇葩天上向人开。
岚光明灭鸟惊去，石镜⑧清心仙女来。

注：
①寻芳：游赏美景。
②势：姿态。
③松涛：风撼松林，声如波涛，因称松涛。
④飞泉：瀑布。
⑤滚雷：接连不断的雷声。
⑥尘外：犹言世外。
⑦抱真：保持真性。
⑧石镜：如镜的山石。

暮春游

青青柳絮雪飞花，漫道悠悠客念家。

朝市①东风喧妙语，野田雾帐乱鸣鸦。

天门②日照开愚志③，怅惜④烦襟⑤下钓槎⑥。

万井⑦笙歌春气盛，清樽满酌就赪霞⑧。

注：

①朝市：泛指名利之场。

②天门：天机之门。指心。

③愚志：谦称己之心志。

④怅惜：惆怅叹惜。

⑤烦襟：烦闷的心怀。

⑥钓槎：钓舟，渔舟。

⑦万井：千家万户。

⑧赪霞：红色的云霞。

海南岛上萤火亮

飞来飞去一身轻，黑夜灵光点点明。

昏暝①降临生妙彩，桃槐花亮缀流英。

随风高举星娥②舞，带雨书窗恋旧情。

白发拾萤③仍努力，童年伴我梦瑶琼④。

注：

①昏暝：昏暗；黑暗。傍晚。

②星娥：明眸的美女。

③拾萤：晋车胤少时家贫，点不起灯，夏天夜里捉了许多萤火虫，放在囊里，利用萤光读书。见《晋书·车胤传》。后以"拾萤"喻勤学。

④瑶琼：对他人诗文、赠礼的美称。

春日行

晴曛①开逸襟②，锦鸟叫幽林。

穑地③披新彩，江河奏妙音。

红花争吐蕊，绿柳慢摇琴。

日月④满生意⑤，春风寄语深。

注：

①晴曛：日光照射。

②逸襟：高雅飘逸的襟怀。

③穑地：农田。

④日月：时令；时光。

⑤生意：生机，生命力。

春日游仙词

烟生紫气失桥东，水秀山清乱落红①。
凝雾②湿枝轻入夜，晨阳初照暖无风。
抽芽茵嫩撩君意，老树新花爱白翁。
布谷催耕逢好雨，乾坤③春满驻仙宫。

注：

①落红：落花。

②凝雾：浓雾。

③乾坤：称天地。

春分游山

朔气微微撩客袍，悠悠暖律①脱尘劳②。
昼宵③争日两均分，千岭冰消润土膏④。
枯瓣落英香嫩草，鲜苞绽蕊接初桃。
红裳⑤游步雕诗彩，梅朵含情惹酒豪⑥。

注：

①暖律：古代以时令合乐律，温暖的节候称"暖律"。

②尘劳：佛教徒谓世俗事务的烦恼。

③昼宵：白昼与黑夜。

④土膏：肥沃的土地。

⑤红裳：借指美女。

⑥酒豪：酒量很大的人。

陈仓怀古

百里秦川望眼频，千年渭水育贤臣。

法门^①佛说昭天下，炎帝^②田耕教庶民。

暗度陈仓萧氏计，智高司马孔明神。

丝绸古道连云路，日照乾坤锦绣春。

注：

①法门：法门寺，佛寺名。在陕西省扶风县北。相传建于东汉末年。

②炎帝：传说中上古姜姓部族首领。相传少典娶于有蟜氏而生。原居姜水流域，后向东发展到中原地区。一说炎帝即神农氏。

重游海南岛

海堤一望起迷烟，万里晴虚①日镜悬。

岭上碧罗舒广袖，湖心蝶舞绕红莲。

水城游世多情客，几向同尘②辞业缘③。

故地今归风物④主，修来好梦共壶天⑤。

注：

①晴虚：晴空。虚，天空。

②同尘：比喻混同于尘俗，不立异趣。

③业缘：佛教语。谓苦乐皆为业力而起，故称为"业缘"。

④风物：风光景物。

⑤壶天：传说仙人施存有一壶，中有天地日月，自号"壶天"，人称"壶公"。参见"壶公"。

旧地重游

垄上锄犁日影匆，杜鹃声里种年丰。
重来故地忆童趣，往事徒劳记路穷。
岁月有情光景短，苍颜不老逐春风。
夕阳作伴下田亩，美酒弦歌①醉白翁。

注：
①弦歌：依琴瑟而咏歌。

花草芳菲时

飞红①满眼拂人头，心逐云霞得自由。
赏景孙爷驰走②路，摇铃车马入遐幽③。
竹光野色沉诗酒，醉语瑶堂梦里求。
物外④草花清俗念，毫端泾渭写春秋。

注：
①飞红：落花。
②驰走：快跑；疾驰。
③遐幽：精深微妙的境界。
④物外：世外。谓超脱于尘世之外。

中秋思归

金蝉凄厉小墙东，几许愁情向桂宫。
雷闪凌空施鬼雨，烟尘遍地卷狼风。
心随旅雁更关外，身从洄波犹转蓬。
十里坝头望皓月，一回乡思与谁同？

海南临高透滩村

莺咔声声穿艳条①，三千梅朵御香飘。
白头稀客逛墟市②，卖买田家争早朝③。
风雨凡尘多画意，传奇故事写生绡④。
亮人丽景含妍语⑤，满是诗情催咏谣。

注：
①艳条：花枝。 ②墟市：乡村市集。
③早朝：早晨；早上。
④生绡：未漂煮过的丝织品。古时多用以作画，因亦以指画卷。
⑤妍语：美好的话语。

雪夜

水云①渺渺地连天，栖鸟声声断暮烟②。
大野飞英③随意舞，春枝④时放亮霜颠⑤。
夜窗销烛生离恨，惆怅开樽月未圆。
兴思⑥细书杯中趣，醉登蓬岛⑦动吟鞭⑧。

注：
①水云：水和云。多指水云相接之景。
②暮烟：傍晚的烟霭。
③飞英：飘舞的雪花。
④春枝：花枝。
⑤霜颠：白头。
⑥兴思：犹言构思。
⑦蓬岛：蓬莱山。
⑧吟鞭：诗人的马鞭。多以形容行吟的诗人。

游神醉红尘

日暖水生烟，风轻柳吹绵。

乾坤清气秀，香蕊①亮迷川②。

蝶径蜂飞舞，莺娇唤梦仙。

绿波桥虹动，荷盖影歌船。

商贾满耕市③，红尘难歇肩。

看花车马困，夕景莫催鞭。

世事收杯底，心琴④入梵筵⑤。

游神春未老，醉在艳阳天⑥。

注：

①香蕊：花蕊。

②迷川：犹迷津。犹迷宫。

③耕市：农商。

④心琴：犹心弦。

⑤梵筵：做佛事的道场。

⑥艳阳天：阳光明媚的春天。

琼岛逸兴

蛙歌渔梦生，荷盖露珠盈。
云岭翠眉秀，深丛听鹿鸣。
檐花①香入酒，笑与故人倾。
蛩响②添幽兴③，迷吾远世情④。

注：
①檐花：靠近屋檐下边开的花。
②蛩响：犹蛩声。蟋蟀的鸣声。
③幽兴：幽雅的兴味。
④世情：世俗之情。

山野踏春

层岚①窈窕②绝尘埃，百卉迷君笑佛腮。
杜宇寻芳黄雀去，蝶蜂逐梦紫鸾③来。
飞红飘坠感伤泪，世事常虚花落开。
牵迫④光阴扶井地，留人丽景乐天⑤猜⑥。

注：
①层岚：重山叠岭中的雾气。
②窈窕：娴静貌；美好貌。
③紫鸾：传说中神鸟。
④牵迫：犹紧迫。
⑤乐天：乐于顺应天命。
⑥猜：看；看待。

自嘲

无虞①好学真②，今得自由身。
勤勉乐余日③，游心劳客尘④。
诗书穷义理⑤，弈局会东邻。
海斗量摇水⑥，黄金难买春。

注：
①无虞：没有忧患，太平无事。
②学真：犹学仙。
③余日：犹晚年、余年。
④客尘：旅途中所受的风尘。喻旅途劳顿。
⑤义理：讲求儒家经义的学问。
⑥摇水：瑶浆。

乡梦

怀乡梦少年，春陌①逐飞鸢。
折柳深林处，芦花戏岸边。
捕鸠窥雁阵，流水入耕田。
风劲敲窗响，南柯②催老仙。

注：
①春陌：春日田野的小路。
②南柯：唐李公佐作《南柯太守传》，叙述淳于棼梦至槐安国，娶公主，封南柯太守，荣华富贵，显赫一时。后率师出征战败，公主亦死，遭国王疑忌，被遣归。醒后，在庭前槐树下掘得蚁穴，即梦中之槐安国。

游心寄兴

云霭翻涛动凤城，山花飞彩扫残英。
心逢漏月①争寥寞，愁对香醪②微趣生。
举目茫茫无故友，凉风摇日淡人情。
红尘一路蹒跚去，万里霞光照眼明。

注：
①漏月：多雨的月份。
②香醪：美酒。唐白居易《花酒》诗："香醪浅酌浮如蚁，雪鬓新梳薄似蝉。"

心路无阻

天飞冻雨响银沙^①，雾漫荒村老树丫。

尘世谁抛烦恼物，飘飘离去入青霞^②。

白梅^③九地^④放春信，万籁休声吹素花。

极目四周云海路，明迷^⑤灯火几人家。

注：

①银沙：比喻白雪。

②青霞：喻高远。

③白梅：白色梅花。

④九地：犹言遍地，大地。

⑤明迷：忽明忽暗而迷离不清。

凋年^①

春若朝花露抱株，秋如枯叶畏归途。
凋年一笑风光好，争得开心逛五湖。

注：
①凋年：晚年。

浮生梦

江城楼阔雾霾低，鱼浪轻摇送日西。
风射^①龟山猿恸哭，雨蒙黄鹤鸟哀啼。
寒威几日清泉冷，鸿雪^②连天客路迷。
一宿春归生彩梦，蝶蜂遍野识桃溪^③。

注：
①风射：风劲吹。
②鸿雪：大雪。
③桃溪：桃源。

426

团聚

今夕陶欣①一夜欢，举家同庆共壶餐②。
为酬春泽感丰岁，预定佳肴上佛盘③。
笑向孙囡求舞乐，倾囊解困醉心安。
久逢情暖如怀旧，吟兴连杯御薄寒。

注：
①陶欣：快乐欣喜。
②壶餐：用壶盛的汤饭或其他熟食。
③佛盘：盛放供佛之物的盘子。

年关

岁到新春自叹嗟，觞①来尽兴乐穷奢。
陈仓居邑多豪富，渭水飞尘少鼓笳②。
游子回乡成旧忆，离人③登阁饮甘茶。
白云④极目开花眼⑤，别念无由入酒家。

注：
①觞（shāng）：盛满酒的杯。亦泛指酒器。
②鼓笳：鼓和笳。两种乐器，为出行时的仪仗。
③离人：离别的人；离开家园、亲人的人。
④白云：喻思亲。
⑤花眼：远视眼的俗称。也称老花眼。

天道

呼春百舌①各飞忙，四序迁流②五谷香。
斗转星辰谁着意③？潮来燕去自无常。
地颐④万物瞻千里，天泽芸生⑤俯八荒。
走兽鸟禽人类伴，莫诛勿害免灾殃。

注：
①百舌：鸟名。善鸣，其声多变化。
②迁流：时间迁移流动。
③着意：留意；在意。
④颐（yí）：保养。
⑤芸生：见"芸芸众生"。佛教语。泛指一切生物。后指众多的普通人。

探真①

桃蕊映丹池②，残红忆玉姿③。
荣枯明事理，福祸几人知。
天意行常道，豪门争斗奇。
山川烟露④下，风月总成诗。

注：
①探真：探求玄理。
②丹池：赤色的水。
③玉姿：美好的仪态。
④烟露：烟雾露水。

天伦之乐

暮色入星河，凉风剪绿萝^①。
山光^②沉物净，篱矮影瑶波^③。
孩笑喧真语，兰堂有雅歌。
鸡窗^④鸣凤鸟，家庆喜声多。

注：
①绿萝：绿色藤萝。
②山光：山的景色。
③瑶波：喻指月光。
④鸡窗：《艺文类聚》卷九一引南朝宋刘义庆《幽明录》："晋兖州刺史沛国宋处宗尝买得一长鸣鸡，爱养甚至，恒笼著窗间。鸡遂作人语，与处宗谈论，极有言智，终日不辍。处宗因此言巧大进。"后以"鸡窗"指书斋。

鼠岁初夜

霏霏冻雨结冰花，大地茫茫吹素纱。

物态山光连野兴①，折枝惊梦散啼鸦。

客怀②醉饮千年酒，了却江湖③心到家。

鼠疫疾逃寒夜去，今宵歌咏弄琵琶。

注：

①野兴：对郊游的兴致或对自然景物的情趣。

②客怀：身处异乡的情怀。

③江湖：旧时指四方流浪，靠卖艺、卖药、占卜等谋生者。亦指这种人所从事的行业。

夕阳有乐

隔窗玉树叫寒鸦①，唤我颠童②煎晚茶。

斜日蔷薇飘紫气，怀人丝柳掩明霞③。

百年身世写回景，一息余闲乐卧家。

傍屋清泉流别韵，月波④落入雪梨花。

注：

①寒鸦：乌鸦的一种。也称慈鸦、慈乌、孝乌、小山老鸹。形体比普通乌鸦小，叫声较尖。颈、腹、胸呈灰白色，其余部分黑色。旧传能反哺其母。

②颠童：形容老人头发稀少。童，秃发。

③明霞：灿烂的云霞。

④月波：酒名。

月下怀友

思友向遥天^①，迷蒙泪怅然。
老怀^②消日夜，新酒续春年。
听鸟啄流景^③，韶光随意迁。
忆君翻旧梦，愁看月初圆。

注：
①遥天：犹长空。
②老怀：老年人的心怀。
③流景：如流的光阴。

兰交^①同乐

月下逢君是俗缘，琵琶解语起鸣弦^②。

别情十载泪波^③涌，欢聚倾樽一夜天。

酒赋^④离歌^⑤凄妙曲，挥毫翰墨粲瑶篇^⑥。

今宵大笑相违老，携手斜阳到永年。

注：

①兰交：《易·系辞上》："二人同心，其利断金；同心之言，其臭如兰。"
后因称知心朋友为"兰交"。

②鸣弦：拨动琴弦，使之作响。

③泪波：泪水如波。形容悲痛之甚。

④酒赋：《西京杂记》卷四："梁孝王游于忘忧之馆，集诸游士，各使为
赋……邹阳为《酒赋》。"后遂以"酒赋"指喜好饮酒赋诗。

⑤离歌：伤别的歌曲。

⑥瑶篇：优美的诗文。

春阴①

雾侵门斗②日昏蒙③，倒挂神州天地通。
叶影流油凉气满，香枝含泪转残红。
桃花源里春依旧，燕语莺歌拜老翁。
一片愁云幽谷浅，深杯④有乐自无穷。

注：
①春阴：春季阴天。
②门斗：门楣的上方。
③昏蒙：昏暗。
④深杯：满杯。指饮酒。

思父母

梦回父母喜相依，惊悦①双亲此刻归。
孤影田头收夙夕②，来途满载稻香肥。
星辰不洗禾中汗，日月能披剪草葳③。
劳作一生闲乐少，暮年最怕对余晖④。

注：
①惊悦：犹惊喜。
②夙夕：早晚；日夜。
③葳（wēi）：见"葳蕤"，草木茂盛枝叶下垂貌。
④余晖：傍晚的阳光。

静夜

月影侵窗夜色明，风高蛩韵①念乡情。
书城寂寞有温语②，杯酒无言兴自倾。

注：
①蛩韵：犹蛩声。
②温语：温和的话语。

静夜思乡

十载风霜过日天①，满襟②幽恨逐凋年③。
今朝又把清歌④唱，望断归途尽枉然。

注：
①日天：方言。天。指一昼夜。只能与数词连用。
②襟：胸怀；心怀。
③凋年：岁暮。南朝宋鲍照《舞鹤赋》："于是穷阴杀节，急景凋年。凉沙振野，箕风动天。严严苦雾，皎皎悲泉。冰塞长河，雪满群山。"
④清歌：不用乐器伴奏的歌唱。

观景

丛艳出篱墙，蜂鸣引蝶忙。

此时心所悸，最怕折枝伤。

落日

黄昏送兴阑①，仙子驾云端。

日日红尘醉，朝朝吐杏丹②。

注：

①兴阑：兴残，兴尽。

②杏丹：方士以杏仁为主要原料所制的一种成药。传说食之能令人颜色美好。

盐

官身一世泛晶光，调取千家百味香。

溶入沧波成雪水，咸心付尽守厨房。

绿水

碧水如烟浮野鸭，龙宫翡翠坐鱼虾。

春光融入游人醉，日夜流湍到客家。

寒流伤农

麦花迎雪尽伤春，霜杀禾苗叶不新。

烟雨赢牛同播种，几家欢乐几家贫。

当家赵二小

二小新年就当家，养蚕织布种桑麻。
俊英堪比貂蝉俏，双手能裁万丈霞。

荷塘

自照芙蓉惜晚春，风摇雨盖摆罗巾。
蜓栖鱼跃蛙声闹，日映莲塘醉墨人。

碧池荷意

艳粉琼枝生翠烟，藕情十丈接遥天。
叶遮心苦含羞立，芳醉怀柔许永年。

夏初即景

蛙声陶醉日边霞，白鹤敲开水上花。
最是枝头春意满，凤嬉梧蕊入仙家。

元日回家

笛声悠荡绕江湾，野陌飞凫水上闲。
两岸春烟情相送，三朝①归意入乡关。

注：
①三朝：正月一日，为岁、月、日之始，故曰三朝。

瑶塘即景

塘起轻云碧玉烟，鱼欢蛙跃入清泉。
初开菱角刚舒展，红藕悠然耀日边。

碧塘雅兴

叶碧花芳迷鸭途，水云结雾入玄都①。
姗姗仙女泛红晕，半笑春风肩相扶。

注：
①玄都：传说中神仙居处。

芙蓉出水

琉璃玉锦露团盈，凉荫阑遮①水面晴。
波上春娇②惊落雁，霞腮烂漫醉蛙鸣。
风花③菡萏消清暑，香梦骚人诗酒倾。
斜日莺歌渔唱晚，嫦娥栖影点红旌。

注：
①阑遮：犹遮拦。
②春娇：形容女子娇艳之态。亦指娇艳的女子。
③风花：风中的花。

七彩丹霞

峻岭多情巧扮装，高山掉进彩池塘。
仙乡①自有清吟②景，秀壁③曾经是远荒。

注：
①仙乡：仙人所居处；仙界。
②清吟：清美的吟哦；清雅的吟诵。
③秀壁：陡峻的崖壁。

瀑布

太虚^①白练下层霄，跌入冰渊动地摇。
日照雷鸣天闪^②裂，破崖利剑竖鲸潮^③。

注：
①太虚：古代哲学概念。指宇宙万物最原始的实体——气。
②天闪：闪电。
③鲸潮：鲸鱼从水下上浮时掀起的巨浪。

期暖驱寒

枫林红欲燃，凝雾起凉烟。
野鹜苇丛宿，南飞鸿远迁。
吾庐潮气重，冬节^①苦愁煎。
室冷难成寐，希求暖眷怜。

注：
①冬节：冬季。

美人吟唱醉赏花

美人歌悦弄花^①来，百卉繁姿艳杏腮。
暮景朝晖无愿去，惹翻^②蜂蝶乱徘徊。

注：
①弄花：赏花。
②惹翻：因语言、行动触犯对方，使其生气、翻脸。

湘川初夏

风含紫气露生香，半尺红菱射藕塘。
光映碧波春色动，莺飞鱼跃入潇湘。

山寨初夏

和风伴绿吐花香，翠柳遮阴好纳凉。
树下顽童三四个，捉虫戏鸟逐蟑螂。

候鸟

南来北往避冬寒，春暖花开梦里欢。
朝露夕阳迎雪雨，轻身紫府①地天宽。

注：
①紫府：道教称仙人所居。

秋日偶书

怀情绿水绕村湾，蔽日霾蒙^①失碧山。
往事惊心留故土，黄昏庭上待人还。
几声鸟啭裁飞句^②，劝客吟魂独坐关^③。
道是地天归我有，如今无为更清闲。

注：

①霾蒙：阴霾迷蒙。

②飞句：飞书。

③坐关：佛教徒的修行方法之一。谓一定时期内，与外界隔离，独居静坐，一心念佛或参禅。又称闭关。

白露节

露白日生凉，寒英^①吐嫩黄。
山高云树^②远，风信^③雁成行。
原野落奇画，红枫暖黍香。
喘牛^④田月^⑤苦，鼠雀穗头忙。

注：

①寒英：寒天的花。指菊花。

②云树：比喻朋友阔别远隔。

③风信：随着季节变化应时吹来的风。

④喘牛：见"喘月吴牛"。相传吴地之牛畏热，见月亦疑为日，喘息不已。见南朝宋刘义庆《世说新语·言语》。后因以为典实。亦比喻因受某事物之苦而畏惧其类似者。

⑤田月：农忙季节。

处暑

处暑^①微风稍带凉，荷花半睡叶焦黄。

田禾初熟草虫急，秋色如春染海棠。

雨影^②忽来悬屋外，片云千里送瑶浆。

我知天惠^③合人意，尽把生机恣^④老苍^⑤。

注：

①处暑：二十四节气之一，在公历 8 月 23 日左右。

②雨影：下雨前的景色或迹象。

③天惠：上天的恩惠。

④恣：满足；尽情。

⑤老苍：鬓发灰白的老人。亦形容容颜苍老。

秋分

彩飞霜树^①旅鸿骞^②，秋分^③阴阳^④逐逝川^⑤。
孤闷吟歌寻去处，菊篱许与^⑥矮堂前。
童心回首成愚老^⑦，记我青棠^⑧失姣妍。
斜景照阶愁日暮，故人相会隔遥天。

注：

①霜树：特指枫树。

②骞（qiān）：飞起。

③秋分：二十四节气之一，每年在阳历9月23日或24日。这天南北半球昼夜等长。

④阴阳：昼夜。

⑤逝川：比喻流逝的光阴。

⑥许与：结交引为知己。

⑦愚老：老人自谦之词。

⑧青棠：花木名。合欢花的别称。

咏柳

千丈垂丝^①缀叶舟^②，雨烟十里洗云楼。
暖风拂面迎春彩，纤影姗姗引客流。
欲诉心情心默语，尽收欢喜写枝头。
年年只为一桩事，诗作篇篇诵夏秋。

注：

①垂丝：下垂的丝状枝条。多指柳条。

②叶舟：小船。

中秋无月

秋声萧瑟①满疏林②，白果③风摇一地金。
蔽日厚云留宿雨④，门前山水会知音。
掩庐菊放藤萝绕，无赖乡愁昼夜侵。
夕月⑤隐身窥气象⑥，飞鸿独往向高深⑦。

注：
①萧瑟：形容风吹树木的声音。
②疏林：稀疏的林木。
③白果：银杏的果实。亦指银杏树。又名公孙树。
④宿雨：久雨；多日连续下雨。
⑤夕月：傍晚的月亮。
⑥气象：景色，景象。
⑦高深：夜深之时。唐杜甫《送严侍郎到绵州同登杜使君江楼宴》诗："灯光散远近，月彩静高深。"

中秋节杂咏

竹风敲韵听凉声①，露挂蟾枝②起思情。
三五③月波④流朗夜，人寰笙乐满山城。
天宽佳节收心事，地暖秋英⑤惜宁平。
霞酌⑥星辰⑦酬岁景⑧，醉扶太白⑨共登程⑩。

注：

①凉声：悲凉肃杀的声音。

②蟾枝：犹蟾桂，神话中的月里蟾蜍和丹桂。

③三五：谓十五天。《礼记礼运》："是以三五而盈，三五而阙。"后以指农历月之十五日。

④月波：月光。月光似水，故称。语本《汉书·礼乐志》："月穆穆以金波。"

⑤秋英：秋花。

⑥霞酌：晋葛洪《抱朴子·祛惑》："入山学仙……仙人但以流霞一杯，与我饮之，辄不饥渴。"后以"霞酌"指仙酒。

⑦星辰：犹言流年。

⑧岁景：年景，四时之景。

⑨太白：大白。大酒杯。

⑩登程：上路；起程。

婉转幽笛

笛韵悠悠过画桥，雨丝漠漠织云霄。
千回百转声悲切，一曲方休泪似浇。

危榭① 咏中秋

云汉②低垂蔽月羞，高光③欣愿④劝君留。
夜明危榭遮疏野⑤，槎客⑥轻身⑦天地游。
露脚⑧斜飞追兔影，嫦娥情思向人收。
吴刚今夕桂宫醉，灯火⑨千门烧横秋⑩。

注：
①危榭：耸立于高台上的屋宇。
②云汉：银河，天河。
③高光：极为明亮的光。
④欣愿：美好的愿望。
⑤疏野：犹旷野。
⑥槎客：晋张华《博物志》卷十载，传说天河与海通。年年八月有浮槎去来，不失期，有人乘之去十余日，至一城，见一丈夫在河边饮牛，便问此是何处，答曰："君还至蜀郡访严君平则知。"后至蜀，问君平，曰："某年月日有客星犯牵牛宿。"计年月，正是此人到天河时也。"槎客"即此乘槎泛天河之人。
⑦轻身：道教谓使身体轻健而能轻举。
⑧露脚：露滴。
⑨灯火：灯彩。
⑩横秋：充塞秋天的空中。

晚归

秋残叶尽远山低，征雁遥天懒日西。
满目萧条人默语，归途林静鸟飞啼。

山居秋吟①

秋晏②霜飞落叶红，露含黄菊唤衰翁。
半山迟景③照门第，一恍韶年④去影匆。
风雨江湖心自静，远途久客任飘蓬⑤。
脚头轻有天台路，灵运⑥时来造化功。

注：
①秋吟：吟咏秋景的诗作。
②秋晏：晚秋。
③迟景：傍晚的日光。
④韶年：美好的岁月。
⑤飘蓬：比喻漂泊无定。
⑥灵运：天命；时运。

华诞有思

岳公椿岁^①富阳秋^②，早晚时光如水流。

天赐寿安知有数，切心^③看透岂须愁。

儿孙孝悌合家喜，四世同堂雪满头。

华诞仍怀三宿^④梦，百年之约乐悠悠。

注：

①椿岁：大椿的年岁。比喻长寿。

②阳秋：年龄。

③切心：从心底里。

④三宿：犹言三日；三夜。谓时间较久。

秋兴①寄乐天

秋风萧瑟日生凉，泪叶②凝心喧满堂③。
曙色流云惊老态④，诗声⑤劳逸慰平康。
欲寻真语⑥寄孙囡，空腹无词多感伤。
品极⑦旧书穷韵味，欢情烂醉抱清光⑧。

注：
①秋兴：本有某种感慨，于秋日而发。
②泪叶：晋王裒痛父死于非命，庐于墓侧，旦夕至墓前拜跪，攀柏痛哭，涕泪着树，树为之枯。见《晋书·孝友传·王裒》。后用"泪叶"为人们涕泪思亲的典故。
③满堂：充满堂上。
④老态：衰老的形容。
⑤诗声：吟诗的声音。
⑥真语：佛教语。说真如一实之理之语，即不作曲示的实语。
⑦品极：众多。
⑧清光：清亮的光辉。多指月光、灯光之类。

山居寒露早

凉叶①萧疏漫凛秋②，露凝月冷水洄流。

一声鸣雁忆家事，半日③晴窗迟照幽④。

不死菊篱⑤争晚艳⑥，贪生风蝶已闲休。

回光⑦物态方惊悟，明哲⑧谈鸡⑨何苦求？

注：

①凉叶：秋天的树叶。

②凛秋：寒冷的秋天。

③半日：白天的一半。

④幽：暗；暗淡。

⑤菊篱：篱边的菊花。语本晋陶潜《饮酒》诗之五："采菊东篱下，悠然见南山。"

⑥晚艳：晚发之艳色。亦指晚开的花。

⑦回光：日落时，由于反射作用，天空发生短时光亮的现象。

⑧明哲：明智睿哲的人。

⑨谈鸡：南朝宋刘义庆《幽明录》载："晋兖州刺史宋处宗，尝买一长鸣鸡，爱养甚至，恒笼著窗间，鸡遂作人语，与处宗谈论，极有言智，终日不辍。处宗因此言功大进。"后因以"谈鸡"指可与之交谈的鸡。

水乡寒露冷

露凝金穗染秋风，云淡天高夜渡通。
皓月丽光摇桂影，寒香醉会白头翁。

寒潮

冷风飕飕上灵岩①，落木萧萧下世凡②。
红日如邀千里至，雁兵列列影相衔③。
怅怀静处虫无语，酒晕途穷人智黯④。
节候⑤流连归意乐，黄杨⑥叶叶舞春衫。

注：
①灵岩：仙山。
②世凡：世上的凡人。
③相衔：前后连接。
④智黯：缺乏智慧。
⑤节候：时令气候。
⑥黄杨：常绿灌木或小乔木，叶子对生，披针形或卵形，花黄色而有臭味。
木材淡黄色，木质致密，可以做雕刻的材料。

乐心应天①

春光日老别经年，酒债穷追常相怜。
岁月熏陶无解梦，星辰②增彩有新天。

注：
①应天：顺应天命。
②星辰：道教语。指头发。

他乡倦客

望月独徘徊，离情①绕不开。
卧床瞻北斗，拽帐自嗟哉②。
穷路寻生计，人愁把饮杯③。
山风频劲起，何日送春回。

注：
①离情：别离的情绪。
②嗟（jiē）哉：叹词。
③饮杯：酒杯。

寒露①节逛瀛洲

日带凉烟②雨脚收，雁鸣云岭逛瀛洲。
露含丰熟③写诗景④，霜序⑤风光画亩丘⑥。
黄雀黍田归意晚，铁牛播种早轮休。
农家饷饭⑦酒肴⑧富，人世饥寒无顾忧。

注：
①寒露：二十四节气之一，在阳历10月8日或9日。
②凉烟：寒烟。
③丰熟：犹丰收。
④诗景：富有诗意的景色，优美的景色。
⑤霜序：晚秋季节。
⑥亩丘：借指乡野。
⑦饷饭：往田地里送饭。
⑧酒肴：酒与菜肴。

思乡

孤雁南飞度素秋，又闻谷熟念乡愁。

家书墨迹消明夜^①，旧舍云屏^②泪沁眸。

童梦痴情离难许，青春老去影还留。

西山暮薄红霞晚，流寓^③天涯岁月稠。

注：
①明夜：白天和黑夜。
②云屏：喻层叠之山峰。
③流寓：流落他乡居住的人。

寒露秋收

寒露①潮侵日骤凉，山村稼穑②始繁忙。

泥牛膏泽③播冬麦④，父老躬身收谷场。

岁熟⑤天心⑥犹可待，四邻举酒乐无疆。

阴晴不会助人愿，却是勤劳感上苍。

注：

①寒露：二十四节气之一，在阳历 10 月 8 日或 9 日。

②稼穑：耕种和收获。泛指农业劳动。

③膏泽：滋润作物的雨水。

④冬麦：冬小麦，亦称"冬麦"，指秋天播种到第二年夏天收割的小麦。

⑤岁熟：年成丰熟。

⑥天心：犹天意。

秋收冬藏

田禾归藏菊花黄，冬麦青青漫野乡。
岁岁秋收金色梦，年年五谷满厨仓。

不争

无取无争不强占，树人更当自清廉，
圣贤①未有百全②计，欲得尊崇③一让谦④。

注：

①圣贤：圣人和贤人的合称。亦泛称道德才智杰出者。

②百全：犹万全；百无一失。

③尊崇：尊敬推崇。

④让谦：谦让。

佳节思亲

鸣雁惊魂起彷徨，思亲梦里几相望①。
客心②泪干归无计，风月③含情送夕阳④。

注：

①相望：互相看见。形容接连不断。极言其多。

②客心：旅人之情，游子之思。

③风月：清风明月。泛指美好的景色。

④夕阳：比喻晚年。

遥祭慈母

梦忆从前泪满腮，黯然灯火似悲哀。
音容宛在人长逝，遥祭先亲①酒一杯。

注：
①先亲：称亡母。

修身唯善

善者终生效静君①，何来惧怕恶纷纭②。
不平世事淡然处，遍地烟萝③有馥芬。

注：
①静君：屏除一切尘念的人。
②纷纭：纷争；混乱。
③烟萝：借指幽居或修真之处。

忆往事

素月飞觞尽放神[1]，玉容霞脸[2]醉留春。
酸辛往事不堪说，俗世怀情寂寞人。

注：
[1]放神：驰骋心神。
[2]霞脸：红润的面容。

春酒[1]

清风又绿一方城，更把千红万紫惊。
此刻糟醨[2]成淡水，敬[3]春恐有落花声。

注：
[1]春酒：冬酿春熟之酒；亦称春酿秋冬始熟之酒。
[2]糟醨：酒。
[3]敬：以礼物表示谢意或敬意。

相济常安

贫弱尽扶持，天心[1]济盛[2]时。
国魂唯善政[3]，无敌化凶危。

注：
[1]天心：犹天意。
[2]盛时：犹盛世。
[3]善政：清明的政治；良好的政令。

457

思念

举酒常怀梦里人，杜鹃啼血泪痕新，
别离明月看山落，夜永①魂飞负俶辰②。

注：
①夜永：夜长；夜深。多用于诗中。
②俶（chù）辰：良辰。

怀友

暮云惨淡①宇穹低，林壑花开草菶萋②。
九曲渭流离怨切，日余③哀咏上连堤④。

注：
①惨淡：暗淡；悲惨凄凉。
②菶（běng）萋：草木茂盛貌。
③日余：夕阳。
④连堤：长堤。

忌月^① 思母

月亮玉门^②开，慈颜^③何日回。

梦魂期渴见^④，故里咽声来。

皱手摸儿脸，余温尚暖腮。

纺车摇旧忆，甘乳哺珠胎^⑤。

五更织机响，衣衾四季裁。

积劳成宿痼^⑥，病殁入泉台^⑦。

忌月消穷夜^⑧，悲声带泪哀。

注：

①忌月：旧称父母死亡的月份。

②玉门：宫阙，帝阙。

③慈颜：慈祥和蔼的容颜。称尊上的音容，多指母亲而言。

④渴见：急望见到。

⑤珠胎：喻幼子。

⑥宿痼：经久难治的病。

⑦泉台：墓穴。亦指阴间。

⑧穷夜：彻夜；通宵。

游秦岭古道

千年古道阅沧桑，万仞悬峰乱哨岗。

风啸铁龙^①惊战马，犹临昔日演兵场。

注：

①铁龙：过往秦岭隧道的火车。

故友重逢

少隽^①谋生辞亲邻，今儿迎见白头人。
怆情^②几许对吟月^③，同醉回还^④四十春。

注：
①少隽：亦作"少俊"。少年英俊。
②怆情：伤心。
③吟月：对月吟诗。
④回还：返回原处。回来。

风雨人生

风雨人生九不谐，百年世路^①上天阶^②。
沧溟^③千里光阴短，道在虚无寄远怀。

注：
①世路：人世间的道路。指人们一生处世行事的历程。
②天阶：天宫的殿阶。
③沧溟：苍天，高远幽深的天空。

怀友

残灯无焰梦千回，对酒怀君泪满腮。
桃李①春风②羞白首，打窗夜雨绝弦③哀。

注：
①桃李：喻人的青春年少。
②春风：形容喜悦的表情。
③绝弦：断绝琴弦。《吕氏春秋·本味》："伯牙鼓琴，钟子期听之。方鼓琴而志在太山，钟子期曰：'善哉乎鼓琴，巍巍乎若太山。'少选之间，而志在流水，钟子期又曰：'善哉乎鼓琴，汤汤乎若流水。'钟子期死，伯牙破琴绝弦，终身不复鼓琴，以为世无足复为鼓琴者。"此事种子书均有记载，文字略有不同。后遂以"绝弦"喻失去知音。

寒食①节思父母

丝雨凄凄宿杏村②，落花片片蔽寒门。
一年冷节随风至，千里哀心寄月魂③。
遥想故园愁绪起，杜鹃啼血著离痕④。
天涯寸草⑤拳拳意，世上流芳归子孙。

注：
①寒食：节日名。在清明前一日或二日。相传春秋时晋文公负其功臣介之推。
②杏村：杏花村。
③月魂：月亮；月光。
④离痕：离人的泪痕。
⑤寸草：喻子女对父母的微小心意。

归途有乐

华灯夜放瑞莲开，歌舞仙人下帝台①。
载雪满街头白客，出门看戏带愁来。
红尘倦旅他乡远，斜径残阳暖笨腮。
玩世②我家何处在，梅花正发蝶休猜。

注：
①帝台：古代神话中的神仙名。
②玩世：游乐于人间。

知己

人海茫茫各自由，有缘方可再回头。
春花艳蕊香千户，三径①明珠②何处求。

注：
①三径：亦作"三迳"。晋赵岐《三辅决录·逃名》："蒋诩归乡里，荆棘塞门，舍中有三径，不出，唯求仲、羊仲从之游。"后因以"三径"指归隐者的家园。
②明珠：比喻忠良的人。

家有娇孙

云叶①翻晴秋日凉，暖家阵阵闻兰香。
手携孙女添娇媚，同沐斜阳迎曙光。

注：
①云叶：犹云片、云朵。

爱女挂念

黄昏沉渭河，愁思织云罗①。
女嫁碧溪岸，心连百丈波。
清泉鸣永夜，日日别情多。
松柏乘龙婿，鸳鸯又一歌。

注：
①云罗：如网罗一样遍布上空的阴云。

知音

把酒天涯泪满襟，永怀别念盼知音。
青山云外望明月，更恨愁肠乱我心。

夕阳

日影近西川，余晖染紫烟。
醉乡人老尽，浮世笑同天。

佳节思故人

天涯游子念家人，急雨浇帘沾泪巾。
暮霭①森森②遮病眼，四围渺渺少东邻。
今宵难聚高堂③宴，父母仙升④思八珍。
忽忆儿童抓蝶事，莺声啼破海棠春。

注：
①暮霭：傍晚的云雾。
②森森：幽暗貌。
③高堂：父母。
④仙升：死的婉辞。

嫁女

千金才薄拜人英，吾辈衰年怯后生。
喜幸合婚栖凤岭，银花火树孔鸾①鸣。
珍馐美馔香醇厚，满座高朋醉意醒②。
丽句清词恭贺语，共祈连理富尊荣。
喜言传到南天去，王母琼浆唤小名。
菩萨宝枝贻玉露，老君高兴赠瑶筝③。
寄心龙婿和娇女，今后双飞锦绣程。

注：
①孔鸾：孔雀和鸾鸟。常喻指美好而高贵者。
②醒（chéng）：病酒。酒醉后神志不清。
③瑶筝：玉饰的筝。亦用为筝的美称。

除夕归客

雪漫云窗①一梦真，桃符满户喜临春。
孩童不解花灯夜，笑问归来雁旅人。

注：
①云窗：云雾缭绕的窗户。借指深山中僧道或隐者的居室。

怀友人

风翻疾雨洒西秦，寥廓江天忆远人。
望断重峦无月影，斜飞归雁向云津①。
寄梅一束随鸿信，传讯千般有上宾。
牵念愁怀何处去，玉壶陈酿托微身。

注：
①云津：天河，银河。

江湖春秋

漏声滴滴暑天收，雨过城郊汇积流。
身在江湖无尽岁，残灯枕上苦吟^①休。

注：
①苦吟：反复吟咏，苦心推敲。言作诗极为认真。

宝石

补天神女电光奇，星火飞溅流石垂^①。
缘浅休言遮玉丑，缘深不问主何谁^②？

注：
①垂：落下，流下。
②何谁：何人，谁人。

岁月如流

客舍春风吟白头，松楸①交影逐阳秋②。
入眸野色情无尽，怎奈年光忆岁稠。

注：
①松楸：松树与楸树。墓地多植，因以代称坟墓。
②阳秋：年龄。

春语

李桃梅杏醉乡侯①，相看迷人却难留。
花落花开花世界，一荣一谢一春秋。

注：
①醉乡侯：戏称嗜酒者。

渭水河畔送挚友

落叶黄花寄远秋，凉风河畔送君愁。
今宵别酒泪零眼，渭水回流放行舟。

足球比赛

龙争虎斗绿茵场，蝶影迷花燕舞忙。
健将踢球如电扫，英雄何惧雨风狂。

467

空心遥忆

别怀萦绕遣离情，雨带飞花送驿程。
往事如烟挥不去，孤灯对酒到天明。

惜别

宴饯①邀留举酒频，言情回味入云津②。
一杯心事别千里，片片飞红③伤泪人。

注：
①宴饯：设宴招待。
②云津：道教语。唾液的别称。
③飞红：落花。

别友

离杯①愁把自伤神，花月②怀人沾泪巾。
高铁啸风追影去，独留思念在西秦。

注：
①离杯：饯别之酒。
②花月：花和月。泛指美好的景色。

468

渭水话别

泪珠惆怅散离筵^①，愁绪连心送远船。

渭水寄情多少语，飞波别意诉婵娟^②。

注：

①离筵：饯别的宴席。

②婵娟：犹婵媛。情思牵萦貌。

林叟^①

岁月斑斓好梦穷，霜花^②开尽免尘蒙^③。

秋深雾气锁林叟，老眼无心^④送远鸿。

注：

①林叟：居住在山林中的老人。

②霜花：喻指白色须发。

③尘蒙：喻尘世的束缚或烦扰。

④无心：佛教语。指解脱邪念的真心。

清明思父母

愁过清明欲断肠，慈颜^①故影入心房。

异乡游子垂凄泪，不见椿萱^②慰永伤。

注：

①慈颜：慈祥和蔼的容颜。称尊上的音容，多指母亲而言。

②椿萱：《庄子·逍遥游》谓大椿长寿，后世因以椿称父。

神医解痛

暮齿^①霜蓬^②泪目憔，腹肌痼疾苦难描。
今来神医救微命，扁鹊灵方^③宿恙^④消。

注：
①暮齿：晚年。
②霜蓬：喻散乱的白发。
③灵方：犹仙方。神仙赏赐的药饵。
④宿恙：旧病。

堂前紫薇花

雨洗浓姿^①叶叶新，垂条丰茂万枝春。
如霞晚放更妖艳，香裹清风独性真^②。
含露窥窗迷蝶舞，感吾茅舍净诗神^③。
一年一见好时节，今岁花羞头白人。

注：
①浓姿：艳丽的姿态。
②性真：天真烂漫。
③诗神：诗的神思。

早春

冰消暖日覆青苔，雪融莺歌彩凤来。
朱雀①含霜春梦破②，鸣鸠③舌滑早梅开。

注：
①朱雀：神鸟。古代传说中的祥瑞动物，"四灵"之一。
②梦破：犹梦醒。
③鸣鸠：斑鸠。

江南春早

细雨丝丝梅半开，风情千种有谁猜。
春山日暖欺霜去，蜂蝶双双归影来。

江南暮春

绿草翻波柳树烟，莺啼燕语入酣眠。
春风晴落桃花雨①，朵朵红霞映大千。

注：
①桃花雨：唐李贺《将进酒》诗："况是青春日将暮，桃花乱落如红雨。"
后因用"桃花雨"指暮春飘飞的桃花。

思念故友

谁伴孤灯入梦眠，思君波上渡回船。
望云鸿雁吟斜日，惆怅徘徊忧自煎。

春草

冰雪莫能摧，花开展玮瑰[①]。
萋萋[②]风雨里，春绿待惊雷。

注：
①玮瑰：珍奇，美好。
②萋萋：草木茂盛貌。

南岭寻芳

山青野旷水云深，雾雨萧然敲旧林[①]。
布谷声声归远去，春风十里是知音。

注：
①旧林：禽鸟往日栖息之所。也比喻故乡。

荷塘

半尺红蕖①连碧云，十方②风动万花裙。
蛙鸣鱼跃牵丹藕，不染尘污共赞君。

注：
①红蕖：红荷花。蕖，芙蕖。
②十方：佛教谓东南西北及四维上下。

夏荷

彩霞飘落紫云塘，仙女临池饰粉霜。
风曳罗裙移倩影，春容①抱绿艳红妆。

注：
①春容：青春的容貌。

石榴赞

叶叶玲珑①花欲燃，枝枝春色映阶前。
艳红②非是招人处，万子丹心更可怜③。

注：
①玲珑：明彻貌。
②艳红：指红花。
③可怜：可爱。

口罩

瘟疫流伤^①难服驯，轻轻口罩隔微尘。
喜迎春暖花开日，露出欢欣大笑人。

注：
①流伤：疫病传染流行。

灵山

灵山^①佛像坐清寥，慧照^②天人^③远客朝。
流响蝉吟鸣不歇，念如薄羽唱心谣。

注：
①灵山：道家指蓬莱山。
②慧照：佛教语。犹慧炬。谓无幽不照的智慧。
③天人：仙人；神人。

心乐无忧

老翁枕上赋新篇，心境^①双休意释然。
春影醉书人自喜，弦歌对酒乐凋年^②。

注：
①心境：佛教语。指意识与外物。
②凋年：暮年。

春菊

瑶池洗艳遗尘寰[①]，笑傲秋霜出草菅[②]。
花不入时春惹目，篱头伤尽杏桃颜。

注：
①尘寰：人世间。
②草菅：草茅。比喻微贱。

雪意

纷纷尺雪透帘明，万树开花耀日晶[①]。
瑶蕊无声生冷玉，融流春圃润葱菁[②]。

注：
①日晶：太阳。
②葱菁：青翠而茂盛。

秋吟

思情销烛夜，梦影绕天边。
彩笔①寄花叶②，寒窗著雅篇。
清霜③怀旧事，畅饮醉今筵。
远念从斯止，春秋共入眠。

注：

①彩笔：五彩之笔。江淹少时，曾梦人授以五色笔，从此文思大进，晚年又梦一个自称郭璞的人索还其笔，自后作诗，再无佳句。后人因以"彩笔"指辞藻富丽的文笔。

②花叶：花片，花瓣。

③清霜：用以喻头发花白。

小草

霜丛凋谢又萌芽，生意茵茵笑带花。
严酷难摧春不死，东风吹绿乐天涯。

草花浅露

萋萋小草野荒连，花朵盈盈欲斗妍。
春去无人知是景，却招蝶羽舞翩跹。

残秋

落叶催秋客念遥，穷途白发带星飘。
不求篱外凌寒树，更羡阶前紫玉苗。

逍遥长云

时隐又攀追，琉璃明灭垂。
天涯千变化，海角任风移。

江流有声

潮流吞雾欲冲天，鱼戏轻波舞白莲。
江满翠琳风弄皱，澄凝万里起清烟。

蜂蝶之恋

蝶蜂嬉蕊爱香红①，午沐骄阳晚浴风。
情送春花秋叶落，总持翅羽问飞鸿。

注：
①香红：花。

瀑布如烟

日射珠光域外来，如烟白练落青苔。
银龙卷地环罗带，星斗遥天不复回。

南岭飞泉

半悬玉带暮朝烟，雷吼银河泻九天。
势破云崖风辟面，雾飞幽壑润千川。

红荷春迟

祥云绕翠塘，荷蕊洗池香。
莫道春来晚，悠悠岁月常。

秋景凑兴

叶黄蝉唱①苦吟谣②，天朗风轻去寂寥。
田野铺呈迷彩地，丘陵搭就五花桥。
蜂鸣蝶舞蛩声③续，雁起鹰翔鸟语飘。
桂树门前成爱宠，菊英欲放待明朝。

注：
①蝉唱：蝉声。
②吟谣：犹吟唱；吟诵。
③蛩声：蟋蟀的鸣声。

荻花

荻花翻雪送飞鸿，碧叶清姿戏远风。
霜岸客愁舟往绝，白云归梦满西东。

七夕望月

浪涌星桥①今夜开，牛郎织女会心来。
佳期匆促天河②尽，别去年年几复回。

注：
①星桥：神话中的鹊桥。
②天河：银河。

落日

红日坠崖边，晴霞①飞紫烟。
不知垂暮近，泼彩到西天。

注：
①晴霞：明霞。

春华秋实

李白桃红妒遗妍①，争春竞放压枝边。
五光铅华②寄蕃孕③，为许金秋百果悬。

注：
①遗妍：犹余美。
②铅华：比喻落花。
③蕃孕：滋生；繁育。

渭水之恋

逶迤南山望月华，影清渭水绕吾家。
奔腾不息东流去，何日来瞻太白①霞。

注：
①太白：山名。在陕西省眉县东南。

粗粮溢香

先祖神农①百草尝，天成五谷一厨房。
炊烟千载含真味，顿顿粗粮蔬菜香。

注：
①神农：传说中的太古帝王名。始教民为耒耜，务农业，故称神农氏。又传他曾尝百草，发现药材，教人治病。也称炎帝，谓以火德王。

初夏陈仓月夜

月朗星稀淡鹊河^①，风翻榴火^②掩青娥^③。
蟾光^④射雪洗明镜，骚客临街狂酒歌。

注：
①鹊河：银河。民间传说天上织女七夕渡银河与牛郎相会，喜鹊填河成桥，故称。
②榴火：石榴花。因其红艳似火，故称。
③青娥：美丽的少女。
④蟾光：月色；月光。

独酌莲池

莲池凝雾^①上云津^②，娥影^③翩翩望俗尘。
独赏荷花春欲尽，举杯遥向月心人。

注：
①凝雾：浓雾。
②云津：天河，银河。
③娥影：美人的倩影。

客途

如歌岁月醉乡回，日路^①芳茵^②车马催。
更有涛声携虎啸，天涯游走赏花开。

注：
①日路：犹日道。旧谓太阳出没所经过的道路。
②芳茵：茂美的草地。

水乡月夜

玉魄^①林梢生暮烟，琴樽^②风咏罢耕田。
蔷薇花放香云户，榆荚^③飞星叹逝川^④。
翠鸟啾啾开凤唱，清溪默默送归船。
嫦娥踱步银河上，注目人寰无尽年。

注：
①玉魄：月亮的别名。
②琴樽：琴与酒樽为文士悠闲生活用具。
③榆荚：榆树的果实。初春时先于叶而生，联缀成串，形似铜钱，俗呼榆钱。
④逝川：比喻流逝的光阴。

落日

落日暖霜天，离愁夜色悬。
孤舟千万里。明月共婵娟。

红运

丛丛艳蕊①落流霞，一院凌霄②晚放花。
岁月悠悠风水转，朝朝好运自来家。

注：
①艳蕊：艳丽的花朵。
②凌霄：落叶藤本植物，攀缘茎，羽状复叶，小叶卵形，边缘有锯齿，花鲜红色，花冠漏斗形，结蒴果。花、茎、叶都可入药。

渭水

滔滔渭水润桑麻，百转千回跳浪花。
别曲不休东海去，一场兴雨①梦还家。

注：
①兴雨：降雨。

感春凤凰岭

梧桐落地凤凰来，喜鹊颠枝花盛开。
山谷迟声①回笑语，偏栖丹鸟受惊雷。

注：
①迟声：犹曼声。拉长声音；舒缓的长声。

柳絮

犹如鹅毧①落凉斋，白雾轻云绕玉阶。
夏日多情抛暖絮，偏留春暮寄人怀。

注：
①鹅毧（rǒng）：小鹅的绒毛。

闲情

半生平淡恋云浆①，风月饶人两鬓霜。
矮舍寂寥寻雅趣，兰花竞艳绚②书堂。

注：
①云浆：仙酒。
②绚：辉映；照耀。

赏景

满眼狂花①心已醉，韶光依旧沐春晖。
故人②江水推新浪，仙子今朝下翠微。

注：
①狂花：亦作"狂华"。不依时序而开的花。
②故人：古人；死者。

百离重逢

百离①再遇作皤翁②，犹似枯枝复艳红③。
今日醉人杯满醁④，明朝花落各西东。

注：
①百离：犹言久别。
②皤翁：白发老人。
③艳红：红花。
④醁：美酒。

玫瑰

狂才花下吟，红袖暖君心。
香裹一身刺，麻姑①亦隐针。

注：
①麻姑：神话中仙女名。传说东汉桓帝时曾应仙人王远（字方平）召，降
于蔡经家，为一美丽女子，年方十八九岁，手纤长似鸟爪。

一窗梅

娉婷①绰约一窗梅，朵朵清香醉眼开。

寒蕊差池②飘雪霰，争妍先发报春来。

注：

①娉婷：姿态美好貌。

②差池：意外。犹参差。不齐貌。

霜降吟兴

枫锦①虚无岭色苍，白云天外下清霜，

荣枯争论今儿见，柳萎萤飞野菊黄。

断续②草虫吟客泪，鸿鸣切切急南翔。

酒消万事浑如梦，花发垂头卧夕阳。

注：

①枫锦：形容经霜枫叶。因其色红艳如锦，故称。

②断续：时而中断，时而接续。

忆双亲

岁月沧桑似快刀，暮途苦累悴心劳。

子规啼血长如故，孝悌重纱浸泪袍。

雨冷风萧酸楚梦[1]，孤肠自语痛吟毫。

堂前父母余年[2]尽，忌日[3]伤悲夜难熬。

注：

①楚梦：本指楚王游阳台梦遇巫山神女事。后借指短暂的美梦。多指男女欢会。

②余年：一生中剩余的年月。指晚年、暮年。

③忌日：凡祖先生日、死日及皇帝、皇后死亡之日统称忌日。今亦用于一般人。

七　遗俗种书香
天道自清魂

兰花亮庭除，书香传百世。

浸润于书香，令人不觉诗意萌生。

作者感叹："千古名篇无尽数，

华章似从囊中取。"

文章天成

谈笑雄词①擅百家，琼英②吐彩泻流霞。

思玄③云海催雷雨，笔底春风惊赤鸦④。

心语弹珠陶碧翠，魂携吟袖⑤走金沙⑥。

襟怀郁律⑦绝今古，墨点山川天上花。

注：

①雄词：气势雄壮的词句。

②琼英：比喻美妙的诗文。

③思玄：亦作"思元"。研求妙理。

④赤鸦：太阳。

⑤吟袖：诗人的衣袖。

⑥金沙：借指泉水。

⑦郁律：屈曲夭矫貌。

读毛主席诗词感怀

笔生云锦①吐春烟，诗咏清芬②一片天。
胸度③风雷翻义海④，丹青落纸素花悬。

注：
①云锦：朝霞；彩云。
②清芬：喻高洁的德行。
③胸度：胸怀与气度。
④义海：义理的渊海。喻义理博大精深。

文海闲趣

半生扶笔养闲游，小字成书一相求。
千古名篇无尽数，唐诗宋韵最风流。

观奔牛图有感

洒墨笔游神①，狂蹄似乱真。
锋锋开纸背，落落力千钧。

注：
①游神：犹游心。

神笔扫乾坤（读毛主席诗词感咏）

文星^①击水泛清波^②，诗韵奇葩入雅歌。
笔起长风千万里，吹平西极一天河。

注：

①文星：星名。即文昌星，又名文曲星。相传文曲星主文才，后亦指有文才的人。

②清波：六朝时歌曲名。

读毛主席《咏梅》感怀

白云撕下润吟笺^①，笔底梅花更夭妍。
雪月^②山河胸中藏，毛公文采自天然。

注：

①吟笺：诗稿。

②雪月：明月。

读毛主席诗词感怀

神威①雪耻五千年，笔走风雷九壤②颠。

八斗才情争造化③，三山④推倒立人权。

注：

①神威：神奇的威力。

②九壤：犹九州。

③造化：自然界的创造者。亦指自然。

④三山：喻封建主义、官僚资本主义、帝国主义三重压迫。

苦吟有乐

锦字文梭织雅篇，音书寄意会诗先。

素笺秃笔常耕读，独守昏灯三十年。

神笔诗彩

笔落春山起画廊，生绡①妙墨吐霞光。

鸣文②神韵争诗采③，巧把星辰④裁玉章。

注：

①生绡：未漂煮过的丝织品。古时多用以作画，因亦以指画卷。

②鸣文：以文章著称。

③诗采：诗的文采。

④星辰：岁月。

心语炫彩

妙语多奇①百鬼惊，韵收泉瀑②一雷鸣。
心声炫彩泄天色③，苦觅④真言⑤总乐情⑥。

注：
①多奇：超群出众；多有奇异之处。
②泉瀑：山上泉水下泻所形成的瀑布。
③天色：天空的颜色。
④苦觅：苦心寻觅、搜索。特指诗人苦吟。
⑤真言：借指道家祖师的经典著作。
⑥乐情：音乐的情味。犹消遣。

落墨生辉

妙语琼音①震宇寰，云章璀璨耀斑斓。

儒英才义②堪惊世，金笔如枪挺国艰③。

注：

①琼音：对人言辞、诗文的美称。

②才义：才学道义。

③国艰：犹国难。

笔彩飞英①

笔端英发②繁春艳，胸吐惊涛泻九天。

濡墨京花③喧万彩，芳馨人宇④一千年。

注：

①飞英：比喻行文流畅。

②英发：才华显露；神采焕发。

③京花：指重瓣牡丹。

④人宇：人间。

怀念毛主席

湘水飞湍咏盛名[①]，潜怀[②]润子诉柔情。

泽东思想开新宇，温暖乾坤爱众生。

统一九州谋国运，千年华夏走繁荣。

世人愧拜悲泉[③]泪，功绩如天任品评[④]。

注：

①盛名：很大的名望。

②潜怀：内心的思念。

③悲泉：流声使人悲伤的泉水。

④品评：评价；评论。

怀念毛主席

韶山逶迤雨连绵，心念毛公红日悬。
每度九秋凄泪下，珠峰低首亦怆然。
满门忠烈鬼神泣，邪说小人拜九泉。
两袖清风忧百姓，一生辛苦梦今圆。
泽东思想开寰宇，服务人民一圣贤。
刀笔伐谋今绝古，运筹帷幄谱新篇。
五回围剿除危厄，赤水四破敌纠缠。
三路会师扬赤帜，进军陕北建政权。
共国合作御倭寇，敌忾同仇息战烟。
三大战役惊世界，雄师百万渡江天。
革命事业初胜利，得地农夫笑里眠。
匪患尽除兴社稷，对印一战固疆边。
援朝抗美国威立，珍宝岛上挥铁拳。
小米步枪胜大炮，一星两弹长城坚。
神州六亿更新貌，九重春雷换日天。
大振国风基业固，军民奋斗自争先。
古今英杰逐浪尽，毛选教人永相传。
读您瑶章明寓世，人伦远看五千年。

怀念英雄毛泽东

星辰更替物雄①穷，生死皆随日月同。
常念润之安社稷②，为民尽扫害人虫③。
清风两袖如山立④，朗朗乾坤一片红。
万古圣贤几嶵嵬⑤，孔明陶潜学毛公。

注：
①物雄：杰出的人物。
②社稷：旧时亦用为国家的代称。
③害人虫：比喻害人的人。
④山立：像高山一样屹立不动。
⑤嶵嵬（zuì wéi）：高峻貌。

善缘有果

谋事人为意在天，善行有果必随缘。
福来源本三生①幸，仁德心存自乐贤②。

注：
①三生：佛教语。指前生、今生、来生。
②乐贤：《诗·小雅·南有嘉鱼序》："《南有嘉鱼》，乐与贤也。"郑玄笺："乐得贤者，与共立于朝，相燕乐也。"后因以"乐贤"谓乐于求贤。

渊源玄学

自古天机妙若魔，杂家揭秘辩争多。
渊源玄学如沧海，穷理通经有几何？

玄学偶语

玄玄①自妙兮，天意不能提。
庸者多猜测，谁人可解迷。

注：
①玄玄：形容道的深奥、微妙。唐吕岩《七言》诗："玄门玄理又玄玄，不死根元在汞铅。"

唐诗宋词

宋词唐诗传永年，云章绝句尽瑶篇。
百家和唱琳琅韵，今世几人越古贤。

读《诗经·王风·黍离》有感

黍离之悲咽在喉，子规啼血荐①花愁。
天知老叟行颓靡②，朝雨春风绿野畴。

注：
①荐（jiàn）：再；又；接连。
②颓靡：萎靡；衰败。

恩师

文心^①通透唤风雷，魂塑津梁^②树俊才。

天地师恩怀日月，五湖桃李满蹊开。

注：

①文心：为文之用心。

②津梁：比喻济度众生。

赠程普老师

片玉^①明玑^②耀日天，笙歌载酒醉诗仙。

笔耕有乐心吟苦，落尽宫槐^③拾妙年^④。

注：

①片玉：比喻群贤之一。

②明玑：明珠一类的宝物。

③宫槐：槐树。据《周礼》，周代宫廷植三槐，三公位焉，故后世皇宫中多栽植，因称。

④妙年：少壮之年。

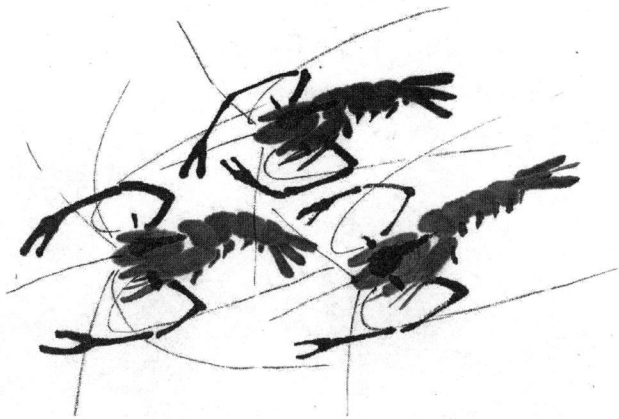

贺岳父九十五大寿

岳公生日引祥鸾①，庭院花开醉鸟欢。
耄耋童颜清鹤梦②，患忧已空地天宽。
亲朋同乐福星照，喜酒今宵到夜阑③。
愿乞高堂椿万寿，全家共贺百龄安。

注：
①祥鸾：祥凤。
②鹤梦：超凡脱俗的向往。
③夜阑：夜残；夜将尽时。

怀念水稻之父袁隆平

珍禾①吐翠五湖哀，悲默三江寄纸灰。
一代农师多磊落，万民洒酒悼英魁。
野田为舍察苗长，枕上蛙声有月陪。
水稻杂交图稔岁②，苍生从此饱贪杯。

注：
①珍禾：嘉禾。生长得特别茁壮的稻。古人以为祥瑞。
②稔（rěn）岁：犹稔年。丰年。

刀笔有锋

星斗①悬檐裁锦霞，毫心吐艳放春花。
檄文②四海驱熊豹，惊语如雷镇鬼邪。

注：
①星斗：喻超群的才华。
②檄文：古代文书、文告的一种。

读毛主席诗词《长征》感咏

通神①文气三千丈，字字珠玑入雅章。
下笔凌云②人几识，诗书万古吐芬芳。

注：
①通神：通于神灵。形容本领极大、才能非凡。
②凌云：直上云霄。多形容志向崇高或意气高超。

读毛主席诗词《西江月·井冈山》感怀

九州方外有诗仙，绝代[1]无人敢比肩[2]。

文武重生新世界，圣心[3]感化集群贤。

笔头利剑降龙虎，舌鼓风雷立国权[4]。

胸中奔腾沧海水，明眸[5]远看一千年。

注：

①绝代：冠绝当代。谓举世无双。

②比肩：并列，居同等地位。

③圣心：圣人的心怀。

④国权：国家的主权。

⑤明眸：明亮的眼珠，美目。

拜读毛主席诗词《浣溪沙·和柳亚子先生》感咏

口珠[1]玉屑[2]吐诗香，毫末悬飞西极光。

千古文才惊李杜，纸落云烟[3]焕[4]天章[5]。

注：

①口珠：《庄子·外物》："儒以《诗》《礼》发冢。大儒胪传曰：'东方作矣，事之何若？'小儒曰：'未解裙襦，口中有珠……儒（而）以金椎控其颐，徐别其颊，无伤口中珠！'"后以"口珠"比喻诗词佳句。

②玉屑：转以喻美好的文辞。

③纸落云烟：晋潘岳《杨荆州诔》："翰动若飞，纸落如云。"后遂以"纸落云烟"赞誉落笔轻捷，挥洒自如。

④焕：焕发光彩，放射光芒。

⑤天章：泛指好文章。

诗歌

香墨透瑶山^①，诗毫^②破万关。
五湖争锦绣，九海竞开颜。

注：
①瑶山：传说中的仙山。
②诗毫：写诗之笔。

墨宝

惊蛇失道凤凰鸣，墨宝留香落玉声^①。
百读锦书穷妙意，字含珠彩琢琼英。
叹君才义^②凌云笔，歌咏倾怀人世情。
无敌文光^③修极艳^④，江山气度见芳名。

注：
①玉声：敬称他人的诗文。
②才义：才学道义。
③文光：绚烂的文采。
④极艳：非常美艳。

诗神墨啸

笔意通神入佛家。诗书满腹琢瑶花①，
尘情②名利多无趣，墨啸漓③鸣动九逵④。

注：

①瑶花：比喻诗文的珍美。亦用以对人诗文的美称。

②尘情：犹言凡心俗情。

③漓：水名。漓水。今称漓江。在广西壮族自治区东北部。参阅清顾祖禹
《读史方舆纪要·湖广一山川险要》

④九逵：辽阔的天空。

书乐

白发囊萤①尚未迟，无涯学海寸心知。
穷书涵泳②何其乐，开卷豪吟万古诗。

注：

①囊萤：《晋书·车胤传》："胤恭勤不倦，博学多通。家贫不常得油，夏月
则练囊盛数十萤火以照书，以夜继日焉。"后以"囊萤"为勤苦攻读之典。

②涵泳：深入领会。

笔撼天宇·读毛主席诗词《菩萨蛮·黄鹤楼》感怀

笔撼天阶①造化工，句惊南斗②妙无穷。

江山气度经纶③手，日月情怀贯宇穹。

注：

①天阶：天宫的殿阶。

②南斗：星名。即斗宿，有星六颗。在北斗星以南，形似斗，故称。

③经纶：治理国家的抱负和才能。

墨彩千古

毫端流火焕①云章②，字墨③含春吐艳芳。

骚客丽词争试彩，文星今夜照遐疆。

注：

①焕：焕发光彩，放射光芒。

②云章：文采斐然的文章。

③字墨：文墨，指文辞的情调。

奇才

珠玑①随口吐金沙，白雪②词锋③动九逵④。

狂酒清诗三百卷，一支神笔撷⑤天葩⑥。

注：

①珠玑：比喻美好的诗文绘画等。

②白雪：喻指高雅的诗词。

③词锋：犀利的文笔或口才。

④九逵：辽阔的天空。

⑤撷（xié）：摘取；采摘。

⑥天葩：非凡的花，常比喻秀逸的诗文。

书乐穷庐

一天风景守穷庐①，春夏秋冬乐有余。

漫卷诗书游世界，留芳清韵②照灵虚③。

注：

①穷庐：贫贱者居住的屋。

②清韵：喻指铿锵优美的诗文。

③灵虚：犹太虚。宇宙。

秋日寄情

书带①诗痕②著雅篇，忘忧萱草数椿年③。
空杯酒客悟真道，半世浮生莫取先。
物化④林英⑤黄菊笑，乐心游荡白云边。
笼莺百啭绝尘意⑥，叶落高怀⑦尺五天⑧。

注：

①书带：束书的带。

②诗痕：带有诗意的景象。

③椿年：大椿的年龄。

④物化：事物的变化。

⑤林英：林园中的花。

⑥尘意：世俗的意念。

⑦高怀：大志；高尚的胸怀。

⑧尺五天：指高空。比喻光明在前。

雨夜秋吟

尊酒黄昏引醉眠，寂寥①竹舍失炎天②。
逝波悲喜懒回首，涤荡尘襟③好释肩④。
佛日⑤吟窗明智慧，解星⑥照命养神仙。
开怀乐意阅云雨⑦，愁滴⑧逍遥入雅弦。

注：

①寂寥：恬静；淡泊。

②炎天：夏天；炎热的天气。

③尘襟：世俗的胸襟。

④释肩：谓从肩上卸下重担。

⑤佛日：对佛的敬称。佛教认为佛之法力广大，普济众生，如日之普照大地，故以日为喻。

⑥解星：旧时术数家指能化凶为吉的星。

⑦云雨：唐杜甫《贫交行》："翻手作云覆手雨。"因用"云雨"比喻人情世态反复无常。

⑧愁滴：指令人忧郁的雨声。

秋日园圃欢聚而赋

红珠①乐态忆荣年②，白发愁生对暮天。

十载行踪虚逐日，功名回首化秋烟③。

觞④辞旧雨⑤看花老，衰气新来惜逝川⑥。

半腹酒肠无用处，双眸惆怅许方圆⑦。

注：

①红珠：比喻红色果实。

②荣年：指百花争艳的季节。

③秋烟：比喻易于消失的事物。

④觞：盛满酒的杯。亦泛指酒器。

⑤旧雨：唐杜甫《秋述》："常时车马之客，旧，雨来；今，雨不来。"谓过去宾客遇雨也来，而今遇雨却不来了。后以"旧雨"作为老友的代称。

⑥逝川：比喻流逝的光阴。

⑦方圆：随宜；变通。

野舍醉乡①

风扫阶廊过竹溪，桃源醉目步丹梯②。

草花蝶影游三界③，双履仙踪复杖藜④。

天外看山高鸟远，寓怀⑤流景⑥夕曛⑦低。

挂窗钩月满堂亮，自解忧人咫尺迷。

510

注：

①醉乡：指醉酒后神志不清的境界。

②丹梯：指寻仙访道之路。

③三界：佛教指众生轮回的欲界、色界和无色界。见《俱舍论·世分别品》。

④杖藜：谓拄着手杖行走。藜，野生植物，茎坚韧，可为杖。

⑤寓怀：寄托情怀。

⑥流景：谓如流的光阴。

⑦夕曛：落日的余晖。

望中秋

魂守残灯惜太平，酒囊饱食咏歌声。

玉虚①馈我近心赏②，丹室③修身④远目明。

诗景逍遥知己少，白头多感自欢生。

无云世界一轮⑤挂，万户同辉动客情⑥。

注：

①玉虚：喻洁净超凡的境界。

②心赏：心情欢畅。

③丹室：华美的房屋。

④修身：（参见"脩身"）陶冶身心，涵养德性。儒家以修身为教育八条目之一。

⑤一轮：特指月亮。　⑥客情：客旅的情怀。

中秋节望月寄怀

贪杯富有走神州，释念①谈无②得自由。

六十青春俄瞬③去，白头来约度千秋④。

碧虚⑤今夜开天眼⑥，歌舞红尘满市楼。

望月初圆家万里，谁能分我一宵愁？

注：

①释念：放心；免除思念。

②谈无：出自《晋书·王衍传》：以"谈无"指谈说"天地万物皆以无为本"的观点。

③俄瞬：短暂的时间；转瞬间。

④千秋：旧时称人寿辰的敬辞。

⑤碧虚：碧空；青天。

⑥天眼：古人有日、月乃天之眼睛之说。诗文中常用以指月亮。

中秋夜思归

蛩吟①满耳入墙东，几许愁情向桂宫②；

暮暗③烟云飘阵雨，窗明山叟④怯秋风。

心随旅雁飞关外，身醉樽前犹转蓬⑤；

咫尺床头悬落月，思怀千里与谁同？

注：

①蛩吟：蟋蟀吟叫。

②桂宫：指月宫。

③暮暗：日落天暗。

④山叟：住在山中的老翁。

⑤转蓬：随风飘转的蓬草。

中秋夜梦回故园

旅怀寂寞意归频，又闻轻鸿载客尘。

渺渺云山遮两眼，纷纷叶落四无邻。

举头望月天河近，今夜清光远故人。

梦里菊花开老宅，回家不见旧时春。

秋分咏怀

黄禾连片穗头垂，劳慰①勤人一岁期。

九地②丰登凉气早，千山秋半蚤吟迟③。

野田十亩乐诗酒，几许牢骚苦问谁。

笔砚欲休闲世事，精神尚有老锄犁。

注：

①劳慰：慰劳。

②九地：犹言遍地，大地。

④迟：缓慢。

山叟同乐国庆夜

月前门幕冷如冰，菊蕊明窗晚景澄①。

歌舞远城民酒乐，九州尧舜犒贤能②。

天催节序③逢同庆，喜动人寰呼杖藤④。

山地夜游吟兴发，野禽梦里醉丰登⑤。

注：

①景澄：风景清明。

②贤能：有德行有才能的人。

③节序：节令，节气；节令的顺序。

④杖藤：手杖。

⑤丰登：犹丰收。

山野暮秋

入眼蛾眉①任飘蓬②，感时物态不由衷。
瑞禾丰熟鸟喉溜③，桂月摇香画屏风。
野岸秋声含曲意，菊花初艳发青丛。
夕阳篱落愁归雁，沉醉开怀赛④秃翁。

注：
①蛾眉：喻指远山。
②飘蓬：漂泊。谓飘转如同飞蓬。
③溜：圆转；滑溜；流利。
④赛：酬报。旧时祭祀酬神之称。

寒露·耕穑岁有秋

耕穑①逍遥岁有秋②，林泉息壤③日边游。
一声鸣雁客心动，半岭红霞过十州。
不死菊篱争晚艳④，贪生蜂蝶早闲休。
荣枯物态⑤识天意，宅里神仙笑白头。

注：
①耕穑：耕种和收获。泛指农事。
②秋：收成；收获。
③息壤：栖止之地。
④晚艳：晚发之艳色。亦指晚开的花。
⑤物态：景物。

重阳节书怀

蛩韵[①]清休[②]林叶稀，客心流水带凄微[③]。

日收霁雾寻幽趣，天放游神远世机[④]。

金菊无媒争媚秀，白翁有酒享珍肥[⑤]。

平生知己今来少，几许明朝伴曙晖？

注：

①蛩韵：犹蛩声。

②清休：纯洁美善。

③凄微：微寒，略有寒意。

④世机：世俗的机心。

⑤珍肥：指可口的肉食。

山野耕乐

谷熟酬勤饱一犁，香摇千穗鸟欢啼。

喘牛蹄响星辰上，老叟耕锄东复西。

禾卉[①]盈门收王气[②]，神仙高枕卧云[③]低。

尘劳[④]散尽春风[⑤]里，常得逍遥就品题。

注：

①禾卉：谷类作物的植株。

②王气：旧指象征帝王运数的祥瑞之气。

③卧云：喻指隐居。

④尘劳：佛教徒谓世俗事务的烦恼。

⑤春风：形容喜悦的表情。

赋得寒菊

冰霜徐至草茅①残，时菊初荣入岁寒②。
紫蕊香霞③蜂莫爱，魂迷玉蝶④总狂欢。
一篱秾秀⑤泄春意，五柳⑥寻诗吐肺肝。
对景衰翁愁日暮，新醅⑦潦倒⑧地天宽。

注：
①草茅：亦作"草茆""艹茅"。杂草。
②岁寒：一年的严寒时节。
③香霞：美丽的云霞。多用以比喻花。
④玉蝶：喻雪花。
⑤秾秀：艳丽秀美。
⑥五柳：即五柳先生。晋陶潜的别号。
⑦新醅：新酿的酒。
⑧潦倒：形容酒醉。

霜叶飘飘

霜寒万叶落朱英①，片片逍遥送雁声。
清韵松窗寻旧迹，娇姿扫地问归程。
百年忧乐满生意②，过眼荣枯了世情。
尽日秋风欢默语，几多春色谢浮名。

注：
①朱英：红花。
②生意：生机，生命力。

暮秋感怀

落叶声声掩柴扃①，尘怀争路任漂萍②。

孤灯帘下知音少，恬卧床栏诵六经③。

寒舍秋心连断雁④，暖身春酎⑤慰劳形⑥。

鬓花不老谢归意，日月翻新照暮龄。

注：

①柴扃（jiōng）：犹柴门。亦指贫寒的家园。

②漂萍：漂流的浮萍。多比喻漂泊无定的身世或行踪。

③六经：六部儒家经典。

④断雁：亦作"断鴈"。失群的雁；孤雁。

⑤春酎：春酒。酎，醇酒，泛指酒。

⑥劳形：谓使身体劳累、疲倦。

留题南岭

鸿声阵阵客怀①悲，落叶纷纷感别离。

含景菊篱怜野老，花前争看泪珠垂。

醉昏陋室开文境②，明悟留题合与谁？

枕上春风圆旅梦，乡魂③远逝④满南枝⑤。

注：

①客怀：身处异乡的情怀。

②文境：文章的意境。

③乡魂：思乡的心。

④远逝：远行；远去。

⑤南枝：借指梅花。

寒舍述怀

风娇①落叶诉凄凉，雨息斜曛②过短墙。

三舍壶天③游世界，一帘竹影赏年芳④。

感今怀古乐生意⑤，雁足随心寄寸肠⑥。

梦找童颜来路暗，回头秋鬓日增光。

注：

①风娇：谓风姿娇柔。

②斜曛：落日的余晖。

③壶天：传说仙人施存有一壶，中有天地日月，自号"壶天"，人称"壶公"。参见"壶公"。

④年芳：指美好的春色。

⑤生意：生计；生活。

⑥寸肠：心事。

小雪病愈抒怀

老身微恙得灵丹①，雅趣常存著福安②。

康健今朝夸药力，乐心掀倒石棋盘。

清霜农圃③望余景，林下春风④饱日餐。

黄叶声多抛世语⑤，金樽潇洒付悲欢。

注：

①灵丹：古代道士炼的一种丹药。据说能使人消除百病，长生不老。

②福安：幸福安康。

③农圃：农田园圃。

④春风：形容喜悦的表情。

⑤世语：俗语。

赋得雨后醉田家

飘飘红叶落毗邻，冬麦青青满眼春。

垄亩润通家有望，町畦①怎隔自由身。

醉霞忘倦不知老，酣笑开眉看日新。

爽气②围庐生地力③，盘田④五谷点劳银⑤。

注：

①町（tīng）畦（qí）：田界。

②爽气：明朗开豁的自然景象。

③地力：土地的出产能力。

④盘田：犹整田。

⑤劳银：劳金；工钱。

后　记

我们在热爱世界时，便生活在世界上。

这句话源自泰戈尔的诗集《飞鸟集》。岁月悠悠无情，今已年过半百，盘点我所热爱的家人、事业之外，所剩的就是诗歌了。

曾有人问我，几十年风尘仆仆，奋斗多年，如今好不容易得以清闲，舒心生活就好，为何又要劳心苦思去写诗呢？其实因为热爱，我是不觉其苦的，反而觉得颇得乐趣。

我与诗歌的缘分要从七八岁说起。最先接触诗词是在小学课本里，那时便在脑海里播下了诗的种子。20世纪60年代，我出生在宝鸡农村，经济上是清苦的，坐在破旧的教室，我和小伙伴们朗读诗词。王维、李白、杜甫、李商隐……这些名字，构成了中国古典诗歌的璀璨星空，也照亮了我童年的世界。沧海桑田，诗歌依旧不朽。在与诗歌相伴的50多年里，第一次萌生出诗集的念头也是在中学时期，那是一个诗歌的黄金时代。我时常提笔言志抒怀，每得佳句，很是惬意。当时想，如果也能出版一本自己的诗集，该是多么幸福的事情，文字变成铅字是一种荣耀和成就，再者携带与翻阅均方便，一卷在手，指间皆墨香，故乃有此诗集之编印付梓。

子曰：逝者如斯夫，不舍昼夜。时光如水，转眼我已退休，日子慢慢舒缓下来。陪伴小孙女灏元成为我和妻子生活的重心。孩子是神性的，也是诗性的。尽管几十年来我也写了不少诗，尤其照顾小孙女这两三年来，我仿佛真正进入了诗歌的自由王国，自夏至冬，每日修学古诗词数十首，有时竟能达百首之多，以古人为师，诗文水平也日益精进，正所谓"读书破万卷，下笔如有神"。与此同时，我每天创作，初试莺啼，少则写一两首，多则可写一二十首。经过长期笔耕和积累，又历多次删减，最终留下千余首诗选结集成书，我也算在有生之年于文学中遂愿了，也许将来回顾一生，也是一件值得纪念的好事。我为诗集取名《岁月拾韵》，并分为"素履以往""活水深情激流远""田园乐居""时代华章""一庭花影""岁月不居 游心无垠""遗俗种书香 天道自清魂"七个篇章，内容纷呈，包括旧事之追忆、名胜之吟咏、生活之纪事、寂寥之遣兴，等等。

这是我最珍视的一本诗集，之所以说内容纷呈，是因为这是一部复杂的格律诗集，它记录了我个人成长岁月中很多历程，于时间上，年过半百，自不用细说；于人事上，不论来往者贫穷或富贵，我一视同仁，平等对待，交为朋友。尤其在我一生的时光之中，凡事不推诿，皆尽力而为，因此也成就我多元之人生。自然，这些日积月累的点点滴滴，通过诗歌体现在文字上，也是多样和复杂的，故而说它纷呈，也是据实而言，倒是不为过。

我喜欢写诗，缘于热爱生命与生活，与人结缘为小缘，与大自然结缘为大缘，让自己为生命抒写、歌咏，对诗的喜爱也就成为无限性。不论时间多么久远，不论空间如何延伸，通过诗，我就可以找到无任何障碍的融合。不论是狭义上的生命起灭、缘来缘去，还是广义上的精神不死、宇宙永恒，我都在慢慢探索，穿梭于两者之间，由接触到延续，思维通过诗行逐字逐句展开。

我喜欢古体、格律诗写作，我觉得诗是追求天时地利人和的完美结合，也是人与自然万物间的巧妙机缘，眼中风景、心中心景，再从心境转而到意境的缓缓起生，通过格律诗的韵律有节奏感地表达出来，让这种美感经验通过文字赋予正能量，使生命之内涵丰盈而踏实。

通过写诗，回头再看这片生我养我的土地，我感受到的是，最甜的是家乡的水，最圆的是家乡的月，最奇的是家乡的山。家乡的山水气势雄伟，山水相感，动静相融，与天与地浑然一体，让我体悟到心灵意境的蓬勃成长，也感受到文人的澄怀观道，写诗的时候，让我内心的抒发达到渴望的境界。春之新绿、夏之茂盛、秋之多彩、冬之待生，自然规律赋予生命完美秩序，人生甲子如生命之巅峰，成熟而饱满，又那么的灿烂。回首过往，机缘与运气有时恭逢其时，有时却错过不巧，都是我创作的素材，追求灵感瞬间而至的那一刻都是乐趣，这种感觉是深远而持久的，且无止境。

虽然我抒写了大部分的思想、理念、目标和希望，总感到不够完美，但我已经尽力。我想将它献给亲爱的读者，以期能给大家带来一份温暖与喜悦；我也想将这本诗集送给我的小孙女灏元，这本诗集的创作过程，几乎是与孩子这两三岁以来的成长同步的，这本诗集是我送给她的一份充满爱的礼物；我还想将这本诗集送给我自己，送给从识字起，就爱上诗歌的自己。

这本诗集能否留存下来，被更多的读者喜爱，那就有待时间检验了。对我

后记

来说，热爱了，努力过，就已经足够了。正如泰戈尔另一句诗所说："天空没有留下翅膀的痕迹，但我已经飞过。"

我的感谢是高纯度的，没有一丝客套。

这本诗集的出版，得益于很多的帮助。实际涉猎许多方面，其中有面对现实而无奈的感慨，也有我对诗的坚持和认知。我长时间经受病痛的折磨，是关于我，自然是包括我与我妻的。我要感谢我的妻子，她在我创作时包揽下所有的家庭事务，还有我的女儿女婿以及小孙女，他们一直是我诗歌创作方面最坚定的支持者。

特别感谢所有在背后默默支持我的家人、朋友，他们给我鼓励，使我能够自在写作。特别感谢著名作家、学者北野先生，以及北野先生的关门弟子童小汐在我创作上给予的指导和帮助，如果没有大家的倾力支持，就没有这本诗集的诞生。

我是幸运的，与这些人相遇，与诗歌相遇。

我出生在陕西宝鸡，一个诗歌的故乡。宝鸡是《诗经》的发祥地。周天子以礼乐治天下，采诗官行走于阡陌，寻找流传于民间的歌谣小调，将人们的欢乐疾苦镌刻成诗。也许正因如此，诗歌已成为我血液中的文化基因。

这本诗集的出版，对我来说是一个新的开始。在我这个已经当了爷爷的年纪，我依然还有着初学者的热忱与勤勉。王国维在《人间词话》中谈到做学问的三种境界。第一境界是：昨夜西风凋碧树，独上高楼，望尽天涯路。第二境界是：衣带渐宽终不悔，为伊消得人憔悴。第三境界是：众里寻他千百度，蓦然回首，那人却在，灯火阑珊处。我自知尚未达到这种境界，所以我将继续努力下去，细细领略诗歌创作道路上的别样风景。

诗格即人格。格律诗的格，是规矩，是方圆，更是为人处世的一种界限，它就是要求作诗时，用字遣词要格外谨慎，时时警惕做人的道理。

我尝以格律诗的形式记录生命历程，有此心愿久矣，当为这本诗集写后记时，我已知道我完成了夙愿。

数十年来，总有诗文凝于笔端。忆往昔，有彷徨、有拼搏、有期待、有欢喜，诗歌是我表达、沟通的重要方式，是我的精神世界的重要记录。我一向惜缘，写土地、写山水、写我亲人，从地缘到血缘，写眼前发生的事，一切都是以我成长历程为主线的人间情分，在每一次的追忆中，化为诗句呈现给读者。

诗是一种艺术形式，诗有诗的原本的相貌，绝不能为将就读者水平而降低诗的品格，但是我尽可能地尝试简洁的叙写，让读者走进诗、走近我。我的诗没有过分的伪装，所以它是具有诗情的，诗为信仰，所以它是我的信仰。如果一首诗没有饱满的诗意，读者自然读不出什么意义，诗可能仅仅能依靠标题去暗示或传递自己想要表达的情感和想法，所以长期以来，我在创作诗的过程中一直考虑诗的内容和诗的品质。为什么要写诗，写的意图何在？这就不由得不去考虑诗意、诗情、诗境、诗质的问题了，我认为，只要用心写的，读者也自然会用心去读。

《岁月拾韵》即我的日常、我的情感和心境的透视，从细微处记录，谈生活、谈人和事物，也谈幸福和痛苦，无论是亲友间的，还是社会的，或是时事的，这些都是我的生活。

诗集中的很多作品只是我个人的忆述，不免念及许多故交师友，隐然有岁月之变迁存乎其间，以小见大，亦有我辈处境之困，以及笃行之迹，何以超越并自处，也是这一代人的巨大的挑战。

心中想说的都已在自序中了，余外也没有需要特别强调的，顾炎武在其《日知录》曾言："书不当二序。"而我又似乎有点违逆其说了，当然我意不在自炫，望诸君谅之。

刘国梁
2023 年 3 月 15 日于宝鸡